수요일에 하자

수요일에 하자

이광재 장편소설

차
례

입원실

눈에 보이는 것들은 사람을 밖으로 끌어내지만 귀에 들리는 것들은 사람 안으로 들어온다. 소리는 담장 너머나 모퉁이 저편에서도 들려오고 어둠 속에서도 들려온다. 심지어는 들으려고 하지 않아도 들리고 눈이 가닿지 못할 때도 감전된 것처럼 흘러든다. 그리하여 두려움과 쾌락, 슬픔이나 놀람 등은 청각이 시각보다 예민하게 포착한다.

한번은 길을 걷던 라피노의 귀에 이글스의 〈데스페라도Desperado〉가 걸려든 적이 있다. 그때 라피노는 그 곡 피아노의 첫 소절이 끝나기도 전에 올림픽체조경기장의 열기 속으로 빨려들었다. 청중의 앙코르 요청에 벌써 두 곡을 부르고도 이글스 멤버들은 관객의 환호에 다시 무대에 나섰다. 피아노의 선율에 맞추어 흘러나오던 돈 헨리의 목소리, 땀이 배도록 잡고 있던 어떤 놈의 손, 그와 마시던 술이며 함께 나눈 대화, 대낮의 모텔, 사리문 어금니 사이로 터져 나오던 열락의 소리들,

구겨지고 흐트러진 침대 시트 따위가 그 순간 빛보다 빠르게 라피노의 머리를 뚫고 지나갔다. 인트로의 피아노 연주가 다 끝나기도 전에 체조경기장을 가기 위해 탔던 지하철의 모습과 체조경기장을 팔짱 낀 채 빠져나오던 순간, 이글스가 아니라 너를 만나기 위해 왔다는 속삭임이나 가로등 불빛을 퉁겨내던 날카로운 콧날까지 그와 관련된 모든 것들이 라피노를 덮치고 사라졌던 것이다. 라피노는 모진 비바람이 할퀸 자리처럼 스산한 거리에 정물로 남겨졌다. 낯선 곳에 존재하는 그와 라피노를 얽어맨 것, 그것이 바로 소리였다. 그토록 엄청난 삶의 뭉텅이를 소리는 찰나에 환기시킨다. 소리는 환각이다.

대장에 자리 잡은 암세포를 제거하는 수술 끝에 마취에서 깨어났을 때 라피노가 가장 먼저 자각한 것은 통증이었다. 링거액에 섞여 진통제가 몸에 흘러들었지만 마취가 풀릴 때 찾아온 두통만은 쉽게 다스려지지 않았다. 두통만큼은 아니더라도 내시경을 삽입하기 위해 칼을 댔던 자리의 통증 또한 만만치 않았다. 인간이 느끼는 통증 가운데 가장 고통스러운 것은 누가 뭐래도 당사자가 당장 느끼는 통증이 아닐 수 없다. 과거의 아픔은 비현실적이고 오직 지금의 통증만이 현실이다. 하물며 라피노는 생살을 찢는 아픔마저 잊게 하는 마취제의 대척점에 막 도착한 상태였다. 누군가 심하게 잡아 흔들어 두개골에서 분리된 뇌수가 마구 헝클어지는 느낌. 그렇지만 통증은 내부에서 비롯되므로 다른 감각에 앞서 촉각이 먼저 반응했다고 그를 이상하달 수는 없었다.

그런데 거의 동시였다. 그 압도적인 두통의 와중에 그녀는 허공을 유영해온 한 소리를 포착했던 것이다. 몸 안에서 발원하지 않고 밖에서 흘러들었지만 그것은 두통 못지않게 강렬하고 뚜렷했다. 그날 회복실 밖 세상에는 굵은 비가 내렸다. 그러나 그때 라피노가 들은 것은 창을 두드리는 빗줄기 소리가 아니라 뜻밖에도 쇼팽의 〈빗방울 전주곡〉이었다. 그중에서도 그녀의 의식을 서늘하게 적셔온 것은 시종 왼손으로 건반을 두드려 만들어내던 A♭음이었다. 맑은 물방울을 신체 어느 부위에 떨어뜨려 혼곤한 잠을 깨뜨리듯 그 소리는 차갑고 명징한 상태로 그녀의 몸에 흘러들었다. 과연 조르주 상드는 자신을 위해 연인 쇼팽이 만든 〈빗방울 전주곡〉을 어떤 상념으로 받아들였을까. 이백 년 전에 살았던 한 여자의 감상을 달리 확인할 방법은 없다. 그렇지만 라피노에게 그 소리는 분명 새로운 탄생을 알리는 소리였다. 두통이 아니라 피아노에서 풀려나온 A♭음을 통해 그녀는 비로소 살아 있음을 실감했던 것이다.

과연 라피노는 병원 복도를 걸어오는 리콰자의 발자국 소리도 들었을까. 착각일지 모른다. 그러나 그녀는 분명 리콰자가 가까워지고 있음을 느끼고 있었으며, 심지어 그가 문을 열고 들어오는 타이밍까지도 정확히 계산해냈다. 물론 사전에 리콰자가 방문하겠다는 연락을 해온 적도 없었다. 더욱이 리콰자를 마지막으로 본 게 언제인지 이제는 기억도 가물가물할 지경이었다. 그렇다면 뒤꿈치 바깥쪽을 먼저 내딛는 그만의 발자국 소리를 간호사와 의사, 화장실을 들락거리는 환자의 그것들 사이로 정말 식별했을 수도 있다. 단호하게 바닥을 찍기보다는 다소 주저하는 듯한 그의 발자국 소리를. 뒤꿈치 안쪽을 내딛을 때의 끄는 듯하던 소리 말고.

재킷 안에 받쳐 입은 푸른 줄무늬 셔츠가 외국영화의 수인복을 떠올리게 했지만 노란 바탕색이 워낙 강렬해 리콰자는 화사했다. 그는 라피노가 누운 창가의 침대를 향해 주저하지 않고 걸어왔다. 휴대전화의 액정을 광속으로 누르는 대학생 딸에게 라피노는 리콰자를 친구라고 소개했다. 리콰자는 딸이 벌써 이렇게 됐느냐며 호들갑을 떨었지만 표정은 감동이나 놀람 어느 쪽도 아니었다. 그는 어깨에 멘 기타 케이스를 벽에 세워두고 문병객들이 가져다놓은 귤을 까서 우걱우걱 먹었다. 먹을 뿐 아니라 몇 개를 재킷 주머니에 챙기기까지 했다.

"출근하는 길이야?"

서편으로 기우는 햇빛 때문에 라피노는 눈을 찡그리며 물었다. 리콰자는 '라이브'라는 간판이 붙은 맥줏집과 레스토랑을 시간대별로 돌면서 기타를 치고 노래를 불렀다. 어떤 날 그의 노래는 호기심 어린 청중의 박수를 받기도 하지만 대개는 홀을 떠다니다 취객의 악다구니에 섞여 소멸했다. 도리어 그의 노래가 스피커를 타면 대화를 방해받은 취객들은 싸울 때처럼 언성을 높이기 일쑤였고, 그러면 그의 목소리는 허공에서 웅웅거려 노래인지 신음인지 구분하기 어려웠다. 그렇다고 리콰자가 볼륨을 올려 자신의 노래를 사람들 귓구멍에 마구 들이미는 몰상식한 가수는 아니었다. 그는 자신의 노래도 소음일 수 있음을 인정했다. 다만 손님은 돈을 내고 소음을 만들지만 그는 소음을 만들어 돈을 받았다. 라피노는 선배의 레스토랑에서 두어 달 재미 삼아 피아노를 치다 그를 만났다.

"이 짓도 곧 빠이빠이야."

그는 여전히 무표정했다.

"왜? 이민이라도 가게?"

"씨파, 돈도 없이 이민은 무슨? 생각해봐, 통기타 가수가 나오는 라이브 맥줏집이 이 시대에 과연 경쟁력이 있겠는지. 사장의 낡은 취향이 빚은 고집이야."

이럴 땐 보통 얼굴에 그늘을 드리우면서 목소리도 내리까는 게 정상이다. 사장의 낡은 취향 때문에라도 그런 집이 존속해야 돈푼이나마 만질 처지니까. 그러나 새로운 수입원을 마련해둔 사람처럼 그는 추호도 걱정하는 얼굴이 아니었다. 하긴 추위 속에 사는 사람은 기온이 떨어지는 걸 두려워하지 않는다. 두려운 것은 추위가 아니라 추위를 감내하게 하는 욕망을 잃는 일이다. 욕망이 고갈되면 그때 사람은 소급해서 추위를 앓는다.

"그럼 뭐 할 건데?"

"너랑 놀아야지. 소리를 만들면서."

그의 목소리는 미와 솔 어디쯤의 좁은 음역에 머물러 있다. 별반 중요하지도 않은 누군가의 말을 전하는 사람처럼 표정과 목소리도 무덤덤한 편이다. 왜 있잖은가, 희비를 드러내지 않아 도리어 희극적인.

"하긴 내가 널 걱정할 처지는 아니지. 기왕 위문을 왔으니 노래나 한 곡 때려보시지."

그래놓고 그녀는 입원실의 환자와 간병하는 친지들에게 양해를 구했다.

"괜찮죠? 가수거든요."

환자와 간병인들은 좋다는 사람과 반응이 없는 사람으로 반씩 나뉘었지만 리쾌자는 입안의 귤을 꿀꺽 삼키고는 기타 케이스를 열었다.

라피노의 딸이 내준 의자에 앉아 그는 PARKWOOD라는 자개 글자가 헤드에 박힌 기타를 꺼내 들었다.

비록 시골이지만 예전에 리콰자가 다니던 국민학교의 학생은 무려 천여 명을 헤아렸다. 무슨 일인지 그날은 교장의 훈화말씀이 끝났는데도 조회가 끝나지 않았다. 대신 1학년 1반의 하얀 타이즈를 신은 여학생이 선생으로부터 호명되어 조회대에 섰다. 여학생의 담임은 조회대 아래에 놓인 풍금을 연주했고, 여학생은 맞잡은 손을 위아래로 까닥거리며 바른 자세로 노래를 불렀다. 다음 차례는 1학년 2반이었다.

1학년 3반 아이가 노래를 부를 때 리콰자의 담임이 아이들 쪽으로 걸어왔다. 누구 나와서 노래해볼 사람, 그렇게 말하며 그는 오른손을 들었다. 그때쯤 리콰자의 반 아이들은 대략 돌아가는 상황을 눈치챘다. 그날은 각 반의 학생이 한 명씩 나와 노래를 겨루는 날이었다. 아마도 학교를 대표해 무슨 노래자랑 대회에 나갈 학생을 뽑는 자리였을 수도 있다. 그렇다면 담임은 그런 사실을 미리 알리고 시늉으로라도 학급 대표를 선발해 몇 차례 연습하는 예의쯤은 보였어야 한다. 학급의 명예가 걸린 일이고, 아이들에게도 자존심은 있는 법이니까. 그러나 그는 아무것도 없는 시골의 국민학교에 해 뜨면 나왔다가 해가 질 때 돌아가는 사람이었다. 무얼 봐도 심드렁한 눈초리로 힐끗 보고 지나칠 사람.

1학년 3반 아이의 노래가 끝날 무렵까지 손을 들고 있는 사람은 담임뿐이었다. 2학년 1반 아이의 노래로 순서가 넘어간 뒤에도 앞으로 나서는 학생은 없었다. 그제야 사태의 심각성을 깨달은 담임의 무감각한 얼굴에 낭패의 빛이 떠올랐다. 그는 혀로 입술을 핥았고, 그새 2학년 1반 아이의 노래는 절정을 향해 치달아갔다.

그때 기적처럼 두 아이가 손을 들었다. 리콰자와 어떤 여자아이. 그날 리콰자가 손을 든 건 순전히 담임이 난처한 꼴을 당할지도 모른다는 예감 때문이었다. 세상을 알 나이는 아니었지만 교장에게 불려간 담임이 곤욕을 치르는 모습을 그는 떠올렸던 것 같다. 손을 든 여자아이의 가슴에서도 동정심은 그렇게 파동을 그렸으리라. 금세 예의 심드렁한 얼굴로 돌아간 담임은 손을 든 두 사람을 번갈아 살핀 끝에 리콰자를 손끝으로 지목했다. 어쩌면 담임의 선택은 복장이 깔끔한 쪽이었을지 모른다. 그러나 리콰자는 성적순으로 자신의 동정심이 우월하게 평가받았다는 생각을 지울 수 없었다. 여자애에게 미안했고, 담임에게는 기분 나빴다.

차례가 되어 조회대를 향해 걸어갈 때 담임은 곡목을 지정해주며 부를 수 있겠느냐 물었다. 부를 줄 안다고 대답한 리콰자가 얼결에 조회대 계단에 발을 얹을 무렵 담임은 벌써 풍금 앞에 자리를 잡고 있었다. 만일 여자아이가 손들 줄을 미리 알았더라면 리콰자는 결단코 담임을 구출하려는 만용 따위 부리지 않았을 것이다. 손을 들자 언제 그랬느냐는 듯 심드렁해지던 표정이라니. 그러나 그런 후회마저 조회대 위에서는 사치에 불과했다. 진행을 맡은 선생이 마이크의 높이를 조절한 후 내려가자 오직 리콰자만이 휑뎅그렁한 자리에 남겨졌다. 감각이 돌기를 흔들 뿐 생각 같은 건 들어앉을 자리가 없었다. 그는 운동장을 보았다. 천여 명에 달하는 학생과 교직원의 얼굴 대신 이천 개의 눈동자만 어둠 속 짐승처럼 빛을 뿜었다. 다리가 후들거렸지만 담임은 눈빛 한 번 건네지 않고 지정된 곡을 연주하기 시작했다. 두 사람의 합주든 교향악단의 협연이든 일단 연주가 시작되기만 하면 한 치의 오차도 없이 돌진해버리는 무시무시한 소리의 속도를 그날 리콰자는 실감했다. 세상 무엇보다 압도적인 힘으로 음표를 무너뜨리며 달려드는 소리의 어마어마한 질주. 마침내 전주를 네 박자 남겨놓고 하낫 뚜울 세엣 넷, 담임이 구령을 붙였다. 어떤 여지도 없었다. 눈사태처럼 덮쳐오는 짐승을 막을 무기는 두려움 같은 한가로운 감정이 아니었다. 오직 소리로 대응해 그것과 한 덩어리가 되는 수밖에 없었다. 리콰자는 캄캄해진 세상을 향해 들입다 가래 같은 것을 뱉었다. 반주에 맞추어 내보낸 그것이 고함인지 노래인지 그는 알지 못했다.

리콰자의 노래가 끝나자 세상은 어처구니없는 정적에 휩싸였다. 박수를 치는 사람도 없었고, 어떤 말도 들려오지 않았다. 우주의 변방에서나 느껴질 법한 적요였다. 다른 아이가 노래를 불렀을 때 누군가 박수를 쳤는지, 리콰자 다음의 누가 박수를 받았는지 그 또한 기억에 남은 건 아무것도 없다. 다만 파란 하늘을 가로질러 제트기가 꽁무니에 구름을 매달고 날아간 것과 눈꺼풀이 내려앉으며 햇빛이 무지개처럼 속눈썹 사이에서 부서진 것을 기억할 뿐.

A$_m$와 D$_m$로 코드를 옮기며 기타 줄을 긁어내리던 리콰자는 2번 줄을 통기면서 줄감개를 감는다. 다시 C코드를 잡고 소리를 내본 후 이번에는 3번과 4번 줄감개를 감거나 풀면서 신중하게 기타를 조율한다. 그 일이 끝나자 그는 E$_7$코드를 잡고서 스트로크 주법으로 피크를 업다운하기 시작한다. 가장 흔한 4/4 박자 곡이었다.

기타 줄을 퉁기는 손놀림으로 보아 노래의 빠르기는 메트로놈 100을 돌파할 기세였다. 그러나 대장암 수술을 받아 미음도 넘기지 못하는 라피노에게는 격분이 아니라 위로가 필요했다. 어느 모로든 아르페지오 주법에 발라드나 포크 계열의 감미로운 노래가 무난한 선택일 듯싶었다. 장소가 장소인 만큼 심수봉의 〈그때 그 사람〉이라도 상관은 없을 것 같았다. 그런데 꿰맨 자리의 실밥도 뽑지 않은 환자의 병실에서 그가 꺼내든 카드는 발라드도 심수봉도 아닌 메트로놈 100을 상회하는 곡이었다. 혁명가요를 부르는 라틴아메리카의 어느 가수처럼 그의 손놀림은 씩씩하다 못해 과격할 지경이었다. 평소 감정을 드러내지 않는 편인데도 얼굴에 걸린 그의 미소가 큼지막했다.

우리 동네 담배 가게에는 아가씨가 예쁘다네
짧은 머리 곱게 빗은 것이 정말 예쁘다네
온 동네 청년들이 너도나도 기웃기웃기웃
그러나 그 아가씨는 새침떼기

4인용 입원실에는 라피노를 포함해 수술 환자가 두 명 있었다. 맹장 수술을 한 아주머니는 그나마 내일이면 퇴원하지만 라피노의 배에는 아직 꿰맨 자리의 실밥이 그대로 묶여 있었다. 그런 환자의 병실에서 송창식의 〈담배가게 아가씨〉라니. 만일 자신을 우롱한다고 느낀 환자의 건강이 갑자기 악화되기라도 하면 어떻게 책임을 진단 말인가. 송창식도 아닌 주제에 눈을 지그시 감고서 터질 듯한 미소를 머금은 모습 또한 분위기에 어울리는 퍼포먼스는 분명 아니었다.

앞집의 꼴뚜기 녀석은 딱지를 맞았다네

만화 가게 용팔이 녀석도 딱지를 맞았다네

그렇다면 동네에서 오직 하나 나만 남았는데

아! 기대하시라 개봉박두

맹장 수술을 받은 환자는 잠에서 깨어나 어리둥절한 눈으로 주위를 살피더니 등을 보이며 귀를 틀어막았다. 다른 환자 한 사람은 늘 그렇듯 병실을 비운 채였고, 대상포진을 앓는 오십 대 여자는 얼굴에 드러난 불쾌한 기색을 굳이 숨기려 하지도 않았다. 역정은 내지 않아도 눈빛이 이미 적개심으로 불타고 있었다. 그러나 여자의 반응과 상관없이 빠끔히 열린 입원실의 출입문 사이로는 환자복 차림의 사람들이 이미 하나씩 얼굴을 포개고 있었다. 우르릉거리며 복도를 뛰어오는 발자국 소리가 들렸다.

"저기요, 여긴 병원이거든요."

덩치 좋은 간호사가 출입문 앞 관객들을 뚫고 나타났다. 그러나 눈을 감은 채 금방이라도 폭소를 터뜨릴 듯한 얼굴로 리콰자는 막 험산 준령을 넘어가는 중이었다. 깨뜨릴 수 없는 몽환 깊은 곳에 이미 도달해 있었다.

"이봐요!"

간호사가 더 큰 소리로 그의 흥을 깨기 위해 안간힘을 썼지만 소용없었다. 괜히 라피노가 안절부절못하고 허둥거렸으나 거동이 불편한 몸으로는 그를 만류하기도 어려웠다. 아니 안절부절못하는 척했을 뿐 실은 그를 말리고 싶지 않았다. 노래가 생뚱맞기로서니 운동장에 운집한 천여 명의 입을 단숨에 틀어막아버린 그의 목소리를 어떻게 거부한단 말인가. 음정을 놓치지 않으려고 송충이처럼 눈썹을 실룩거리는 리콰자의 모습에 폭소가 나와 실밥이 뜯어질까봐 라피노는 오직 그게 걱정이었다.

다음 날 아침 일찍부터 담배 하나 사러 가서
가지고 간 장미 한 송이를 살짝 건네어주고
그 아가씨가 놀랄 적에 눈싸움 한판을 벌인다

간호사는 어느새 눈꼬리에 힘을 풀고 그의 노래가 끝나기를 기다리는 눈치였다. 끝나기를 기다리는 게 아니라 할 도리를 했으니 작심하고 감상을 하겠다는 듯한 태도였다. 대상포진 환자도 어느새 공순한 눈빛이 되어 리콰자를 주목하고 있었다. 고교 음악 교사로부터 마리오 란자의 목소리라고 칭송받던 리콰자였다. 그는 성악가가 되라는 음악 교사의 성화를 삼 년씩 귓등으로 흘림으로써 집안의 파멸을 막아낸 사람이기도 했다. 지방 도시의 맥줏집을 전전하는 B급 가수였지만 목소리가 결코 B급은 아니었다.

궁금증을 견디지 못한 문밖의 환자들이 입원실로 밀려들었다. 리콰자가 노래하는 자리만 한 줌 뽑은 것처럼 틈이 남아 있을 뿐 입원실은 콩나물시루나 다름없었다. 만일 입원실의 인구밀도를 측정한 통계가 대한민국 어딘가에 존재한다면 그 순간 아마도 기록은 깨지고 말았으리라. 찌푸린 것도 아니고 미소를 띤 것도 아닌 해괴한 얼굴로 라피노는 웃음을 참느라 이를 악물었다. 리콰자의 노래가 마지막 능선을 올라갔다.

하라라 라라라라 라라라라 라라
오 그 아가씨 웃었어

'라라라'를 외치는 대목에서 얼마나 입을 크게 벌렸던지 리콰자의 성대에 붙은 달팽이 같은 목젖이 그대로 드러났다. 목젖뿐 아니라 어금니에 들러붙은 이물질까지 선명하게 드러났다. 충치를 치료한 자리인 줄 알았는데 자세히 보니 그건 귤 알갱이였다.

"콰하하하하하…….."

참지 못한 라피노가 웃음을 터뜨리며 배를 싸쥐었다. 엄청난 박수에 환호성과 휘파람이 터졌다. 대학병원 6층에 난리가 났다.

"소리를 만드는 자 사람을 지배하리라!"

무슨 전언 같은 말을 남긴 채 리콰자가 돌아간 후 라피노는 악보를 펼쳤다. 여름에 율도 해수욕장에서 공연을 하려고 밴드를 짜는데 건반 연주자가 마땅치 않다며 리콰자가 놓고 간 물건이었다. 음악 안 하면 너 암에 또 걸려. 네가 살길이 여기에 있어. 악보를 흔들며 그가 한 말은 권유가 아니라 악담이었다. 그가 놓고 간 악보는 딥 퍼플의 〈스모크 온 더 워터 Smoke on the water〉와 레인보우의 〈템플 오브 더 킹 Temple of the king〉이었다.

"아주 고전적으로 노시는구만."

악보를 보며 베개를 건반 삼아 손가락을 놀리던 라피노는 포털사이트에 들어가 이것저것 건반악기를 검색했다. 건반의 터치감이 피아노와 유사하다는 말만 믿고 그녀는 커즈와일 신디사이저를 질러버렸다.

벚꽃

　배베이스의 이름은 배이수다. 사람들에게 이름을 소개할 때 그는 언제나 베이스 주자의 운명을 타고났다고 덧붙인다. 공부는 뒷전인 채 기타를 메고 갖은 쩨를 부리던 그가 밴드를 결성할 때 베이스를 택한 것은 배이수라는 이름 때문이었다. 베이스를 경원하던 또래들은 큰 키를 언급하며 베이스기타에 제격이라고 그에게 책임을 떠넘겼지만 그것은 운명이었다. 이름이 배이수다 보니 그에게는 애초부터 베이스기타를 향한 거부감 같은 게 있을 리 없었다. 게다가 깔짝대지 않고 사람을 통째 들었다 놓는 땅울림 같은 소리를 어떻게 거부한단 말인가. 사람들은 먼 길을 돌더라도 결국 이름이 지정하는 항로로 삶의 방향타를 틀곤 한다. 가령 박타동이란 사람이 있다고 치자. 어떤 악기를 다루겠는가? 당근 드럼이다.

　배베이스는 스타렉스를 사서 운전석과 조수석만 남기고 뒷자리의 의자를 걷어낸 채 타고 다닌다. 의자를 들어낸 자리에 조립식 앵글로 골조를 세운 후 두툼한 합판을 대고 장판지를 깔아 가끔은 잠도 자고 라면도 끓여 먹는다. 벽면에는 또 서랍장을 달아 커피믹스며 종이컵, 머리핀이나 베이스기타에 들어가는 9볼트 건전지 등을 수납했다. 어쩌다 야외 공연에 세션으로 참여하게 되면 악기와 그가 선호하는 하케 앰프 같은 것을 싣는 경우도 있었다.

앰프와 악기 대신 이불 보따리와 베개를 싣고 그는 삼천을 따라 달렸다. 도로 양편에 줄지어 선 나무들에서 분분히 벚꽃이 날린다. 그러나 막무가내로 돌진하는 꽃잎을 피해 어디론가 도망치고 싶은 생각밖에는 없다. 집에 가보라던 선생님의 말을 좇아 눈처럼 흩날리던 벚꽃 속을 터덜터덜 걸어가던 아홉 살 소년의 봄날을 그는 잊지 못한다. 실은 그가 갈 수 있는 가장 먼 날의 기억이 거기 누워 있는 셈이다. 집에 가보라던 여선생님의 흐린 얼굴과 눈처럼 흩날리던 벚꽃, 누구네 담장 밖으로 떨어져 빛이 바래가던 목련꽃이 그가 기억하는 가장 오랜 유년의 모습이다. 출생은 빛바랜 사진만큼도 존재를 증명하지 못한다. 오직 기억만이 그것을 대신할 뿐이다. 그는 탄생으로부터가 아니라 기억으로부터 존재하는 사람이다. 그가 하루에 네 시간 이상 수면을 취하지 못하는 것도 따지고 보면 기억할 수 없는 시간에 대한 공포 때문인지도 모른다.

산벚꽃 속에 엄마를 묻고 돌아온 지 한 달 후 그의 가족은 시골이나 다름없는 전주 외곽으로 이사를 갔다. 졸지에 홀아비가 된 아버지가 궁리 끝에 송천동 본가와 살림을 합치기로 했기 때문이다. 배이수와 누이는 이불 보따리와 솥단지가 실린 우마차를 타고 할아버지 집으로 갔다. 어린것들 앞에서 할머니가 눈물바람을 하자 누이도 따라 울었다.

그는 언제나 혼자서 학교를 가고 집에 돌아와서는 마루에 앉아 해가 기울도록 문밖을 바라보았다. 아버지는 매일 취했고, 논밭에서 돌아와 자주 그를 안아주던 할머니의 몸에서는 쉰내가 났다. 그럴수록 엄마의 체취를 떠올리고 싶었지만 벚꽃 날리던 저편은 냄새뿐 아니라 소리마저 지워지고 없었다. 무엇으로 지워야 얼룩도 없이 그렇게 말끔해질까. 하긴 사라진 게 아니라 그건 원래 존재하지 않던 세계였는지 모른다. 감각이 길어 올리지 못하는 세계를 그는 신뢰하지 않는다.

마루에 앉아 있는 그의 모습에 할머니의 눈이 아득해지는 것을 알게 된 후로 더 이상 마루에서 시간을 보내는 일은 하지 않았다. 대신 학교가 파하면 뒷산에 올라 소나무 숲 아래에 버려진 임자 없는 무덤가에 이슬이 내릴 때까지 앉아 있곤 했다. 눈비에 씻긴 무덤은 봉분 절반가량이 허물어져 금방이라도 해골이 기어나올 것처럼 으스스했다. 그곳에 앉아 있으면 맞은편 소나무 위로 때까치 한 쌍이 부지런히 벌레를 물어 날랐다. 새끼가 자라 집을 떠나자 비바람에 시달린 빈 둥지가 혼자서 삭아갔다.

해당화가 곱게 핀 바닷가에서
나 혼자 걷노라면 수평선 멀리
갈매기 한두 쌍이 가물거리네
물결마저 잔잔한 바닷가에서

누구네 담장 안에서 들려온 동요 〈바닷가에서〉를 자기도 모르게 흥얼거리는 버릇이 생겼다. 동네에 친구가 생기면서 그 노래를 자주 부르지 않게 되고서도 혼자 있을 때 노래는 어느새 입 끝에 붙어 따라다녔다. 초등학교를 졸업한 누이가 중학교 대신 메리야스 공장으로 떠나던 날도 〈바닷가에서〉는 종일 입술에 머물러 떠나지 않았다.

누이가 떠난 지 일 년 만에 술만 마시던 아버지마저 세상을 하직하자 그는 아예 학교 가는 길에도 곧잘 샛길로 빠져 뒷산에 오르곤 했다. 그때도 또래보다 머리 하나가 컸던 그는 마을 뒷산에 몰려와 훔쳐 온 담배를 피우며 킬킬거리던 동네 형들을 따라 담배를 배웠다. 담배뿐 아니라 형들은 자주 소주를 가져다 마셨는데 한 잔씩 홀짝거리다 맛을 들이게 돼 5학년 무렵엔 백화소주 한 병을 거뜬히 비울 정도가 되었다.

하루는 동네 형 하나가 서울의 삼촌이 선물한 하모니카를 들고 나타났다. 촌놈들에게는 그것도 신기한 물건이라 이놈 저놈 돌려가며 침을 바른 후에야 막내인 그에게 차례가 돌아왔다. 이미 하모니카가 시들해진 형들이 담배를 돌려 빨며 어느 동네 가시내 이야기에 정신이 팔려 있을 때 그는 술 담배도 뒷전인 채 삐뽀삐뽀 싱거운 장난질에 열중했다. 그러다 어느 순간 불고 내쉬어 순차적으로 음계를 조정한다는 것과 라에서 시로 넘어갈 때만 연속으로 들이마시면 되는 하모니카의 원리를 알아냈다. 두어 차례 원리를 확인하며 아래에서 위로, 위에서 아래로 음계를 맞추던 그는 요술 부리듯 〈바닷가에서〉를 불어재꼈다. 낮술에 맛탱이가 간 형들의 눈이 산짐승을 만난 것처럼 휘둥그레졌다.

베트남에 파병됐다 죽은 동네 형의 기타가 손에 들어온 뒤로 그는 매일같이 허물어지는 무덤가에서 가요 책을 펴놓고 기타를 쳤다. 하루

한 병씩 비우던 술도 끊은 채 학교가 파하면 기타에 매달렸다. 일 년쯤 지나자 어느덧 입대하는 동네 형의 송별회에 불려 다니며 솜씨를 뽐낼 정도가 되었다. 기타를 칠 때는 엄마의 냄새를 떠올리려고 몸서리칠 필요가 없었으므로 그는 더욱 그 세계로 깊이 들어갔다. 손끝에서 만들어지는 소리는 기억되는 세계가 아니라 감각되는 세계였다. 기타를 친 이후 그를 안아주던 할머니의 손길이 뜸해졌다.

고속버스가 정차하고 사람들이 내렸다. 사람들이 내리는 와중에도 천변 도로에서는 벚꽃 이파리가 날아왔다. 다소 피곤한 얼굴로 버스에서 내린 사람들은 지정된 행선지를 찾아 바삐 사라졌다. 등받이에 기대 잠을 잔 사람은 머리카락이 뭉개져 있기도 했다.

깊은 잠이라도 잔 것인지 배낭을 한쪽 어깨에 걸머진 박타동은 맨 끝에 내렸다. 낯선 거리에 떠밀려 온 사람처럼 어리둥절한 모습으로 서 있던 그가 배베이스를 발견하고 어색하게 웃었다. 그런 박타동을 배베이스가 격하게 달려들어 끌어안았으나 지난날의 탄탄하던 이두박근과 승모근은 만져지지 않았다. 조금 떨어져서 위아래를 훑어보았지만 터질 듯하던 대퇴부의 근육도 세월에 산화돼 박타동의 바지는 후줄근했다.

스타렉스 조수석에 그를 태우고 천변도로를 달려온 배베이스는 꽃밭정이 사거리 쪽으로 좌회전했다. 근 오 년 만에 박타동과 전화가 연결됐을 때 배베이스는 먹따는 소리로 다짜고짜 내려오라는 말부터 내질렀었다. 무슨 사업인가를 달싹 말아먹고 기소 중지까지 당해 이곳저곳 떠돈다는 소리를 그는 들어 알고 있었다. 아파트 한 채를 지키기 위해 아내와 가짜로 이혼 서류를 꾸몄다는 소리가 들려오더니 얼마 후에는 아예 남남이 됐다는 소문이 꼬리를 물었다.

"전주도 많이 변했구나. 어디가 어딘지 통 모르겠어."

고향을 떠나 객지 생활을 하던 친구들은 오랜만에 나타나면 꼭 이 말을 한다. 물론 고향을 떠나는 자들은 회한 몇 자락씩을 나고 자란 곳에 떨궈놓게 마련이다. 하지만 그들의 감회가 단순히 거기에 머물러 있는 것만은 아니다. 대개의 경우 그들은 나라의 모든 것이 집중된 곳에서 온갖 변화를 만들거나 편승해놓고도 막상 고향만은 자신의 경험치 내에서 존재하길 원한다. 그러면서 한편으로는 저쪽 공간에 다시금 뛰어들기 위해 쉴 새 없이 촉수를 뻗어 동태를 확인한다. 이쪽은 결국 저편의 추락에 불과하다는 내면의 편린을 굳이 숨기려 하지도 않으면서. 그러니까 그들의 회한은 이곳에 남겨둔 것들이 아니라 이 도시가 양적으로 확장될 때 저쪽 세계에 승차했던 순간들을 향하고 있는 셈이다.

차는 꽃밭정이 사거리를 지나 다음 사거리에서 우회전한다. 몇 차례 더 왼쪽과 오른쪽으로 꺾어져서야 일성아파트 진입로가 나타났다. 배베이스는 아파트 입구에 조성된 코딱지만 한 공원 옆에 차를 세우고 건물주에게 전화를 건다. 코딱지만 한 공원이라도 있을 건 다 있어서 운동기구들과 벤치와 그것들을 둘러싼 몇 그루의 소나무가 보인다. 작은 모정도 있었는데 옆에 선 두 그루의 벚나무에서 쉴 새 없이 꽃잎이 날린다. 통화를 끝낸 배베이스가 차에 실린 이불 보따리와 베개를 꺼내 들자 박타동이 웃가지며 세면도구가 든 배낭을 어깨에 걸치고 맞은편 허름한 건물로 따라간다. 그들이 2층으로 올라가자 시골 아줌

마 행색인 주인 여자가 서 있었다.

계단 좌우의 복도에는 육중한 철문이 사람을 튕겨낼 듯 입을 다물고 있다. 주인 여자가 왼쪽 문을 밀치며 따라오라는 듯 뒤를 돌아본다. 어두컴컴한 복도 양편에 아까와 같은 철문이 아라비아 숫자 201과 202라고 적힌 판박이 스티커를 이마에 붙인 채 매달려 있다. 201호와 202호를 지나 주인 여자는 203 스티커가 붙은 문을 연다. 그러면서 복도에 딸린 방 세 곳이 하나의 보일러를 쓰며, 그 때문에 계기판을 복도에 부착했다고 설명한다. 온도 센서를 고려해 복도와 방 안의 온도를 비슷하게 유지하는 일이 중요하므로 복도 입구에 따로 문을 달았다고도 덧붙인다. 그러니까 보일러를 켜거나 끄려면 복도로 나가 벽을 더듬거려야 하며, 요금은 세입자 세 명이 공평하게 분배한다는 것이었다. 이곳에서는 두 사람이 절약을 하고 싶어도 한 사람이 보일러를 틀어대면 덩달아 상승분을 부담하게 되는 이상한 평등이 실현되고 있었다.

주방이랄 것도 없이 싱크대만 설치된 방이었다. 변기에 앉으면 무릎이 문에 닿을 만큼 화장실이 좁았다. 주인 여자가 양변기의 레버를 돌려 물이 잘 나오는지 확인하더니 준비해온 부동산 계약서를 내민다. 배베이스는 띠지로 묶은 만 원권 지폐 한 다발을 여자에게 건네고 방바닥에 주저앉아 이름과 주소 등을 적는다. 박타동은 아무렇게나 배낭을 내려놓고 어물쩍 서 있는데 주인 여자가 띠지를 떼고 자리에 선 채 돈을 세기 시작한다.

"새로 오신 분이에요?"

팬티에 러닝만 입은 사내가 201호 문을 열고 나타났다. 대낮인데도 소주 냄새가 확 풍긴다.

"예."

대답을 하느라고 몇까지 셌는지를 까먹은 여자가 처음부터 다시 돈을 센다. 부동산 계약서의 빈칸을 다 채운 배베이스가 그것을 내밀자 세는 걸 포기한 여자가 호주머니에 돈을 넣는다. 여자로부터 열쇠를 건네받은 배베이스가 나가자고 박타동의 등을 민다. 201호 사내는 대화를 더 나누고 싶은 눈치였지만 눈길도 건네지 않고 두 사람은 건물을 나와 인근 순대국밥집으로 들어갔다.

"음악 때려치우고 사니까 좋디?"

소주가 세 병째 비어가는 중이니 각자 한 병 반쯤을 마신 셈이다. 그래서인지 배베이스의 혀가 제대로 말을 듣지 않는다. 밤무대를 뛸 때 손바닥에 올려놓고 털어 넣던 러미나를 이십 알쯤 삼킨 놈처럼 눈도 게슴츠레하고 초점도 희미하다. 배이수라면 젖내 풍기던 시절 이미 30도 소주를 한 병씩 비우던 사나이 아닌가. 소주도 배가 불러 먹지 못하겠던 사람이었다. 어쨌거나 달라진 것이 눈에 띄면 그건 다 세월에 해당하는 값으로 여겨진다.

"순대 하나를 먹어도 전주는 다르구나."

박타동의 동문서답에,

"지랄한다, 지랄해. 한옥마을 관광객 같은 소리나 하구."

배베이스가 다시 잔을 기울이고 순대를 집어 우물거린다. 순대에서 나온 곱이 그의 입가에 부스럼처럼 매달려 있다.

"음악 하다 떠난 놈들…… 내가 숱하게 겪었다. 십 년 하다 어디 취직한 놈, 십오 년 하다가 노가다 간 놈, 이십 년 하다 어디 장사하러 간

놈들…… 그런데 음악을 헌신짝처럼 버리고 떠난 놈들이 잘되는 꼴을 못 봤어요, 내가. 돈 좀 벌고 맛있는 건 처먹었을지 몰라도 낙원을 잃고 빌빌대는 종자들이지. 왜 목구멍을 소리 내는 데 쓰지 않고 처먹는 일에만 쓰냐구. 악기 만질 손으로는 남들 뒤통수나 까고. 패잔병으로 풀 죽어 사는 일이 그렇게 좋아? 나는 그게 슬퍼!"

그의 마지막 말은 거의 신파극 대사 같았다. 박타동은 잘못을 저지른 학생처럼 꾸중인지 충고인지 모를 배이수의 말을 묵묵히 들었다.

"어떤 놈들은 그래요, 집에서 가끔 기타를 만지면서 옛 기억을 되살린다고. 야, 그게 소리냐? 집에서 딩동거리는 게 음악이야? 그건 사기야, 사기! 자기 자신에게 사기를 치는 거라구. 소리를 모아야 그게 소리지. 악기를 따라서 목소리가 끌려 나오고, 그 소리에 맞춰 드럼이 치고 들어오는 거, 앙상블, 시키야! 입맛 없어 어쩌다 처먹는 풀대죽에서 옛날 맛이 나냐? 육갑들 하고 있어 증말. 나는 그게 슬퍼!"

소주 한 병이 더 나왔다. 박타동이 각자의 잔에 술을 따랐다.

"드럼으로 단련된 근육은 다 풀어지고 뱃살만 디룩디룩 쪄가지고 집안은 집안대로 말아먹고…… 아주 잘하는 짓이다. 니 이름은 박타동이야, 박타동. 드럼을 치라는 운명. 그런 줄도 모르고 돈 번다고 폼 잡고 남 사기나 치더니 이제 와서 뒤통수나 맞고…… 보기 참 조오타. 그렇잖아도 사람들은 너무 일만 하는데 왜 놀던 놈들까지 나서서 지랄이냐구. 옛날 사람들이 부르던 노래가 있어요. 노세 노세 젊어서 노세. 노는 걸 팽개치고 망가지는 놈들……."

"나는 참 슬퍼!"

박타동이 배이수의 말을 자르고 끼어든다. 말을 앗아간 박타동을 배베이스가 흐린 눈으로 본다. 박타동의 눈동자가 조용히 빙글거린다.

"나는 참 슬퍼가 아니고 나는 그게 슬퍼지, 병신아!"

박타동의 말을 정정해주더니 그가 갑자기 물었다.

"존 멜렌캠프의 〈헛 소 굿Hurts so good〉과 마이클 잭슨의 〈블랙 오어 화이트Black or White〉, 넌 그 두 곡의 공통점을 알기나 하냐?"

앞뒤 맥락도 없이 뜬금없이 튀어나온 질문에 박타동은 잠시 생각하는 얼굴이 되었다. 그러나 배베이스는 대답을 바란 것도 아니라는 듯 빈 잔에 술을 채워 내민다. 박타동이 잔을 대자 술을 비운 그가 안주로 나온 선짓국에 숟가락을 넣어 국물을 뜬다. 박타동이 그를 따라 선지 한 덩이를 건져 입에 넣는다. 배베이스가 흘러내린 헤어밴드를 천천히 밀어 올린다. 파마한 머리칼이 윤기 없이 어깨에서 푸석거린다.

"내일부턴 저녁 일곱 시까지 '낙원'으로 나와. 밥은 먹여주고 월세 낼 월급도 줄 테니까 손님들 시중들고 노래 부르면 드럼도 쳐주고 해. 우리가 하기로 한 곡들 연습도 하고."

박타동이 무슨 말인가 하려고 고개를 들었다. 배이수가 손을 저었다.

"알아알아. 너한테 소리다운 소리는 기대도 안 해. 바운스만 신경 써. 바운스야, 바운스!"

아직 중천에 해가 벌건데 두 사람은 낮술이 거나해져 밖으로 나왔다. 담배부터 피워 물고 서로의 어깨에 팔을 둘렀다. 어깨동무를 한다고 했지만 곱절이나 키가 큰 배베이스에게 박타동은 매달려 가는 형국이었다.

"그러구 가명도 하나 지어. 너 수배 중이라며? 박타동이 뭐냐, 박타동이. 평범한 이름으로 당장 바꿔. 박타동이라니…… 참 내!"

박타동이 입에 문 꽁초를 뱉었다.

"언젠 이름 좋대며?"

"그게 그거하고 같냐? 하여튼 문제는 바운스야, 바운스. 알겠어?"

박타동이 배베이스의 등을 치며 장난스레 뇌까렸다.

"나는 그게 슬퍼!"

"지랄한다, 지랄해! 그 좋은 밤을 두고 낮에 일하니까 좋디? 우린 밤을 사는 족속이야. 낮이 아니라 밤. 블랙 나잇 이즈 낫 라잇Black night is not right 아이 돈 필 소 브라잇I don't feel so bright……."

배베이스는 혀 꼬부라진 소리로 딥 퍼플의 노래를 흥얼거린다. 두 사람은 원룸 앞 공원 벤치에 앉아 담배 한 대씩을 더 피웠다.

"근데 〈헛 소 굿〉과 〈블랙 오어 화이트〉의 공통점이 뭐야?

배베이스가 술이 불콰해진 얼굴로 박타동을 본다.

"들어봐. 들어봐야 알지, 등신아!"

꽁초를 비벼 끈 그는 벤치에서 일어나 터덜터덜 스타렉스를 향해 걸어갔다.

낮에 마신 술은 얼추 깬 것 같지만 머리가 무겁고 몸도 부대낀다. 편의점에 들러 물 한 병을 사들고 와 주둥이를 입에 넣고 한 모금씩 마시며 박타동은 길 쪽으로 난 창 너머를 본다. 간혹 아파트로 들어가는 차가 플래시를 비추듯 아스팔트를 핥고 지나간다. 그가 사용하기로 한 원룸이 2층이기 때문에 그곳 창가에선 공원이 한눈에 내려다보인다. 그중 공원 귀퉁이를 차지한 소나무의 짙푸른 정수리가 빤히 내다보이는 게 신기하다. 생각해보니 지금껏 나무의 정수리를 이렇듯 가까이서 바라보기는 처음인 것 같다. 바람을 따라 거무스름하게 일렁이는 어떤 아득한 깊이. 나무야 큰 키로 머물러 있을 뿐 원래 정수리를 잘 드러내지 않기 때문인지 어쩐지 그곳은 남 보여주기 싫은 은밀한 부위처럼 여겨진다. 낯설다. 나무의 정수리가 낯설고, 이 터무니없는 공간에서 보낼 하룻밤이 낯설다.

그는 배베이스의 호의를 받아들일 생각이다. 이곳저곳 떠돌며 지인들 신세를 지는 일도 지겹지만 배베이스의 철없는 열정에 못 이기는 척 다리 하나를 걸치고도 싶다. 노래방이 생기면서 나이트클럽이 시들해졌지만 마지막 남은 배짱 하나로 지금은 연락도 끊긴 니키타까지 셋이서 무예 연마하듯 악기와 뒹굴던 시절을 그는 아직 잊지 못한다. 일 년을 라면으로 버티다 먼저 짐을 꾸려 떠나올 때 뒤통수에 꽂히던 배베이스와 니키타의 눈초리는 취기와 함께 귀가할 때면 늘 뒤를 따라다녔다. 기댈 곳 없는 아내와 어린 자식을 두고 월남한 남자처럼 흙먼지 속에 서 있는 그것들의 영상에 삶이 모퉁이를 돌아갈 때마다 신열을 앓았다. 사랑하는 사람을 두고 다른 여자와 사는 것처럼 자주 먼 곳을 보았다. 어쨌거나 지금 당장은 갈 곳도 없다.

그가 떠난 지 십 년 만에 딱 한 번 배베이스가 찾아왔다. 그간의 세월이 얼굴에 더께 진 건 어쩔 수 없었으나 그게 아니라도 배이수는 힘겨워 보였다. 박타동이 떠난 지 얼마 되지 않아 니키타마저 서울로 떠났다는 말을 배베이스는 씁쓸한 웃음으로 건넸다. 박타동은 비싼 술과 요리를 대접하며 시종 그의 이야기를 들었다. 몇몇과 이러저러한 팀을 운영하다 재미를 보지 못하자 우후죽순처럼 피어나던 7080 난타에서 간단한 멘트를 날리며 반주기에 곡을 입력하고, 취객의 노래에 반주를 해주기도 하면서 그는 생활한다고 했다. 물론 서울로 떠난 니키타는 룸살롱의 술자리에 불려 다니며 목구멍에 풀칠을 했을 테고. 그날 배베이스는 거나하게 취해 새벽 첫차를 타고 떠나갔다. 배베이스가 돈 이야기를 하러 왔다가 술만 마셨으리란 추측은 며칠 뒤에야 뇌리의 빗장 안으로 도둑처럼 들어왔다. 성급히 전화를 걸었지만 수화기 속 여자는 전화를 받을 수 없다는 말만 되풀이했다.

201호에서 혀 꼬부라진 고성이 벽을 타고 넘어온다. 편의점에서 물을 사들고 들어올 때 검은 비닐봉투에 소주 몇 병을 담아 공원을 질러 오던 그와 마주쳤었다. 사내는 한잔하자는 것이었지만 박타동은 정중하게 사양했다. 사내가 뭐 하시는 분이냐고 물었을 땐 미리 준비한 사람처럼 영화 시나리오를 쓴다고 둘러댔다. 드럼을 입에 올리려다 과거의 전력을 형사들이 알까 싶어 거짓말을 한 거였다. 하기야 흉악범도 아닌 경제사범을 형사가 눈 뒤집고 찾아다닐 리 없었다. 그렇지만 채권자와 경찰을 피해 정처 없이 떠도는 사이 거짓말은 본능처럼 몸에 붙어 다녔다.

누군가와 통화를 하는 201호 사내의 발음은 취기 때문에 알아들을 수 없다. 그렇지만 무언가에 항의하는 소리인 것만은 분명하다. 간간이 씨발놈아, 하는 소리도 들리는데 그 발음은 그래도 또렷하다. 받지 못한 막노동판의 노임을 달라며 떼를 쓰는 게 아닌가 싶다. 그게 사실이라면 201호 사내는 지금 자신을 고소한 채권자들처럼 절박한 처지일 것이다. 자신 또한 받을 돈이 있기 때문에 누구보다 그 심정을 잘 안다. 그렇다고 자신을 고소한 사람들처럼 그가 채무자들을 고소한 것은 아니다. 받을 돈도 있고 줄 돈도 있으니 그걸로 퉁쳤다고 생각할 작정이다.

통화가 끝났는지 201호 사내가 이제는 노래를 부르기 시작한다. 역시 발음이 엉망이다. 분명한 것은 201호 사내가 지독한 음치라는 사실이다. 취기 때문에 음정을 컨트롤하지 못하는 사람과 본래 음치인 사람은 코드 진행이 다르다. 음치의 코드 진행에는 말로 표현하기 어려운 해학이 깃들어 있다. 본인의 머릿속에는 음정이 또렷한데 밖으로 뛰쳐나올 때마다 어처구니없이 굴절되는 불가항력의 왜곡들. 침이 가득 차 자꾸 삑사리가 나는 관악기의 그 의도치 않은 변주. 낮은 음은 작게, 높은 음은 크게 소리를 질러 음의 높낮이를 표현하려는 음치의 가상한 노력과 비애를 사람들은 알기나 할까. 마이크를 두 손에 모아 잡고 기말시험 보듯 사력을 다해 소리 하나하나를 밀어내는 그들의 진지한 가창과 겸손한 태도를.

서우으 하으하으 아아에에어
내에우음오오 가아이 오오오다

자주 부르는 노래에는 누군가의 한 순간이 묻어 있다. 쓰디쓴 사랑의 기억과 저주 같던 외로움을 버리지 못한 채 그들은 그렇게 상처를 보듬는다. 그렇다면 201호 사내는 지금 어떤 날들을 어루만지고 있을까. 어쨌거나 201호 사내는 전형적인 음치다. 겸손함은 부족하지만 작은 목소리와 큰 목소리로 멜로디의 높낮이를 표현하기 위해 애를 쓰는 사람. 만일 그의 노래를 복원할 생각이라면 음의 길이는 따질 것도 없이 오직 소리의 크기로만 높낮이를 유추해야 한다. 어려운 일이지만 사내가 부르는 노래의 멜로디를 언젠가는 찾아내게 될 것도 같다. 물론 박타동이 사내의 이력을 간절하게 알고 싶은 것은 아니다. 그러나 한번 일어선 멜로디에 관한 궁금증이 생각날 듯 말 듯 뇌리를 들락거리자 재채기를 하려고 숨까지 들이마셨는데 거기서 그만 멎어버린 것처럼 자꾸 허전하고 억울한 느낌이 든다. 옆방에 달려가 그게 무슨 노래냐고 사내의 멱살을 잡아 흔들고 싶다. 좌우간 언젠가는 저 노래를 알아낼 것이고, 그러면 재채기를 해버렸을 때처럼 시원한 일이 생길 거라고 그는 스스로에게 주문을 건다.

아파트 단지로 들어가는 승용차의 헤드라이트가 다시 길을 훑고 사라진다. 하루 일과를 마치고 귀가한 그는 몸을 씻고 잠시 텔레비전을 보다가 술기운을 빌려 잠을 청하겠지. 그리고 내일 아침이면 차를 끌고 나가 다시 같은 시간에 돌아와 잠이 들 것이다. 과연 라면을 먹던 시절과 서울에서의 세상살이 중 어느 쪽이 삑사리였던가. 생각해보니 이건 배베이스의 호의를 받을래 말래 하는 문제가 아닌 듯싶다. 그것이 다인 양 지고 다니던 어떤 무게를 내려놓을래 말래 하는 문제일 뿐.

낙원

　알 파치노와 숀 펜이 열연한 〈칼리토〉라는 영화가 있다. 칼리토로
분한 알 파치노가 어두운 과거를 청산하고 연인 게일과 살고 싶은 곳
은 바하마다. 그런 그가 비극적 최후를 마친 후 엔딩 크레디트가 올라
갈 때 조 카커의 노래 〈유 아 소 뷰티풀You are so beautiful〉이 관객의 가슴
을 적시며 흘러나온다. 그리고 화면. 바다가 넘실거리고 누런빛 태양
이 커다랗게 수평선 아래로 잠기기 시작한다. 태양의 귀퉁이에는 프레
임 저편에서 건너온 야자수 이파리가 가위처럼 엇갈려 가로지르고 있
으며 바다는 홍조를 띠고 태양과 한 덩어리로 출렁거린다. 야자수가
늘어진 화면 반대편에선 타악기를 연주하는 두 사람과 마라카스를 흔
드는 사람의 실루엣이 보인다. 그리고 야자수 밑에서 춤을 추는 한 여
인. 게일로 추정되는 여인은 역시 실루엣만 드러나 있어 얼굴도 표정
도 알아볼 수 없다. 그러나 일과 후의 평온과 근심을 털어낸 자들의 자

족감은 분홍빛 낙조와 함께 몸을 붉게 물들이는 중이다. 사실 그 장면은 영화 초반부에 커다란 브로마이드로 이미 선을 보인 바 있다. 그런데 그 브로마이드가 엔딩 화면과 다른 점은 타악기 연주자들의 머리 위에 다음과 같은 글귀가 새겨져 있기 때문이다.

ESCAPE TO Paradise

바로 그 브로마이드가 7080 난타 '낙원'의 무대에 떡하니 걸려 있다. '낙원'은 모악산에서 흘러내린 물이 전주로 접어들며 생긴 삼천 옆 도로변에 있다. 아파트 단지를 제외하곤 인근에서 가장 큰 건물 4층에 배베이스가 세를 들어 만든 7080 난타가 곧 '낙원'이다. 원래는 레스토랑이었지만 폐업을 한 채 비어 있던 것을 배베이스가 들어와 '낙원'으로 바꾼 지 어언 오 년째였다. 배베이스는 전임자가 놓고 간 레스토랑의 집기를 그대로 두고 남쪽에 단을 쌓아 아담한 무대를 만든 후 중고로 구입한 음향 장비를 설치했다. 그런데 무대 배경에 해당하는 벽면에 예의 그 브로마이드가 엔딩 시퀀스처럼 분홍빛으로 출렁거린다. 이곳이 낙원입니다, 그런 말을 건네듯.

'낙원'의 위치를 알지 못하는 라콰노를 데리고 리콰자가 들어섰을 때 배베이스와 박타동은 창가 테이블에 앉아 담배를 피우고 있었다. 물을 채워 재떨이 대신 쓰고 있는 종이컵에는 꽁초가 수북했고, 박타동의 담배 에세순과 배베이스의 보헴시가가 지포 라이터와 함께 탁자에 놓여 있었다. 배베이스와 리콰자는 안면이 있는 사이지만 나머지는 초면인 셈이라 손을 엇갈려 악수를 나누며 그들은 통성명을 했다. 인사가 끝나자 리콰자는 카멜을 꺼내 한 대 빼문 후 불을 붙였다.

"그런데 리콰자가 본명입니까?"

스틱으로 허벅지를 두드리던 박타동이 고개를 들어 리콰자를 본다. 들이마신 담배 연기가 리콰자의 발성을 따라 입 밖으로 부서진다.

"설마 싸이의 본명이 싸이라고 생각하는 건 아니죠? 혜은이의 본명은 김승희고 태진아는 조방진이죠. 리콰자도 그런 겁니다."

박타동이 동작을 멈추었다.

"그럼 왜 하필 리콰자죠?"

"혜은이란 이름에 의미는 없어요. 그렇지만 관자놀이에 총구를 대고 내게 이유를 하나 대란다면…… 아실라나? 칠십 년대 영국 가수 중에 수지 콰트로라고. 전사처럼 노래하던 여자죠. 그 여자한테서 '콰'를 가져온 겁니다."

이어 그는 곁에 앉은 라피노를 마저 소개했다.

"이 친구 이름은 나은정입니다. 피아노를 전공했죠. 그러니까 라피노는 나은정과 피아노의 합성어인 셈이죠. 그러는 그쪽은 황달수가 본명입니까?"

리콰자의 눈빛을 감당하지 못하고 박타동이 허둥거리자 배베이스가 그런 박타동을 노려보았다. 자신과 라피노의 이름을 술술 까밝히던 리콰자가 슬며시 미소를 지었다.

"황달수는 좀 깨네요."

두 사람의 수작을 불안한 시선으로 구경하던 배베이스가 홀 뒤쪽의 미니바를 돌아 주방으로 들어간다. 공사판에 나가는 친구라 기타가 좀 늦을 모양이라며 그는 물방울이 맺힌 소주병과 김치 접시를 쟁반에 담아 온다. 쟁반 위의 물건을 살피며 라피노가 묻는다.

"막걸리는 없나요? 배에 빵꾸가 난 뒤론 소주를 삼가는 편이라……."

"그 생각을 못 했네요. 사올게요."

가까이에 슈퍼가 있는지 밖으로 나간 배베이스가 금세 막걸리를 들고 왔다. 막걸리와 소주가 채워진 잔을 그들은 단숨에 비웠다. 배베이스가 리콰자에게 불만 섞인 음성으로 말했다.

"전화를 걸었더니 낯선 여자가 받데. 누구야?"

"요금 좀 밀렸더니 어떤 여자가 자꾸 전화에 씨부렁거리네. 씨파, 우리나란 전화 요금이 졸라 비싸요! 이 담배가 카멜이거든?"

리콰자가 샛노란 담뱃갑을 집어 든다.

"양담밴데 국산보다 오백 원이 싸요. 전엔 레종 피웠는데 담뱃값 오르고 나서 국산은 안 쓰기로 했거든. 조선 놈들 꼴 보기 싫어서. 전화도 다음엔 아이폰으로 갈 거야. 차도 독일 차로 하고. 만일 다시 결혼하면 그땐 우즈벡 여자하고 한다, 내가."

배베이스와 박타동이 키득거렸고, 라피노는 새침한 표정을 지었다.

"조선 년 앉혀 놓고 말을 꼭 저렇게 해요."

배베이스가 청바지 주머니에 손을 넣어 꼬깃꼬깃한 지폐 몇 장을 꺼내자 박타동이 배베이스의 돈에 동전까지 가진 것을 보탰다. 라피노도 지갑을 털어 지폐 몇 장을 탁자에 놓았다. 배베이스가 탁자 위의 돈을 그러모아 리콰자에게 건넸다.

"우즈벡이고 나발이고 전화부터 해결해. 사람이 왜 그래, 찌질하게!"

첫 만남은 화기애애했다.

"워언 투우, 원 투 쓰리 포!"

박타동이 스틱을 두드리며 외치자 기타와 베이스가 리듬을 잡고 끌려 나왔다. 〈템플 오브 더 킹〉의 그 유명한 여덟 마디 전주가 마침내 시작된 거였다. 특히 그 곡은 기타 연주가 무엇보다 중요한데 이국적인 느낌과 종교적 경건함을 동시에 틀어쥐는 능력이 필요했다. 노래가 시작되기 전 여덟 마디에서 사람들로 하여금 자세를 가다듬고 감상할 채비를 갖추게 하는 것이 기타가 할 일이었다. 그렇지만 별반 복잡할 게 없는 데다 빠르기도 메트로놈 81에 불과해 초보자도 흉내낼 수 있는 단순한 곡이 〈템플 오브 더 킹〉이었다. 맛을 내기로 들면 깊은 곳까지 탐사해야 하지만 카피가 급선무라면 소리만 뽑아줘도 될 일이었다.

그러나 A$_m$로 시작되는 전주의 첫 마디가 채 끝나기도 전에 사람들의 날 선 시선은 김기타를 향해 날아갔다. 첫 음인 미를 사원의 종소리처럼 먼 데까지 뿌려줘야 하는데 기타 소리는 처음부터 어린애 걸음마처럼 뒤뚱거렸다. 김기타는 일터에서 막 달려와 흙먼지뿐 아니라 페인트와 콘크리트 자국이 선명한 옷을 입고 있었다. 그런 채로 넘어갈 듯 허리를 젖혀가며 혀까지 빼문 얼굴로 음을 고르는 중이었다. 런던 필과 협연하는 리치 블랙모어보다 몇 배나 진지하고, 그 리치 블랙모어가 울고 간대도 만족 따윈 없다고 일갈할 듯한 기세였다. 그러나 그런 진지한 자세에도 불구하고 F와 G코드로 마디가 넘어갈 때까지 그의 기타 소리는 일관되게 불안정했다. 보다 못한 배베이스가 연주를 접으며 팔을 내두르자 건반이 멈추고 잠시 후 드럼도 스틱을 거뒀다. 그러나 다른 사람 소리를 신경 쓸 여력이 없는 김기타만은 한 마디를 더 진행한 뒤에야 고개를 들었다.

"야 김기타, 해머처럼 찍어 누를 수 없냐?"

배베이스의 목소리가 리쾨자를 지나 김기타에게 건너갔다.

"무슨 말이야? 해머링*도 아닌데."

"해머링이 아니라 해머로 치는 것처럼 지판을 눌러주란 말야."

"뭐라는 거야?"

무안함 탓인지 김기타의 투덜거림은 과장돼 있었다. 마이크를 든 리쾨자가 배베이스를 거들었다.

"해머 말고 떡메 알지? 인절미 만들 때 두들기는 나무망치. 그걸로 떡을 딱 때리면 어떻게 돼? 들러붙어서 떨어지지 않지?"

"그게 뭐?"

"떡메처럼 손가락을 지판에 붙들어 매란 뜻이야. 튜닝부터 다시 해봐."

그렇지 않아도 멤버들의 시선이 부담스럽던 김기타는 궁지에서 벗어날 길을 찾은 사람처럼 잽싸게 헤드에 물린 튜닝기를 켰다. 튜닝이 끝나기를 기다려 박타동이 아까처럼 숫자를 세며 네 번 스틱을 쳤다. 그러나 의구심을 거두지 못한 사람들은 연주 중에도 자주 김기타를 흘끔거렸다. 조금 나아졌어도 여전히 소리는 직선이 아니라 불규칙한 파동을 그리며 날아갔다. 그래도 배베이스가 저음을 굳건하게 잡아줘 위태롭게나마 전주 여덟 마디가 구불구불 흘러갔다. 반 박자를 쉰 리쾨자가 연주에 합류했다.

* Hammering. 손가락으로 기타 줄을 두드려 소리를 내는 주법.

40

One day in the year of the fox

Came a time remembered well

When the strong young man of the rising sun

Heard the tolling of the great black bell······

무대 오른쪽 구석에 드럼이 있고 배베이스가 그 옆에 서서 베이스 기타를 연주했다. 그 옆에 마이크를 쥔 리콰자가 노래하고 있었으며 바로 곁에 김기타가 서고, 드럼의 대척점에 라피노가 있었다. '낙원'의 무대에는 모니터 스피커가 설치돼 있지 않아 사람들은 무대 밖으로 달아나는 소리를 붙잡아 간신히 자기 음색과 볼륨 등을 확인했다. 그러다 제 소리를 놓친 사람이 볼륨을 높이면 옆 사람도 소리를 키워 목적 자체가 본래 그것인 양 사운드가 난폭해졌다. 돈이 없어 우퍼* 또한 갖추지 못했기 때문에 고음에서 보컬의 목소리는 쇳소리처럼 날카로워졌으며, 배베이스가 분투하고 있었지만 드럼과 호흡이 맞지 않아 소리는 조화롭게 정렬되지 못한 채 마구 뒤엉켰다.

라피노는 페달을 밟기 위해 힐을 벗어 던진 채 맨발이었다. 원곡에 건반악기가 편성돼 있지 않아 자신을 드러낼 것 없이 코드만 눌러주면 되므로 그녀의 연주는 틀어지고 자시고 할 게 없었다. 그러나 김기타가 워낙 도드라져 사람들의 시야에서 비켜 있어 그렇지 박타동의 연주도 실은 기타 찜쪄먹을 수준이었다. 그가 스내어드럼에 스틱을 먹이면 썩은 바가지 깨지는 소리가 나고, 심벌을 때리면 자갈밭에 솥뚜껑

---

* Woofer. 저음용 확성기.

던지는 소리가 들렸다. 배베이스가 그렇게 강조했는데도 필인*만 하고 나면 박자를 절었다. 아무리 스틱을 놓은 지 오래됐다지만 그 소리를 듣고도 밤무대를 호령하던 드러머를 떠올리기는 어려울 것 같았다.

그래도 연주가 진행되자 배베이스는 스텝을 밟고 몸을 흔들며 리듬을 타기 시작했다. 젊어서는 '날으는 배베이스'라고 불렸다더니 큰 상체를 흔들자 볼품없이 어깨에 얹혀 푸석거리던 머리카락이 모양 좋게 나부꼈다. 아직 제 소리 낼 단계가 아님을 인정한 그는 차츰 소리 내는 일을 몸으로 받아들이고 신명을 내는 것 같았다. 무대를 잃고 취객의 밑이나 닦아주던 일들에 비해 이렇게나마 소리를 내는 일은 이미 호사가 아닐 수 없었다. 간주가 끝나고 노래가 2절로 넘어갈 무렵 보면대에 놓인 리콰자의 악보를 훔쳐보던 배베이스가 고개를 돌리고 킬킬거린다. 영어 가사 아래에 깨알같이 토를 단 글씨가 보였기 때문이다.

One day in the year of the fox
원 데이 인 더 이 롭 더 팍스

When the bell began to sing
웬 더 벨 비건 투 씽

It meant the time had come for the one to go
잇 민 터 타임 햇 컴 포 더 원 투 고

To the temple of the king......
투 더 템플 옵 더 킹

* Fill in. 스내어드럼과 탐탐, 심벌을 연속 동작으로 두드리는 주법. 속칭 '기까끼'라고도 한다.

연주를 끝냈을 때 김기타의 이마가 개기름과 땀으로 번들거렸다. 그가 드라이버를 만지며 음을 고른 뒤 자신을 바라보는 사람들에게 부르튼 소리를 했다.

"곧 죽어도 리치 블랙모어가 연주하던 곡이야."

"누가 뭐래냐? 한 대 피우자."

배베이스가 앰프의 전원을 내리며 멜빵을 풀었다. 그들은 우르르 내려와 남은 술을 비웠다.

1971년 스위스의 레만 호 인근에 있는 몽트뢰 카지노에서 록 뮤지션 프랑크 자파가 공연하던 도중 폭죽놀이가 발단이 돼 불이 났다. 공연은 중단됐고 뮤지션들은 호텔과 숙소로 대피하는 소동을 벌였다. 카지노를 뒤덮은 불길은 밤하늘에 솟아오르고, 검은 연기는 레만 호에서 피어오른 물안개에 섞여 음산하게 호수 주변을 떠돌았다. 손만 뻗으면 닿을 듯 내려와 있던 별들도 이날만은 화염에 가려 보이지 않았다. 무대를 잃은 뮤지션들은 실의에 빠져 마리화나를 피우거나 술병을 들고 우왕좌왕 몰려다녔다.

그렇지만 그날의 화제는 불멸의 기록으로 많은 이들에게 회자되고 있으니, 하필 딥 퍼플의 멤버들은 앨범을 녹음하기 위해 그곳 몽트뢰에 머물고 있었다. 갑작스러운 대피 인파로 북새통을 이룬 호텔 로비에서 존 로드와 딥 퍼플의 멤버들은 화재 사건에서 얻은 영감을 오선지에 담았다. 그렇게 만들어진 곡은 전설이 되어 어느 한 날 쉬지 않고 세계 곳곳에서 연주되고 있으며, 곰팡내 나는 연습실에서까지 매일같이 울려 퍼지고 있다. 프랑크 자파에게는 재앙이었을지 몰라도 인류에게 몽트뢰 화재는 크나큰 축복이었다.

탄생 비화마저 신비로운 〈스모크 온 더 워터〉는 노래면 노래, 연주면 연주 뭐 하나 빠질 게 없는 명곡이다. 특히 간결하면서 몽환적이고, 절제돼 있지만 파워풀한 기타 리프*는 록 역사상 가장 빼어나다는 찬사를 듣곤 한다. 인트로의 기타 리프 가운데 에릭 클랩튼의 〈레일라 Layla〉가 첫손에 꼽히기도 하는데 〈레일라〉의 리프가 단번에 알피엠을 끌어올리는 스포츠카라면 〈스모크 온 더 워터〉는 으르렁거리며 공회전하는 산악용 지프에 비견된다. 그래서인지 〈스모크 온 더 워터〉의 첫 소절이 들려오면 사람들은 무언가에 맞서 싸울 준비부터 하게 되는 것이다.

〈스모크 온 더 워터〉의 기타 리프를 연주하려면 마디 하나에 평균 세 개꼴로 등장하는 8분 쉼표와 두 마디에 하나씩 등장하는 4분 쉼표에 유의해야 한다. 한 마디에 8분 쉼표를 세 개씩이나 뿌려 놓은 것은 박자뿐 아니라 뮤트**에도 신경을 써달라는 요청인 셈이다. 그런 과정을 통해 곡의 독특한 박자와 박진감이 형성돼 연주가 시작되면 연주자뿐 아니라 감상자까지 전의를 불태우게 되는 것이다. 그런데 이번에도 김기타는 그 지점에서 문제를 일으켰다. 콩나물과 쉼표가 뒤죽박죽 버무려지고 뮤트마저 실종되는 바람에 전의가 불타오르기는커녕 패잔병처럼 후줄근한 소리만 홀을 떠다녔다.

"좀 더 힘차게 밀고 나올 수 없냐?"

이번에도 연주에 제동을 건 사람은 배베이스였다. 보다 못한 라피

* Riff. 2~4마디의 짧은 악구樂句를 반복해서 연주하는 방법, 또는 그 곡.
** Mute. 기타 줄을 플랫에서 떨어지게 하여 음을 중단시키는 연주 주법.

노까지 참견을 했다.

"8분 쉼표 좀 어떻게 해봐."

"예전에 했던 곡이라 좀 소홀히 했더니 플레이가 영 시원찮네."

김기타는 사람들 보라는 듯 신경질적으로 머리를 긁었다. 연주를 시작하기도 전인데 벌써 그의 이마가 햇빛을 받아 번들거렸다.

"쉼표가 중요해. 잘 봐!"

라피노가 손뼉을 치며 구음으로 기타를 흉내내기 시작했다.

"따 웃 따 웃 따아 웃 따 웃 따 웃 따다아, 4분 쉼표, 따 웃 따 웃 따아 웃 따 웃 따아아!"

위 아래로 박수를 치는 라피노의 모습에서 이상하게도 원숭이가 연상되었지만 그 모습을 보고 웃는 사람은 없었다.

"다시 가보자구."

사람들로부터 자꾸 지적당하는 김기타의 모습이 왠지 남 일 같지 않은 박타동이 걱정스러운 얼굴로 다시 스틱을 친다. 연주가 시작되었지만 우중충한 하늘이 갑자기 맑은 날씨로 연결되는 영상 편집 기능 같은 게 이쪽 분야에 있을 리 만무하다. 맛은 미루고라도 이런 식이라면 비슷한 소리를 제 박자에 싣는 일마저 여의치 않아 보였다. 건반과 드럼이 뒤따르고 지옥의 소리처럼 베이스가 합세한 뒤 보컬이 등장하는 게 순서인데 베이스가 끼어들기도 전에 연주는 번번이 중단되었다. 멜빵을 풀며 배베이스가 선언했다.

"저녁이나 먹읍시다. 연습 좀 해야겠어. 연습은 집에서, '낙원'에선 합주를! 오케이?"

'낙원' 근처 식당에서 삼겹살을 안주 삼아 한 모금씩 마시던 소주가 일곱 병에 이르렀다. 사람들은 합주 이야기 대신 세상 돌아가는 일과 먹고 사는 문제를 화제에 올렸다. 젊은 날 클럽에서 연주할 때 돈을 얼마 벌었다는 둥 라면 살 돈마저 바닥나 애지중지하던 악기를 팔았다는 이야기도 끼어들었다. 그러다 배베이스와 박타동이 출근할 시간이 되자 돈을 걷어 식비를 마련하자는 말이 나왔다.

　"난 아까 다 털었어."

　박타동이 난감한 표정을 짓자 배베이스도 고개를 저었다.

　"미 투!"

　"난 급히 오느라 옷을 못 갈아입어서…… 죄송합니다."

　김기타마저 꾸벅 고개를 숙였다. 마침내 라퀴노의 차례.

　"나도 택시비뿐이야. 남아서 청소해?"

　사람들의 반응을 살피던 리콰자가 전화 요금 내라며 걷어준 돈을 꺼냈다.

　"오늘은 내가 쏜다. 배고픈 게 음악이라지만 너무들 하는 거 아냐?"

　식대를 계산하자 리콰자의 손에는 달랑 만 원이 남겨졌다. 리콰자는 차를 가져온 김기타에게 대리운전 기사를 부르라며 남은 돈을 건넸다. 삼천을 스치고 온 바람에 꽃향기가 묻어 있었다. 이를 쑤시던 배베이스가 리콰자의 어깨를 치며,

　"잘 먹었어!"

　농을 걸었다. 리콰자가 갑자기 회한에 찬 음성으로 말했다.

　"우리의 무대를 디지털이 다 빼앗아 갔어, 씨파."

　"대체 그 쌍노무 털이 어디에 났는데? 알려줘. 다 뽑아버리게."

배베이스가 되지도 않는 농을 건네며 혼자 낄낄거렸다. 그렇게 천변에 서서 맛있게 한 대씩을 피우고 박타동과 배베이스가 '낙원'으로 출근하자 라피노도 먼저 가겠다며 택시를 탔다. 대리운전 기사가 올 때까지 김기타와 리콰자는 길가에 쭈그려 앉아 산자락에서 내려오는 꽃향기를 맡았다. 행선지가 비슷해 김기타의 차를 타고 가다 리콰자는 중간에 내릴 작정이었다. 김기타의 차는 경기가 좋던 시절 사람들이 즐겨 타곤 하던 왕년의 그 갤로퍼였다. 앞으로 십 년만 더 타면 시대극 찍을 때마다 영화사든 방송국이든 차를 빌리러 올 거라며 그는 자조적으로 큭큭거렸다.

"노가다 하면 돈 좀 만져?"

김기타가 흐린 눈으로 리콰자를 본다. 자조 섞인 대답이 건너왔다.

"만지긴 뭘 만지겠수. 밥이나 먹지. 내년엔 큰놈이 대학엘 가요. 지방의 국립대를 가면 좋겠는데 서울로만 가겠다네 글쎄. 서울에 뭐가 있길래 서울서울 지랄들인지 원. 오 년 전에 말요, 기타 칠 데도 없구 해서 노가다판을 기웃거리는데 이것이 막장이구나 싶습디다. 몸에서 중요한 것이 쑥 빠지는 느낌이더라 이겁니다. 나중에 자지가 안 서서 섹스를 못 하게 되면 그때도 그 심정일라나?"

그가 담배를 손가락으로 퉁겼다.

"그래서 그 오 년간 기타를 놓고 살았다구?"

"그런 거 있잖수. 차기는 내가 차놓고 괜히 차였다고 착각하는 거. 그 꼴을 당한 거 같아 쳐다보지도 않게 되더라구. 그러다 이수 형이 손 좀 맞춰서 봤더니 다른 근육이 잡혔는지 팔뚝이 이상하지 뭐유. 굳

은살 때문에 초킹*을 해도 높거나 낮은 소리가 나구. 절대음이 안 잡혀. 끝난 거유?"

그때 대리운전 기사로부터 전화가 걸려왔다. 두 사람은 식당 주차장으로 돌아가 기사에게 핸들을 맡기고 나란히 뒷좌석에 앉았다. 대리운전 기사는 가는 길에 리콰자를 내려주기만 하면 되는데도 요금을 더 생각해달라며 눈치를 살핀다. 차가 출발할 즈음 리콰자는 마지막 남은 천 원짜리 몇 장을 김기타에게 쥐어준다. 취기 어린 리콰자의 눈에 네온 불빛과 차의 제동 등이 물감을 문지른 것처럼 뭉개져 지나간다.

"형님 눈엔 내가 기타를 칠 사람으로 보이슈?"

김기타의 눈동자가 깊고 아득하다. 리콰자가 내려야 할 곳을 향해 차가 슬슬 속도를 줄인다. 리콰자는 김기타에게 무슨 말이든 해줘야 할 것 같았다.

"우리가 하는 음악은 온음계 일곱 개에 반음계가 다섯 개야. 거기에 장조와 단조가 한 벌씩이니 조성 체계는 도합 스물네 개지. 그런데 인도는 그게 몇 갠 줄 알아? 이천 개가 넘어. 라비 샹카르의 시타르** 연주를 들어봐!"

비법을 전수하는 사람처럼 리콰자의 설명은 비장했다. 말을 마친 리콰자가 악어가죽 같은 김기타의 손을 쥐었다 푼다. 차에서 내려 그는 멀어지는 갤로퍼의 꽁무니를 잠시 쳐다보았다. 화려한데도 도시의 밤은 쓸쓸하다.

---

* Chocking. 기타를 칠 때 줄을 밀어 올려서 음정을 높이는 테크닉.
** Sitar. 인도 북부에서 사용된 류트계의 발현악기.

화인火印

점심 직후 배베이스는 '낙원' 건물주의 전화를 받았다. 월세가 들어오지 않아 일 년째 보증금을 까먹는 중인데 조만간 원금이 거덜날 거라고 협박인지 걱정인지 모를 말을 건물주는 늘어놓았다. 며칠 전에는 전기 요금이 연체돼 단전된다는 한전의 통보를 받은 일도 있었다. 간신히 마련한 전기 요금을 박타동의 원룸 보증금으로 밀어넣은 탓이었다. 하지만 팀이 꾸려진 지금 그딴 말들은 마누라 잔소리만큼도 귓등에 얹히지 않았다. 시쳇말로 간이 배 밖으로 나온 게 분명했다.

〈케세라세라Que sera sera〉를 흥얼거리며 평소보다 일찍 '낙원'에 도착했을 때 박타동은 미리 나와 드럼을 치고 있었다. 나오면 늘 앉는 창가 소파에서 배베이스는 창밖을 보며 담배를 피웠다. 삼천의 시냇물에 햇빛이 반짝 튀는데 천변에 조성된 산책로를 따라 운동 나온 여인네들이 팔을 과장되게 흔들며 지나갔다. 스틱을 든 채 다가와 맞은편에 앉는 박타동에게 배베이스가 물었다.

"지낼 만하냐?"

"그냥, 뭐."

"마누라하곤 정말 좋난 거야?"

박타동은 창밖을 흘낏 본다.

"모르겠어. 가짜든 뭐든 서류에 도장을 눌렀으니 법적 부부가 아닌 건 확실해. 그렇담 실질적으론 부부일까? 그런 것도 같구 아닌 것도 같아. 부부 관계가 지속된대도 대수랴 싶고, 갈라선대도 서운할 것 같지가 않아. 돈을 벌지 못하는 사내는 매춘을 할 수 없어. 부부 관계도 그렇지."

"그러니까 시키야, 사랑을 해야지. 리콰자 돌싱, 라피노 돌싱, 너 반싱…… 하여튼 대한민국 잘 돌아간다."

담배를 끈 그가 자리에서 일어나 오랑우탄 같은 몸짓으로 무대 옆 창고로 들어간다. 그쪽에서 뭔가 부스럭대는 소리가 들리더니 와보라는 말이 건너온다. 박타동이 창고로 가자 벽 한쪽을 차지한 박스를 치우며 배베이스는 뭔가를 찾는 시늉이다. 창고에는 빈 맥주 박스와 오래돼 폐기된 앰프며 더 이상 소리도 나지 않을 것 같은 기타 따위가 어지럽게 널려 있고 깨진 심벌도 함부로 뒹군다. 박타동은 배베이스가 건네는 라면박스를 다른 쪽 벽면에 차곡차곡 쌓았다. 그렇게 박스 몇 개를 걷어내자 골동품 가게에서나 볼 수 있는 복사기가 모습을 드러냈다. 제법 묵직한 것을 둘이서 나누어 잡고 널린 물건을 피해 밖으로 나왔다. 무대 앞에 내놓고 보니 그건 복사기가 아니라 팩시밀리 초창기 모델이었다.

주방에 들어간 배베이스가 물이 담긴 대야와 마른 걸레를 들고 왔다. 걸레를 대야에 담가 쥐어짜더니 그가 팩시밀리를 닦기 시작한다. 워낙 먼지가 두터워 걸레가 지나갈 때마다 먹물 자국 같은 게 플라스틱 재질에 드러난다. 배베이스는 대야에 걸레를 헹군 뒤 다시 팩시밀리를 닦는다. 물감 묻은 붓을 여러 차례 휘저은 것처럼 대야 속 물이 거무죽죽해졌다. 박타동이 물을 버린 뒤 새 물을 담아왔다. 아무리 먼지를 닦고 광을 내도 용처가 있을 리 만무한 물건인데도 배베이스는 그 일에 열심이다.

"근데 이건 뭐야?"

"보면 모르냐? 팩시밀리지."

"글쎄 이걸 왜 닦냐고?"

박타동의 질문을 무시한 채 배베이스는 걸레를 헹궈 다시 팩시밀리 표면을 문지른다. 아침에 눈을 뜬 그는 대체 그노무 기타를 어이 할꼬, 그렇게 장탄식을 하다가 먼지 구덩이 속의 팩시밀리를 떠올렸다. 노가다 판의 김기타를 생각하는데 절로 막일 나가던 자신의 옛 모습이 끌려 나오고, 내처 팩시밀리가 놓여 있던 자리까지 넝쿨 같은 상념은 구불구불 뻗어나갔던 것이다.

그가 노가다 잡부 노릇을 한 건 딱 삼 개월이었다. 그래도 집에 돌아와 첫 사흘간은 의욕을 가지고 기타를 당겨 손을 풀었지만 나흘째부터는 눕기 바빴다. 초저녁에 죽은 듯 떨어졌다가 새벽같이 공사장에 나가 짐 나르고 청소하는 게 일과의 전부였다. 노동에 이골 난 사람들은 어려운 일도 쉽게 하는데 그에게는 쉬운 일도 어려웠다. 어릴 때 잡아본 삽자루가 낯설고, 기타 코드와 달리 공구의 이름이 외워지지 않아 심부름을 하면서까지 눈총에 시달렸다. 열흘쯤 지나자 피복이 벗겨진 전선을 만질 때처럼 팔에 찌릿한 기운이 느껴졌다. 기타를 만지는 손이 작업 도구를 잡는 손처럼 어색해지며 의욕이 밭아버려 연주든 연습이든 흥이 나지 않았다. 기타가 미웠다.

삼 개월 만에 잡부 생활을 접고 구들을 지고 뒹굴던 그는 돈 받으러 상경한다는 전화를 창끝처럼 찔러 넣고 합정동에 있는 무슨무슨 프로덕션을 찾아갔다. 전화를 받은 사장은 벌써 줄행랑을 놓은 눈치였고, 마누라인지 사무원인지 얼굴이 길쭉한 여자가 혼자 사람을 맞았다. 그는 구석진 소파에 앉아 장기전의 태세로 탁자에 놓인 신문을 집어 들었다. 사장 마누라인지 여사무원인지가 눈치를 보며 가져다준 쿨피스 한 통을 다 비웠을 때까지 사장은 나타나지 않았다. 불법 다운로드 때문에 음반 시장과 가요 산업이 전에 없이 위축돼 보아하니 프로덕션 사무실도 간판이나 걸어놓고 근근이 버티는 꼬락서니였다. 그렇더라도 소속 여가수의 레코딩 작업에 세션을 해주고 받기로 한 돈, 이 년씩이나 내일내일 하며 주지 않던 돈이 그에게는 필요했다.

신문에 인쇄된 글자를 광고 문안까지 읽어치우자 해가 기울었다. 사장 마누라거나 혹은 사무원인 여자의 시선이 벽에 걸린 시계와 배 베이스 사이를 분주히 오르내렸다. 점심도 굶고 자리를 지키던 그는 마침내 신문을 접어 탁자에 놓고 선혈처럼 붉어진 눈을 들었다. 사무실을 팬 기법으로 빙 둘러 찍어 내려가던 그의 눈에 어느 순간 팩시밀리가 클로즈업되었다. 자리에서 일어나 팩시밀리에 연결된 전화 케이블과 전원 케이블을 뽑아 던지고 쌀 반 가마 무게가 넉넉한 그것을 그는 거인처럼 들고 일어섰다. 여자는 배베이스를 멀뚱멀뚱 바라보았다.

팩시밀리를 들고 대로변까지 나와 홍대입구역을 가늠하며 걸었다. 커다란 팩시밀리를 들고 땀을 소나기처럼 흘리는 작업복 차림의 사내가 퇴근길의 지하철에 들어서자 무슨 보균자를 목격한 사람들처럼 승객들은 2미터 밖으로 좌악 흩어졌다. 2호선에서 5호선으로 지하철을 갈아탔을 때도 마찬가지였다. 그래도 삼 개월간의 노동 덕분에 힘을 집중하는 요령과 근력이 생겨 팩시밀리를 전주까지 메고 왔던 것은 아닌지.

배베이스는 지금껏 단 한 번도 제작 용도에 맞게 팩시밀리를 사용한 적이 없다. 그가 살던 사글셋방에서는 그래도 값나가는 가재 축에 들었으나 자리만 차지했지 있으나 마나 한 물건이었다. 그렇지만 이삿짐을 꾸릴 때도 버릴 생각을 한 적은 없었다. 팩시밀리는 짐이 아니라 먹물로 몸에 새긴 죽을 것만 같던 사랑, 바로 그 여인의 이름이었다. 그렇게 몇 곳을 팩시밀리는 배베이스를 따라다녔다. 깨끗이 닦인 물건을 하케 앰프 옆에 내려놓자 박타동이 중얼거렸다.

"미친놈!"

지난번 연습 때와 마찬가지로 김기타가 늦어지자 다시 술판이 벌어졌다. 몸이 찌뿌드드한 라피노가 술을 자제하겠다고 해서 따로 막걸리 사올 것 없이 김치에 소주로 시작된 술자리였다. 리쾨자의 전화기 속에서는 여전히 상냥한 여자가 뭐라고 쫑알거리고 있었지만 지난번처럼 갹출하자는 말은 나오지 않았다. 마음이 없어서라기보다는 호주머니들이 변변치 않아서였다.

라피노가 무대에 올라 에릭 칼멘의 〈올 바이 마이 셀프All by Myself〉에 차용된 라흐마니노프 피아노협주곡 2번 2악장의 테마를 건반에 실었다. 2악장을 설명하는 아다지오 소스테누토 그대로 침을 발라 쓴 초등학생의 글씨처럼 라피노는 음 하나하나를 돌에 새기듯 찍어 눌렀다. 라피노의 몽환적인 소리에 눈이 게슴츠레해진 사내 셋은 조건반사 실험에 동원된 개들처럼 저도 모르게 잔을 들며 술맛이 나니 어쩌니 신소리를 주고받았다.

"어이 보컬. 엑스트라 자리라도 좀 알아보지그래."

업소에서 일하는 마스터에게 일이 생겼을 때 하루이틀 때워주는 일을 이 바닥에서는 엑스트라라고 부른다. 7080 난타의 마스터 자리라면 몰라도 맥줏집과 레스토랑을 전전하던 리콰자에게 그런 자리가 얻어걸릴 리 없었다.

"수틀리면 전화를 삼천에 박아버리지 뭐."

"하여튼 꼴통이야. 내가 옛날에 여기 있는……."

말을 끊더니 배베이스가 박타동을 보았다.

"니 이름이 뭐지?"

"황달수."

"이름하고는…… 황달이 낫겠다, 시키야. 암튼 옛날에 여기 황드럼하고 이기타라고 있어. 니키타라고도 하고. 그렇게 셋이서 밴드를 하는데 일 번 또라이 니키타, 이 번 또라이 황달, 제정신 배베이스……그랬다니까. 우리 보컬을 보고 있으면 옛날의 그 일 번 또라이가 생각나. 쌩또라이였거든."

조용히 듣고 있던 라피노가 배베이스의 이야기에 관심을 보였다.

"그 또라이들 팀은 이름이 뭐였는데?"

"매직!"

박타동이 향수 어린 표정으로 뇌까렸다. 라피노가 깔깔거렸다.

"우리나라 대통령 식 화법으로 말하자면, 유치가 그냥 찬란하고만. 그래 연주는 잘했고?"

"좋았지. 목표 같은 건 없었어. 그냥 한번 파보자, 그런 거였어. 웬만한 곡은 다 씹어 먹은 셈이지. 여기 황달이도 그땐 북 좀 때렸거든. 너 공연 갈 때까진 그 소리 나와야 한다. 너하고 기타가 문제야, 시키야!"

이야기를 하다 말고 배베이스는 손가락질까지 해가며 박타동을 나무랐다. 그런 배베이스에게 라피노가 다시 물었다.

"그런데 그 해수욕장 건은 확실한 거야?"

"우리가 메인이야. 두 시간은 우리가 무대의 주인인 셈이지. 페이는 천만 원. 지자체에서 지원하는 프로젝트니까 페이는 확실히 보장돼. 문제는 기탄데……."

뒷말을 흐리던 배베이스가 천천히 잔을 비웠다. 누구나 걱정하는 문제였지만 기타에 관해서는 거론하지 말자는 묵계가 지난번 연습 이후 이들 사이엔 형성돼 있었다. 하지만 부지불식간에 금기를 깬 꼴이 되어 분위기가 일순 싸해졌다. 상황을 수습할 겸 리콰자가 침묵을 깼다.

"걱정 마. 쌩또라이의 예감으론 지금 기타 한 놈이 뭣 빠지게 달려오고 있으니까. 우리가 포기하지 않는 한 기타는 오게 돼 있어. 그게 음악이야."

"크아, 멋진 말이네."

라피노가 고개를 끄덕이는데 허벅지에 16비트 리듬을 먹이던 박타동이 고개를 든다.

"근데 우리 곡도 좀 있어야 공연이든 뭐든 할 거 아냐? 두 시간을 카피곡만 해?"

맞는 말이었다. 아무리 아마추어 밴드라도 남의 곡만 주절거리는 건 체면이나 구기고 실력까지 의심받을 일이었다. 더욱이 남들이야 어떻게 부르든 배베이스 같은 사람은 자신의 저울추를 아마추어가 아니라 프로 쪽에 얹어두고 있었다. 리콰자가 상의 안주머니를 뒤져 메모지를 꺼냈다.

"내가 얼마 전에 페이스북에 올린 글인데 한번 들어봐."

"페이스북도 해?"

라피노였다.

"맨체스터 유나이티드 감독이었던 퍼거슨이 그랬어요. SNS는 인생의 낭비다."

"근데 왜 해?"

"난 퍼거슨이 아니니까."

"쌩또라이 맞네."

라피노의 말에 리콰자를 제외한 배베이스와 박타동이 좋다고 낄낄거렸다. 데이터가 끊겨 페이스북 어플을 구동하지 못하는 리콰자가 종이에 적어온 것을 깔끔한 발음으로 낭송했다.

불 꺼진 빈방이여
허공의 노란 풍선
잊고 싶은 내 기억이여
눈이 부셔 아픈 꽃이여

나 이제 떠나려 하네
부디 검은 바다에서
한 번은 울어다오 그대
바람으로 다시 흐르게

좋았던 기억이여
거기 그 산벚꽃이여
그럼 이제 안녕
꽃이여 안녕

리콰자의 낭송이 끝나자 '산벚꽃'이란 단어가 나올 때부터 낯빛이
흐려지던 배베이스가 괜히 코를 킁킁거렸다. 비록 수술로 암세포를 걷
어내긴 했지만 죽음을 가까운 데서 구경하고 온 라피노도 그다지 흥
겨운 표정은 아니었다. 어째 분위기가 이상해진다 싶었는데 박타동이
끼어들었다.

"고등학교를 졸업한 뒤로 난 시를 한 편도 안 읽었어. 미안해."

리콰자가 메모지를 호주머니에 넣으며 물었다.

"대한민국에 그런 사람 천지야. 근데 그게 왜 여기서 미안해?"

"금방 읽어준 그것이 무슨 뜻인지 몰라서."

"이런 무식한…… 실연당한 사람이 바다를 보며 골똘히 생각에 잠
겨 있는 내용 아니냐. 딱 보면 몰라?"

박타동 덕분에 '산벚꽃'을 머리에서 털어낸 배베이스가 자신 있게

글에 관한 소견을 밝혔다. 확신에 찬 그의 목소리 때문에 라피노나 박타동은 감히 다른 의견을 낼 수 없었다.

"이거 세월호를 생각하며 쓴 건데?"

리콰자가 서양 사람처럼 어깨를 움찔거렸다. 글의 의도를 밝힐 뿐 누굴 비난할 생각은 아니라는 듯 그는 진지하고 천진스러운 얼굴이었다. 그러나 그 말을 듣는 배베이스의 눈동자가 움찔 흔들리면서 안면 근육이 살짝 일그러졌다.

"콰하하하하하……."

라피노가 갑자기 폭발했고, 박타동도 키득거렸다.

"배베이스 너 참 유식하다, 짜샤."

박타동의 말에 몸을 반쯤 일으킨 배베이스가 손을 내둘렀다.

"잠깐만! 세월호 얘기와 내 얘기는 다른 게 아냐. 멀리 떠난 애들이 헤어진 연인이나 같은 거지 뭐. 안 그래? 시를 이해하지 못하는 우리 사회의 이 무식한 풍토, 나는 그게 슬퍼."

배베이스가 해명을 했지만 누구도 귀담아듣지 않았다. 침묵이 찾아왔다. 하나의 테마가 끝났으니 다음 악절로 넘어갈 차례였다. 라피노가 다음 테마를 끌어들였다.

"근데 가사가 너무 추상적이잖아. 모호하고."

리콰자가 라피노 쪽으로 몸을 틀었다.

"아주 유명한 노랜데 가사 한번 들어봐."

술병을 마이크 삼아 그가 이번에는 노래 가사 하나를 암송했다.

……돌고 도는 계절의 바람 속에서

이별하는 시련의 돌을 던지네
아, 눈물은 두 뺨에 흐르고
그대의 입술을 깨무네
용서하오 밀리는 파도를
물새에게 물어보리라
물어보리라 몰아치는 비바람을
철새에게 물어보리라*

눈까지 감고서 낭송을 하던 그가 눈을 뜨고 사람들을 보았다.
"무슨 말인지 알겠어?"
"한때 여고생들을 까무러치게 하던 노래가 이런 상형문자였어?"
박타동의 질문에 리콰자가 갑자기 엄숙한 표정을 지었다.
"아까 내 글의 제목은 〈검은 바다〉야. 좋잖아, 씨파!"

리콰자가 〈검은 바다〉라는 글을 써서 페이스북에 올리고 작곡까지
하기로 결심한 것은 고등학교에 다니는 아들 때문이었다. 스페인에 교
환 학생으로 가 있는 딸이 발길을 뚝 끊은 것과 달리 아들은 그래도
가끔씩 리콰자를 찾아왔다. 중학교에 다닐 때는 녀석도 리콰자를 찾지
않았는데 고등학교에 들어간 후 뭔가 변화가 생긴 게 분명했다.
그날 리콰자가 살고 있는 원룸을 찾아와 아들은 곡을 만들었는데
들어볼 거냐고 물었다. 기타 치며 노래 부르는 모습 때문에 리콰자를

* 조용필 작사, 작곡, 노래 〈비련〉 일부.

좋아했으면서 기타를 증오하게 된 아내는 아들이 그것을 딩동거릴 때마다 사색이 되곤 했지만 녀석의 솜씨는 그럴수록 일취월장했다. 그런 아들의 기타 솜씨를 이혼한 뒤로는 확인할 길이 없었는데 어느새 녀석은 곡을 만들었다는 것이었다. 기타를 좋아하는 거야 상관없지만 아이가 내처 그 길을 가겠다고 말하면 어쩐지 다시 생각할 여지는 없는 거냐고 리콰자는 묻게 될 것 같았다. 그러자 생각나던 그 옛날의 한 자락.

바브라 스트라이샌드와 크리스 크리스토퍼슨이 열연한 영화 〈스타 탄생〉이 재탕 삼탕을 거쳐 삼남극장에 걸렸다. 무엇에 끌렸는지 중학교 3학년이 되었을 때 리콰자는 그 영화를 이미 세 번씩이나 보고 난 뒤였다. 그런데도 영화 포스터가 나붙은 후로 등하굣길의 게시판에 오래도록 발이 묶였다. 영화에 나오는 노래를 모두 따라 부를 정도였지만 두 남녀가 간절하게 서로를 바라보는 스틸 컷만은 외면할 수 없었다. 에스더 호프만 하워드로 분한 바브라 스트라이샌드의 늘어진 블라우스 사이로 봉긋한 가슴이 드러나던 장면까지 그는 영화의 모든 것을 기억하고 있었다. 특히 마지막 시퀀스에서 그녀가 〈위스 원 모어 룩 앳 유With one more look at you〉와 〈워치 크로슬리 나우Watch closely now〉를 부를 때 돋던 소름이라니.

영화 상영 마지막 날 리콰자는 중간에 야자를 땡땡이치고 학교를 나왔다. 그럼에도 상영 시간을 삼십 분이나 넘겨 겨우 삼남극장에 도착했다. 걱정했던 것과 달리 매표소 아가씨가 퇴근하기 전이어서 리콰자는 무사히 관람권을 구매했다. 스탬프가 찍힌 관람권을 쥐고 그가 극장 입구로 뛰어가자 오십 대 중반쯤의 검표원은 무엇 때문인지 시계를 흘끔대더니 땀 흘리며 서 있는 까까머리 교복 차림을 조용히 옹

시했다. 아무 말도 없이 그저 조용히. 여기 또 한 놈의 인간 망종이 있습니다, 이 한심한 놈을 좀 보세요…… 그렇게 외치고 싶은 눈으로.

이튿날 그를 교무실로 끌고 간 담임은 신고 있던 타이어 슬리퍼로 뺨을 갈기며 지난밤 무엇을 했는지 추궁했다. 바브라 스트라이샌드의 노래가 듣고 싶었다고 대답하자 열받은 선생들의 매뉴얼대로 담임은 손목시계를 풀었다. 한 시간의 야자가 바브라 스트라이샌드의 노래보다 어째서 더 가치 있는 거냐고 묻고 싶었지만 담임은 이미 땡땡이친 이유 따위엔 관심이 없었다. 다른 선생님이 말려서야 폭력으로부터 벗어났지만 담임을 말린 선생님조차 용서를 빌라고 그에게 강요했다. 그는 용서를 빌지 않았고, 담임으로부터 연락을 받은 아버지에게 또 두들겨 맞았다. 그가 아들 또래였을 무렵에.

리콰자는 그 검표원과 담임처럼 자신 또한 어느덧 꼰대가 돼버린 것은 아닌지 두려웠다. 뜨끔한 심정이 되어 아들 앞에서 허둥거리던 그는 통기타를 건네며 작곡한 노래를 들어보자고 했다. 아이는 호주머니를 뒤져 구겨진 종이를 꺼내 바닥에 펼쳤다. 오선지에 음표를 그린 악보가 아니라 A4용지에 가사와 코드만 달랑 적어놓은 물건이었다.

D   F#m
봄에 못다 핀 청춘은 세상을 밝히는

Bm   A
아름다운 햇빛이 되어 만물을 비추네

D   F#m
날갯짓하던 나비는 어둠을 비추는

Bm   A

밤하늘의 별이 되어 우리를 찾아오네

D   F#m

바닷속을 가르고 진실을 밝혀서

Bm   G

별에게 알릴게 큰 소리로 외칠게

D   F#m

드디어 찾았어 조금 늦긴 했지만

Bm   G

이제는 쉬라고 쉬어도 된다고

D   F#m

잊어서 미안해 늦어서 미안해

Bm   G

잊혀질까 미안해 우리가 너무 미안해

D   F#m

세상을 보지 못하고 별이 된 너희를

Bm   G

우리는 사랑해 부디 그곳에서는

(낭송)

웃으며 노래 부르길 바랄게 친구야

변성기를 잘못 보냈는지 황소개구리 울음 같은 목소리로 아들은 노래를 불렀다. 포크 계열의 노래로 분류할 수 있을 듯했고, 세련미보다는 소박함이 느껴지는 노래였다. 그러나 리쾨자가 주목한 것은 곡의 완성도가 아니었다. 바다를 가르고 진실을 밝히겠다고 말하는 대목에서 묻지 않고도 그는 세월호를 생각하며 쓴 노래임을 알아차렸다. 세상 사람 모두에게 돌이킬 수 없는 상처였던 백주대낮의 그 일이 희생된 아이들 또래인 아들에게는 그토록 깊은 화인으로 새겨져 있었던 모양이다. 그간 표현하지 않았지만 아이들은 누구에게든 한 번쯤 소리치고 싶었을지 모른다. 아들이 직접 만든 노래를 들고 찾아온 것도 그렇게 한바탕 따지고 싶어서는 아니었을까. 왜 구해주지 않았어. 왜 죽였어. 왜 아내와 새끼를 팽개치고 당신은 혼자 떠나왔어. 왜 나에게서 가정을 빼앗아갔어.

아들의 노래를 들으며 리쾨자는 울었다. 그의 눈물을 보더니 노래를 마친 아들이 왜 우는지 물었다. 그렇게 묻는 아들의 눈동자에 삼남극장 검표원 앞에 서 있던 한 소년의 불안한 눈동자가 어른거리는 듯했다. 아이들이 세상을 향해 소리치고 싶었듯 리쾨자도 하고 싶은 말이 있었다. 검표원과 담임과 아버지에게도 하지 못했던 말. 바브라 스트라이샌드의 노래가 밤하늘의 보석처럼 얼마나 찬연하게 빛나는지를. 아무리 큰 슬픔이 닥쳐도 삶은 계속된다는 걸 그녀의 노래와 몸짓이 어떻게 보여주는지를. 그러나 그 말 대신 그는 네 노래가 감동적이어서 운다고 대답했다. 아들이 웃었다.

합주를 끝내고 무대를 내려오는 사람들의 표정이 어두웠다. 수고했다는 말을 남기고 어금니를 문 사람처럼 입을 다문 배베이스 앞에서 김기타는 얼마간 주눅 든 얼굴이었다. 괜히 박타동은 사람들 눈치를 살피는 중이었고, 라꽈노도 멤버들과 눈을 마주치지 않으려고 했다. 리꽈자 또한 담배를 피우면서 악기 챙기는 사람들을 묵묵히 바라보았다. 같이 저녁을 먹자는 사람도 없어 박타동과 배베이스를 남겨둔 채 세 사람은 '낙원'을 나왔다.

라꽈노가 택시를 타고 떠나자 김기타가 소주나 마시자고 해서 지난번처럼 두 사람은 갤로퍼를 함께 탔다. 김기타는 아중리에 김치찌개를 맛있게 하는 집이 있다며 용머리고개 쪽으로 차를 몰았다. 차창 밖에서 쏟아지는 바람에 리꽈자의 말총머리가 사자 갈기처럼 날렸다. 한 손은 핸들을 잡고 남은 손으로 콘솔박스를 열더니 잡동사니를 뒤져 김기타는 테이프를 골라냈다. 그것을 카세트 플레이어에 찔러 넣자 카를로스 산타나의 기타 소리가 바람에 실려 흩어졌다.

김치찌개를 맛있게 하는 집이라더니 식당에 들어서자 김기타는 삼겹살을 주문했다. 상에 밑반찬이 깔리자 두 사람은 잔을 비우고 누군가가 먼저 입 열어주기를 기다리며 침묵했다. 한참을 앉아 있던 김기타가 봉투 하나를 리꽈자 앞으로 밀었다. 리꽈자는 우두커니 그것을 보았다.

"보기 민망하니 넣어두슈. 전화는 터져야지."

리꽈자가 느릿하게 봉투를 집어 호주머니에 넣었다. 불판에 고기를 얹고 두 사람은 다시 잔을 비웠다.

"라비 샹카르는 잘 들었수. 근데 왜 들으라고 한 거유?"

김기타의 질문에 리꽈자가 빙긋 웃었다.

"아무 이유 없어. 무슨 말이든 해야 했다구."

김기타가 픽 웃었다.

"그런 줄도 모르고 줄창 들었지 뭐유."

삼겹살이 노릇노릇 익었다. 두 사람은 상추에 고기를 얹어 마늘과 된장을 버무려 소주와 함께 먹었다. 오늘도 힘겨운 하루였는지 상추쌈을 우물거리는 김기타의 입 가장자리에 말라붙은 버캐가 보였다.

"김기타, 사랑해본 적 있지?"

리콰자의 질문에 김기타가 어색한 표정을 짓는다.

"소싯적에 그런 거 안 해본 사람 있수?"

"그랬겠지. 좋았어?"

"좋았지. 매일 핥고 빨고. 그러다 돌아서면 다시 보고 싶구. 그년도 그랬을까? 씨발, 보고 싶네."

김기타의 웃음이 먼 곳을 날아가는 바람처럼 희미했다. 과연 기타도 그 여자와 비슷한 감정을 그에게 불러일으켰을까. 아마 그랬을 것이다. 새벽이 온 줄도 모르고 기타를 딩동거리다 부모로부터 온갖 지청구도 들었을 것이다. 그러면서 기타를 끌어안고 무수한 날을 잠들었겠지. 손때가 묻고 숨결이 배어 기타가 스스로 소리를 내던 어느 날의 황홀경을 사람들은 알기나 할까. 젊은 날 시를 썼다던 삼촌이 애지중지하던 탁상시계를 리콰자는 알고 있다. 태엽을 감아 그 힘으로 바늘을 밀어 올리던 시계. 어떤 경로로 그게 삼촌 손에 들어왔는지 본 적도 들은 적도 없지만 기억의 끝자락에서 이미 시계는 삼촌과 함께였다. 사랑하던 여자가 선물했을 거라는 상상을 어쩔 수 없이 시계를 볼 때마다 그는 하지 않을 수 없었다. 어쨌거나 암에 걸려 병원에 입원했을 때도 삼촌은 그 시계를 머리맡 병상에 두고 지성으로 태엽을 감았다. 그리고 삼촌이 운명하던 순간 태엽이 끊어지며 시곗바늘도 자리에 섰다. 새벽 세 시 오십 분. 본인 의지로는 도저히 어떻게 해볼 수조차 없는 그것, 아무리 밀쳐도 어느새 멱살을 붙들고 서 있는 그것, 그것의 이름은 참으로 지독한 집요함이다. 그 지독한 집요함을 거쳐 삼촌과 시계는 마침내 한 몸이 돼버렸던 것이다.

연주는 손끝으로 하는 게 아니다. 손재주로 가능한 일이면 무대에 오르기까지 손이나 풀면 되지 마리화나를 피우고 술을 마셔대는가 하면 야릇한 약물 따위에 시선을 뺏기겠는가. 음악과 거리를 좁힐 수 있다면 그들은 무슨 짓이든 할 각오가 되어 있다. 기타를 부수고 무대에 불을 피우는 행위도 서슴지 않는다. 필요하면 자신의 피를 양동이에 담아 객석을 향해 뿌리기도 할 것이다. 그런 사람들이 간신히 도달할 수 있는 지점에 한 마리 괴물은 희미한 모습으로 존재할 따름이다. 애절함의 깊이를 감별하는 심판자처럼 잔인한 미소를 띠고 아래를 내려다보면서.

무릎 꿇어 조아리고 끝없는 자책에 눈을 캐내고, 목구멍을 도려낼 때의 공포와 아픔마저 버텨낸 자는 어느 날 바늘구멍만 한 틈을 보게 될지 모른다. 귀를 자른 고흐는 불안과 고독에 찬 시선으로 비로소 무언가를 응시하고 있다. 끊어지기 직전의 고무줄 같은 팽팽함을 감내할 수 없는 자들은 떠나라는 호통이 들려온다. 사랑하는 사람의 바짓단을 잡고 통곡하며 어떤 구렁텅이든 감내하겠다고 조아리면 마음이 돌아설까. 그 사랑을 향해 더는 내보일 게 없을 때 비로소 그것은 나를 향해 다가온다. 그 고독과 맞설 힘이 더는 남은 게 없어 자신의 하염없는 순정에 연민을 느끼며 남모르는 눈물을 흘리고 있을 때 음악은 미네르바의 올빼미처럼 날개를 편다. 내가 음악을 연주하는 게 아니라 음악이 나를 연주한다.

리콰자는 김기타 또한 그 점을 알고 있다고 느낀다. 구애의 맹세는 오만한 상대에게 닿지 못하고, 맨땅에 주저앉아 격격댈 일이 두려워 절망하고 있다는 것을. 그렇지만 자식을 서울에 있는 대학에 보내 김기타는 다소나마 행복해질 수도 있을 것이다. 그래, 그러면 된다. 그래도 된다. 그 많은 외사랑의 날들, 아내와 자식을 버렸는데도 여전히 진행 중인 그날들 때문에 리콰자의 눈에 눈물이 고인다. 김기타 때문이 아니라 자신 때문에.

검객

어설프나마 연습곡을 두어 바퀴 돌린 뒤 사람들은 무대를 내려와 평소 앉던 자리에 앉았다. 꽁초가 수북한 종이컵과 무대에 오르기 전에 한 잔씩 나누어 마시던 술이 병과 잔에 담긴 채 탁자에 널려 있었다. 소파에 앉자마자 담배를 피우며 배베이스와 김기타는 남은 소주를 홀짝거렸다. 휴식이 아니라 다가올 유격 훈련을 앞둔 훈련병처럼 사람들은 입을 굳게 다물고 있었다.

종이컵에 꽁초를 찔러 넣은 리콰자가 파일 속의 악보를 꺼내 사람들에게 나누어준다. 리콰자 본인의 오선지에만 콩나물과 쉼표가 그려져 있을 뿐 나머지는 코드만 달랑 얹혀 있는 악보였다. 심지어 드럼 악보에는 박자 표시와 마디를 구분해둔 기둥만이 휑뎅그렁하게 세워져 있었다. 악보를 훑어 내리던 라피노가 고개를 들어 리콰자를 보았다.

"음표가 없네?"

하나같이 궁금증을 느끼던 터라 사람들이 리쾅자의 입을 주시했다.

"내가 편곡까지 할 수는 없잖아. 우선은 분위기만 느껴보자구. 인트로 여덟 마디에 적합한 리프가 있을지 기타가 생각 좀 해봐. 좋은 리프가 나오면 마디는 늘어날 수도 있어. 1절 끝나고 간주 서른두 마디, 거기도 기타가 들어오면 좋지. 그렇지만 핵심은 신디야. 바닷물 소리를 찾아줘. 해수욕장의 상큼한 파도 소리 말고 기름덩어리 꿀렁이는 소리로. 거기에 살고 싶다는 외침도 끼워 넣자구. 세상을 향해 절규하던 어떤 학생의 목소리, 다들 인터넷에서 들었지? 나는 꿈이 있는데…… 하고 싶은 일이 많은데…… 하필이면 세월호를 타서…… 살고 싶은데…… 씨파, 이런 곡을 만들어야 하다니."

리쾅자의 말이 끝나자 배베이스가 남은 소주를 비우며 일어섰다.

"어쨌든 분위기나 한 번 보자구."

잔에 남은 술을 들이켠 사람들이 무대에 올랐다. 리쾅자가 마이크 버튼을 올리며 김기타와 박타동에게 일렀다.

"초반에는 기타 드라이브를 자제해줘. 그리고 드럼, 빠르기는 80 정도."

박타동이 고개를 끄덕해 보이고 리쾅자가 요구한 빠르기대로 스틱을 친다. B$_m$로 시작해 G와 F$^\#_m$으로 순환되는 코드를 멤버들이 손가락으로 타전하자 악기가 일제히 반응하기 시작한다. 편곡을 하지 못했기 때문에 막 합주를 시작하는 스쿨 밴드의 그것처럼 소리는 멋대로 뒤엉켰으나 코드를 따라 박자를 맞추면 되는 일이라 궁색한 대로 전주가 지나가고 리쾅자의 목소리가 합류했다. 가사가 가사인 만큼 노래는 어둡고 묵직하다. 그렇지만 포크 계열의 노래처럼 감미로운 코드 베리에이션을 구사하는 대목은 낯설지만 개성이 느껴져 솔깃하게 귀에 닿는다. 포크 계열의 노래를 부르고 다니던 리쾅자의 몸에 붙어 그것이 도리어 빛을 발했다. 아니 실은 그가 아들에게서 훔쳐온 것이었다.

영업이 시작될 시간도 아닌데 출입문을 열고 한 사내가 홀 안으로 들어섰다. 머리에 흰 것이 듬성듬성 섞여 있는 비쩍 마른 사내였다. 트레이닝복을 입은 사내는 어깨에 긱백의 멜빵을 걸고 있는데 임무를 띠고 하산하는 영화 속 검객처럼 촌스러운 행색이긴 해도 몸가짐만은 거칠 게 없어 보였다. 요기를 하려고 주막을 찾아든 검객이 대개 그렇듯 홀을 쓱 둘러보더니 사내는 술병이 놓인 탁자를 향해 성큼성큼 걸어갔다. 연주를 하던 무대 위의 사람들은 낯선 검객의 동선을 따라 서서히 고개를 이동시켰다. 손 닿는 위치에 긱백을 내려놓은 사내가 목울대를 몇 차례 꿀떡거려 맥주잔에 채워진 소주를 비웠다. 영화대로라면 이제 시끌벅적한 싸움은 피할 길이 없어 보였다.

노래가 절정을 향해 달려갈 즈음 김치 한 가닥을 씹어 삼킨 사내가 탁자 위의 담배를 꺼내 불을 붙이는데 오래 그 공간을 차지하고 있었던 사람처럼 행동거지가 자연스러웠다. 담배를 문 채 연기 때문에 한쪽 눈을 가늘게 뜨고서 그는 긱백의 지퍼를 풀어 천천히 기타를 끄집어냈다. 긱백은 싸구려 기타를 살 때 딸려오는 물건 같았지만 안에서 나온 기타는 단풍나무의 재질이며 고전적인 바디 모양 등으로 보아 깁슨 레스폴이 분명했다. 사내는 담뱃재를 종이컵에 털고 그새 짧아진 것을 입술에 물더니 슬쩍 무대를 보았다. 그런 뒤 무대에서 연주되는 곡의 코드를 붙잡아 피크를 놀리기 시작했다.

서른두 마디 간주가 시작될 무렵 멜빵을 푼 김기타가 넥을 잡고 서서 소파 위의 사내에게 건네는 시늉을 해 보였다. 그 모습을 본 사내가 사양하는 손짓 한 번 없이 꽁초를 컵에 꽂더니 느긋하게 무대로 올라왔다. 김기타의 기타를 넘겨받아 멜빵을 어깨에 건 사내는 '낙원'에 처음 들어섰을 때처럼 비어 있는 소리의 공백 안으로 성큼 뛰어들었다. 펜타토닉 스케일*을 중심으로 애드리브를 펼치는 듯했지만 반드시 거기에 얽매이는 연주도 아니었다. 펜타토닉 바깥 소리를 낚아 기존 음계에 깔끔하게 굴복시킬 만큼 솜씨는 능란하고 야무졌다. 같은 기타인데도 김기타가 세련되고 깔끔한 소리를 지향한다면 그는 거칠고 대담해 단단한 목재를 톱으로 켜고 대패로 깎는 듯한 소리를 냈다. 거기에 혹등고래가 심해에서 부르는 음산한 노래 같은 걸 틈틈이 끼워 넣어 그의 기타 소리는 괴기스럽다 못해 털을 곤두서게 할 지경이었다. 하이 플랫에서 로우 플랫으로 이동한 그가 곡의 색조를 그대로 지켜내면서 블루스 스케일**을 끌어들이자 순식간에 우아하면서도 슬픔이 밴 색깔로 곡이 다듬어졌다.

사내가 올라와 기타를 잡자 배베이스의 베이스 연주가 아연 활기를 띠었다. 껍질이 헤진 수족관의 생것처럼 방금까지는 물컹한 느낌이더니 바다에서 갓 건져 초장에 버무린 먹돔처럼 소리가 살아났다. 마지못해 코드나 짚다가 검객의 스케일을 따라 베이스의 중저음이 펄떡이기 시작하자 바위 위에 지은 집처럼 사운드가 굳건해졌다. 자기를 드러내지 않고도 중심을 틀어쥐는 아버지다운 품격을 여실히 보여주는

* Pentatonic scale. 다섯 개의 음으로 구성된 조성 체계. 메이저 펜타토닉 스케일과 마이너 펜타토닉 스케일로 구분됨.
** Blues scale. 펜타토닉 스케일에서 음 하나를 추가해 여섯 개의 음으로 구성된 조성 체계.

연주였다. 심드렁하던 몸짓 역시 어느새 '날으는 배베이스'로 돌아와 리듬을 타고 있었다.

감흥이 실리지 않아 매번 둔탁한 타격음으로 분위기를 망치던 박타동의 드럼도 수상쩍기는 마찬가지였다. 페달을 밟는 오른쪽 발이 한번 리듬을 타자 배베이스의 기타 소리와 베이스드럼에서 울리는 소리가 제대로 얼크러졌다. 하이햇 심벌에서도 늘 냄비 뚜껑 비벼대는 소리가 났는데 오늘은 먼 데서 지나가는 증기기관차의 경쾌한 칙칙폭폭 소리가 팝콘 터지듯 쏟아졌다. 아직 전체적인 소리는 기대에 미치지 못하지만 필인을 하고 나서도 박자를 절지 않았다. 그렇게 기타와 베이스, 드럼은 겨울을 나는 동굴 속의 뱀들처럼 한 덩어리로 엉켜 서로를 감고 꿈틀거렸다.

사내에게 기타를 넘긴 김기타는 소파에 앉아 담배를 피우며 조용히 연주를 지켜보았다. 그는 부담을 덜어낸 사람처럼 안정된 낯빛이었으나 담배 연기를 뿜을 때는 한숨도 섞어 뱉는 듯했다. 어머니의 임종을 알게 된 희극배우가 관객을 다 까무러치게 하고도 본인은 극에 이입되지 못한 채 고뇌하는 모습 같다고나 할까. 쿠르베의 그림에 등장하는 인물처럼 음산한 모습으로 앉아 그는 잔에 남은 소주를 비웠다.

대체 뭐 하자는 수작이야, 그런 얼굴로 라피노는 세 사람의 느닷없는 앙상블을 손놓고 감상했다. 그러나 김기타와 눈이 마주친 리콰자는 보지 말아야 할 것을 본 사람처럼 영 기분이 찜찜했다. 차분하게 가라앉아 있던 김기타의 얼굴은 연주가 진행될수록 휘저은 침전물처럼 복잡하게 변해갔다. 덫에 걸린 야생의 저항과 체념이 색색의 빛깔로 동공을 넘나들었다. 그런데도 리콰자는 김기타의 눈동자에 마냥 매여 있을 수가 없었다. 노래의 2절이 시시각각 박두하고 있었다. 마침내 핵분열이 진행 중인 김기타의 눈빛을 걷어내며 리콰자는 세 사람의 연주 속으로 뛰어들었다. 자신 또한 그들과 한 덩어리로 엉켜드는 뱀인지 모른다고 생각하며.

검객처럼 나타나 현란한 무예 솜씨를 뽐내던 사내는 배베이스와 박타동이 서울 어느 룸살롱에서 아직 굴러먹고 있으리라 추측하던 바로 그 니키타였다. 배베이스나 박타동이 알면 까무러칠 노릇이지만 그가 서울 생활을 접고 내려온 지 어언 오 년째였다. 창원 중앙나이트클럽을 끝으로 삼인조 밴드 매직을 만들어 라면으로 연명하던 니키타는 친구와 동업을 하겠다며 박타동이 서울로 떠난 후 이력서를 들고 정읍 농공단지의 식료품 공장을 찾아갔다. 그러나 공장 안에 들어가지 못하고 똥 마려운 강아지처럼 정문 앞을 서성대며 줄담배를 피웠다. 눈앞에 닥친 끼니 걱정과 월급쟁이 아들을 보고 싶다는 어머니의 소망은 숨 죽은 솜이불처럼 매 순간 가슴을 짓눌렀었다. 하지만 공장에 발을 들이는 즉시 그간 순정을 바쳐온 대상이 뒤도 돌아보지 않고 떠날 것 같아 그 예감이 두려웠다. 끼니와 어머니가 당위의 세계라면 저쪽은 쾌락과 환희를 일깨우는 먼 우주의 어느 불빛이었다. 위험하지만 몸의 돌기를 화들짝 일어서게 하는 환각의 세계였다.

공장 입구에서 담배 다섯 대를 피운 그는 이력서를 찢고 돌아섰다. 끌려가는 동료를 바라보는 눈빛으로 기차표를 쥐어주던 배베이스를 두고 무작정 상경한 그는 부산의 코모도에서 함께 일했던 건반을 찾아갔다. 노래방에 밀려 하나둘 사라지는 나이트클럽에서 밑 닦은 휴지처럼 버려진 딴따라들은 서울에도 차고 넘쳤다. 그들이 찾아갈 곳은 막노동판이거나 룸살롱이었고, 소주에 파묻혀 일찌감치 세상을 등진 자도 여럿 있었다. 건반의 소개로 역삼동에 있다는 룸살롱 사장을 만나 그는 기타를 쳤다. 룸살롱 사장은 고개를 갸웃하더니 이십만 원짜리 기타치곤 소리가 훌륭한 편이지만 복잡한 소리 말고 클린 톤을 보여달라고 주문했다. 니키타가 들려주는 코맹맹이 소리에 그제야 사장은 고개를 끄덕이며 그렇게 연주하라고 지시했다. 늬미 씨발놈아 개좆이다, 속에서 솟구치는 말을 그는 용케 참았다.

열 몇 군데 강남의 업소를 전전하던 그가 마지막 있던 룸살롱은 전주 출신 건달이 사장이었다. 고향에서 온 딴따라라고 사장은 그래도 니키타를 살갑게 대했다. 돈푼을 찔러준 건 아니지만 팁이 두둑해질 자리에는 그를 들어가게 했다. 물론 그 업소에서 그가 그나마 오래 버틴 이유가 꼭 사장 때문은 아니었다. 그곳에는 얼굴이 갸름하고 피부가 뽀얀 김해진이라는 아가씨가 있었다. 남녀 간의 그 짓도 자주 해야 성욕이 생기지 뜸해지면 어색하고 두려운 법인데 김해진을 만날 때 니키타의 상태가 실은 그랬다. 그러니까 김해진이 걷잡을 수 없는 욕망으로 육박해온 사람은 아니었다는 뜻이다. 동생쯤이라면 좀 말이 될까.

성욕을 불러일으킨 여자가 니키타에게는 두 명 있었다. 동두천의 나이트클럽에서 일할 때 사장이 숙소로 얻어준 장미여인숙 주인 여자가 그중 하나였다. 그 여인숙에서는 아점과 저녁을 제공했는데 어느 날 니키타는 무슨 반찬이 매번 이 따위냐고, 곧 죽어도 나는 전주에서 온 사람이라고 고함을 질렀다. 피부가 까무잡잡하고 살이 단단해 보이던 여자는 나뒹구는 숟가락을 보더니 대뜸 달려들어 반찬이 아닌 몸을 제공했다. 그 뒤로 나이트클럽 일이 끝나면 온종일 여인숙에 틀어박혀 니키타는 여자와 떡을 쳤다. 몸을 내준 것도 감지덕지인데 반찬까지 좋아져 동두천 여인숙에서의 팔 개월은 그야말로 단팥죽 같던 세월이었다. 그리고 전주 뚝너머의 그 여자. 이미 생활이 기울어 애인도 무엇도 없던 그가 푼돈이 생기면 뚝너머를 찾아 삭신을 풀던 때의 일이다. 단골로 만나던 여자의 기침이 심해진 것을 보고 일을 마친 그가 약국으로 달려가 감기약을 사오던 날이었다. 봉지에 든 콘택600과 쌍화탕을 본 여자가 눈물이 그렁해져서는 한 번 더 하자더니 입었던 블라우스를 홀떡 걷어올렸다. 지구 최후의 날 벌이는 섹스가 마땅히 그러할 텐데 그날 두 사람은 땅이 갈라지고 건물들이 무너지는 어떤 날의 남녀처럼 서로에게 몹시 격렬하게 굴었다. 거대한 연체동물의 흡반처럼 그녀는 혼신의 힘을 다해 그를 빨아들였고, 기타를 연주하듯 그는 무아의 경지에서 거세게 현을 두드렸다. 그의 연주를 따라 그녀의 입에서 폭발하던 악기 소리가 두 옥타브를 넘나들었다. 니키타가 마침내 갓 생성된 정충을 그녀의 질 깊은 곳에 쏟아붓자 그의 등을 오래도록 쓰다듬던 여자는 날 잡아 점심이나 하자며 전화번호를 쥐어주었다. 하지만 세상일은 공교롭기만 하다. 여자의 전화번호가 손에 들어온 후 이상하리만치 담뱃값도 얻어걸리지 않아 꽁초를 피우는 날이 잦았다. 무대를 잃은 사람에게 한 끼 밥값은 그렇게 무서운 것이었다. 끝내 점심을 먹지 못하고 역삼동에 일자리를 얻기까지 여자가 건넨 메모지는 지갑 속 주민등록증 밑에 납작 잠들어 있었다. 그러다 첫 페이를 받던 날 밥 한 끼를 나눌 생각에 그는 메모지를 펼쳐놓고 전화를 걸었다. 니키타가 오래도록 메모를 가지고 다녔듯 여자 또한 입력

된 그의 번호를 지우지 않고 두었던 게 분명하다. 상대가 누구인지도 모르면서 첫마디에 그런 울분을 쏟아내지는 못하는 법이니까. 오빠, 왜 이제야 전화했어. 차분하게 하는 말이 아니라 그것은 원망 가득한 악다구니였다. 그는 아무 말도 못 하고 멍한 상태에서 전화를 끊었다.

물론 김해진이 장미여인숙 주인이나 뚝너머 아가씨와 특별히 닮은 데가 있었던 건 아니다. 생각해보니 미풍만 불어도 흩날리던 생머리는 뚝너머 여자를 닮은 듯하고, 웃을 때 튤립 봉우리처럼 벙그러지던 구강 구조는 여인숙 주인을 닮았던 것도 같다. 어쨌거나 김해진이 손님을 받는 방에 반주를 하러 들어가면 니키타는 마음이 차분해지고 기타에서도 평소와는 다른 소리가 나왔다. 누군가를 보살핀다는 생각이 들면서 아울러 보살핌도 받는 것 같아 뒤가 든든했다. 무엇보다 김해진은 노래하는 방식이 다른 아가씨들과 달랐다. 화류계 특유의 내던지는 가창이 아니라 좋은 호흡에서 나오는 그녀의 노래가 듣기 좋았다. 벤딩에 의존하지 않고 절대음을 콕콕 찌르는 그녀의 노래에서는 싸구려 냄새가 나지 않았다. 적당히 마무리하는 법 없이 콩나물이 원하는 데까지 소리를 끌고 갈 뿐 아니라 목에서 짜내기보다 복식호흡을 통해 끌어올리는 소리라 듣고 나면 귀가 시원했다. 목소리뿐 아니라 들숨을 쉬는 소리마저 건강한 성대를 떠올리게 해 그녀가 마이크를 잡으면 은근히 기대가 되곤 했다.

그날 룸살롱에 나타난 손님은 재벌 3세라는 꼬리표를 달고 다녔다. 재벌 2세든 3세든 니키타로서는 상관없었지만 달가운 자들은 아니었다. 뭐 좀 있다는 자들을 수발드는 일은 다른 손님을 두 테이블 받는 일보다 언제나 뒷맛이 고약하다. 그런 자들의 진상을 받아가며 노는 꼴을 보고 있자면 모멸감은 모멸감대로 느껴지고 저따위 것들에게 세상을 빼앗겼나 자기 환멸이 찾아온다. 어쨌거나 특별한 손님이니 잘 모시라고 사장이 거듭 당부하는 것으로 보아 그 자가 손 큰 고객인 것만은 확실한 듯했다. 그는 모가지와 허리를 시종 굽실거리는 자와 함께였는데 로얄 살루트가 들어오고 코스닥이니 JP 모건이니 별 재미도 없는 이야기가 한동안 오간 뒤에야 술판이 벌어졌다.

로얄 살루트가 세 병째 들어왔을 때 술이 얼큰해진 사람들로 룸은 후끈 달아올랐다. 노래도 몇 바퀴 돌았겠다 니키타는 수표 두 장도 주머니에 챙긴 데다 소주만은 못해도 비싼 양주까지 두어 잔 얻어 마신 뒤였다. 그 무렵부터 사내들의 손은 아가씨의 블라우스 앞자락과 짧은 치마 속으로 생쥐 새끼들처럼 들락거렸다. 하지만 그거야 밤이 찾아오면 매번 벌어지는 일이고, 대담한 자극을 원하는 알코올 농도의 시간이기도 했다. 더욱이 룸살롱에 들어간 마스터란 유흥을 위해 비치된 탬버린과 별반 다를 것도 없는 자들이라 감정 같은 건 처음부터 빼두는 경우가 많았다. 김해진과 다른 아가씨 한 명도 사내들의 짓궂은 장난을 일로 알고 받아넘겼다.

자정을 넘겨 특별 손님 접대용으로 내온 마리화나를 몇 모금 들이 켠 2세인지 3세인지가 폐에 가둔 연기를 신음처럼 내뱉더니 한층 느려진 동작으로 혁대를 풀었다. 그러고는 거무튀튀한 물건을 까 보이며 소변을 본 사람처럼 몇 차례 탈탈 털었다. 돈이 많다고 특별히 금 멕기가 된 것도 아닌 그저 볼썽사납고 후줄근한 물건이었다. 잠시 그 추레한 물건을 만지작거리던 그가 풀어진 눈을 들어 김해진을 본다 했는데 그녀의 뒤통수에 손을 얹고 힘을 가했다. 그러나 김해진이 머뭇거리자 수표 한 장을 픽 내던지고는 다시 뒤통수에 손을 얹었다. 곁눈질로 수표를 확인한 김해진이 마침내 순응하기로 결심한 듯 녀석의 사타구니를 향해 천천히 고개를 숙였다. 그런데 왜였을까. 수그러들던 고개를 비스듬히 젖히며 그 순간 김해진이 힐끗 니키타를 살폈다. 그와 동시에 2세인지 3세인지가 김해진의 머리채를 낚아 세우더니 손에 잡히는 물컵을 니키타에게 날렸다. 포물선도 없이 직선으로 날아오는 포심 패스트 볼이었다. 만일 그 물컵이 머리나 가슴에 맞고 떨어졌다면 니키타는 웃음과 넉살로 어떻게든 눙치고 들었을지 모른다. 그런데 물이 얼굴에 튐과 동시에 하필 잔이 기타 줄을 때리는 바람에 챙그렁 소리를 내며 2번 줄이 끊어졌다. 그 모습을 본 니키타가 피크를 쥔 손으로 삿대질을 하면서 저, 저, 저…… 급할 때의 버릇대로 말을 더듬었다. 그는 전라도 식으로, 저런 후랴덜놈이 어디서 기타 줄을 끊고 지랄여, 그런 욕을 할 생각이었다. 그러나 욕은 밖으로 튀어나가지 못했고, 다시 술잔이 날아왔다. 고개를 틀어 잔을 피한 니키타는 기타의 멜빵을 풀자마자 자리에서 도약해 소파를 딛고 날아올랐다. 그리하여 그의 주먹이 2세인지 3세인지 하는 녀석의 얼굴에서 막 작렬하려는 참인데 언제 나타났는지 씨름 선수 같은 녀석이 니키타의 턱에 주먹을 꽂았다. 어찌나 강력하던지 녀석의 주전자만 한 주먹을 맞은 니키타는 테이블 뒤로 슬로모션처럼 날아가 벽을 때리고 나자빠졌다. 보디가드 두 놈은 그가 실신한 뒤에도 낄낄거리며 발길질을 멈추지 않았다.

입을 안쪽에서 찢고 들어가 부서진 하악골을 고정시키는 철심을 박은 지 사흘 만에 룸살롱 사장이 나타났다. 그는 쇼핑백에 담긴 오천만 원을 보여주며 그 정도에서 마무리하자고 제안했다. 수술비와 치료비까지 2세인지 3세인지가 처리하기로 했다는 말과 함께. 턱 때문에 입을 열 수 없었던 니키타는 맞춤법을 속으로 헤아리며 수첩에 실어, 하고 썼다. 그러자 사장은 니키타와 자신이 같은 고향 출신일 뿐 아니라 업소의 입장에서는 그가 그래도 중요한 고객이니 한 번만 봐달라고 통사정했다. 니키타는 실어, 라고 또 썼다. 전라도 조폭답게 남녀의 성기를 거침없이 언급하며 한바탕 욕설을 늘어놓던 사장이 그럼 깁슨 기타를 사주겠다고 제안했다. 니키타는 수첩에 조아, 라고 썼다.

오천만 원이 든 통장과 깁슨 레스폴이 손에 들어온 날 김해진이 나타나 퉁퉁 부은 그의 턱에 립스틱 자국을 찍고 돌아갔다. 그는 보름 만에 퇴원했다.

〈검은 바다〉를 거푸 세 바퀴나 돌린 일행은 달콤한 사랑을 나눈 사람들처럼 피로감에 젖어 무대를 내려왔다. 김기타는 이미 사라지고 없었지만 무사히 오르가즘에 도달한 사람들은 그의 부재를 의식하지도 못한 채 소파에 픽픽 쓰러졌다. 술 한 모금을 따라 마신 리콰자가 홀을 가로질러 밖으로 나가는데 누구 한 사람 어디 가느냐고 묻지도 못했다.

"으이구, 그노무 담배들."

사내들의 담배 연기를 피해 라피노가 손을 코밑에 대고 부채질을 했다. 수술을 한 뒤로 그녀는 술과 담배 중 막걸리를 택했다. 그렇지만 건강이니 뭐니 따질 것도 없이 주야장천 담배를 피워대는 이 철없는 사내들이 부럽기만 했다. 물론 아흔 넘어 일 년을 더 사느니 지금의 쾌락이 중요하다는 사내들의 말에 라피노는 전적으로 동의하는 편이다. 다만 의사의 권고를 따라 몇 년간 그녀는 금연을 하기로 한 것뿐이었다.

"인사나 하지. 이쪽은 니키타, 그리고 이쪽은 라피노."

배베이스가 마주 보고 앉은 두 사람을 소개했다. 둘은 어정쩡하게 일어나 손을 잡았다.

"근디 타, 타동이 형. 드럼 소리 들어봉게 완전 맛탱가리가 갔더만."

제법 서울 생활을 했다는 사람인데도 니키타는 사투리가 심했다.

"타동이가 뭐냐, 타동이가? 황달이지."

이름을 누설한 니키타에게 박타동이 주먹질하는 시늉을 했다. 모른 척 듣고만 있을 라피노가 아니었다.

"뭐야, 이름이 타동이였어? 완전 대박이다. 매직에 타동이라니. 성은 뭐야? 조타동? 장타동? 박타동은 아닐 테고."

"황달이라니까. 넌 뭐 하다 나타나서 천기누설을 하고 지랄이야. 언제 내려왔어?"

"오, 오 년쯤 됐어. 어머니가 치, 치……."

"치매?"

"그려. 그래서 내, 내……."

그때 까만 비닐 봉투에 무언가를 담아 들고 리콰자가 들어섰다. 출입문 옆 바를 지나 그가 주방으로 사라진 지 얼마 되지 않아 쏴아아 물 쏟아지는 소리가 들렸다. 다들 과일이라도 사 온 모양이라고 짐작을 하고 있는데 다급한 목소리로 그가 사람을 불렀다. 사람들이 주방으로 몰려갔을 때 무엇을 풀었는지 누런 액체가 고인 함지박 안을 그는 휘휘 젓고 있었다. 함지박 옆에는 밀가루를 담았던 봉지와 찰흙을 포장한 비닐종이가 뒹굴었다.

"기타 양반하고 라피노 좀 이리 와봐."

그가 되직한 반죽을 손으로 저으며 뒤에 대고 말했다. 라피노가 그의 등 뒤로 다가갔다.

"기타 양반도 이리 와보라니깐. 일 번 또라이라더니 거 말 되게 안 듣네."

"그게 뭣이간디 오, 오라 가라여?"

검지와 중지 사이에 담배를 끼운 니키타가 발끈했다.

"여기 손 좀 넣어봐."

"뭐야 이 쌩또라이가."

라피노가 그렇게 말하는데 파리 낚는 개구리처럼 리콰자가 그녀의 손을 날름 붙잡아 반죽 속에 집어넣는다.

"기타 양반도 이리 좀 와보라니까."

"참 내, 말을 히주야지. 뭐여 긍게?"

말은 그렇게 하면서도 니키타는 주빗주빗 함지박을 향해 다가왔다. 그런 니키타의 손을 냉큼 낚아 리콰자는 역시 함지박 속에 끌어다 넣었다. 리콰자가 물을 천천히 휘저었다.

"여기 이 질감 느껴지지? 바로 이 느낌으로 기타 리프 좀 만들어봐. 뭔가 물컹하면서도 꿀럭거리는 이 느낌. 감이 와?"

"먼 뚱딴지같은 소리여? 이수 형하고 타동이 형이 뭉쳤다길래 잼이나 히, 히볼라고 왔는디."

니키타가 함지박에서 손을 빼더니 수돗물에 반죽을 씻었다. 라피노와 리콰자도 손을 씻고 본래의 자리로 돌아왔다. 배베이스의 소개로 역시 니키타와 통성명을 한 리콰자가 초면의 그를 향해 퉁명스러운 한마디를 던졌다.

"나타났으면 같이 놀 생각을 해야지 잼이나 하러 왔다니…… 그게 소리 내는 사람이 할 소리요?"

"음마? 이 양반이 뭘 통 모릉마이. 나는 어머니를 모, 모시는 사람이여. 우리 엄니 뚱은 성님이 칠 판여?"

그때 탁자 위의 전화기에서 까톡왔슈, 까톡까톡 하면서 카카오톡 메시지가 도착했음을 알렸다. 부르르 떠는 전화기도 있었는데 사람들이 손을 내밀어 각자의 전화기를 챙겼다. 단체 카톡방에 김기타의 메시지가 들어와 있었다.

김기타
내 유일한 가보인 펜다 스트라토캐스터와 기타 악세사리를 두고 갑니다. 부디 잘 준비해 해수욕장 공연 성공하길 빕니다. 지켜보겠수.

문자를 본 사람들이 분주하게 손가락을 놀렸다.

배베이스
뭥미?

리쾅자
헛소리 말고 담주에도 연습하러 나와.

황달
우린 아직 시작도 안 했어, 인마.

김기타
그간 즐거웠수. 난 여기서 퇴장하는 게 맞는 거 같수.

라피노

야, 김기타. 너 주글래? ^^

리콰자

시파, 왜 그래, 사람이. 가더라도 술은 한잔 해야지.

배베이스

너 그럼... 안 대. 기타가... 두 대면... 엄마나 할 게... 많은데...

황달

나가려면 손가락 하나 놓고 가. 너 못 가!!!

김기타

난 따로 할 일이 있는 거 같어. 잘들 살어.

배베이스

야 시키야... 너 어디야?

"도, 도대체 먼 짓들여?"

전화에 매달려 있는 사람들을 보며 니키타가 소리쳤다.

리콰자

김기타, 당신 소리 좋아지고 있는데 왜 지랄이야?

라피노

농담 그만하자. 너 오면 이 누나가 **뽀뽀**해준다 ㅋㅋ

황달

나도 버티는데 너 왜 깨는 소리냐.

김기타
잘들 계슈.

배베이스
야... 시키야...

리콰자
이 호로새끼가...

황달
씨발놈아!!!

라피노
으이구 붕신아

배베이스
글지 말고 와라... 흑흑

김기타
건투를 빕니다

그 말을 끝으로 김기타는 카톡방을 나갔다. 그가 카톡방에서 나가자 수다를 주고받다 갑자기 침묵에 빠진 것처럼 주변이 고요해졌다.

박타동이 처음 전주에 내려왔을 때 배베이스와 술을 마시던 순대국밥집에서 니키타를 포함해 세 사람은 '낙원'의 영업이 끝난 뒤 새벽까지 술을 마셨다. 밀린 이야기를 나누며 서로 원망도 하고 격려도 하면서 그들은 모처럼 회포를 풀었다. 순대국밥집을 나와 배베이스가 돌아간 후 남은 두 사람은 박타동이 묵는 원룸 앞 공원 벤치에서 담배를 피웠다. 서울에 사는 누이가 내려와 어머니를 수발하는 일에서 벗어난 니키타는 모처럼 만난 사람들과 연주를 하고 술까지 한잔 걸쳐 기분이 좋아 보였다. 별이 묽어질 시간인데도 201호 창문에는 불빛이 밝혀져 있었다.

"우리 내장산 관광호텔에서 일할 때 그 여자 말야. 왜 너랑 나랑 한바탕 싸움까지 벌였잖아. 여자 때문에."

박타동이 해묵은 이야기를 꺼냈다.

"그거사 형이 잘못헌 일이지. 가가 나 좋다는디 먼저 저, 점찍었다고 나를 찍어 누를라고 헝게 내가 열받아서 그맀지."

"그런다고 밥상 엎었잖아."

"형은 내 싸다구 안 때렸간디? 우리가 연주할 때 가시내들이 전화번호허고 이름 적어서 무대에 쪽지 올리면 내가 발바닥으로 땡겨서 다 넘겼잖어. 근디 먼저 점찍었다고 나를 때려?"

니키타의 목소리가 한 옥타브 올라갔다.

"너 또 맞아야겠다. 늬가 상을 엎었으니까 때렸지 인마. 늬가 막낸데 선배들 앞에서 술상 엎은 거잖아. 맞을 짓 한 거지."

"음마? 또 열 받네? 그러면 나 좋다는 여자를 손도 안 대고 형 방으로 밀어 늫으야 양반잉만? 그건 여자헌티 예의가 아니지."

새벽이 되자 이슬이 내리고 몸도 으슬으슬해져 두 사람은 몇 대 더 태우고 안으로 들어갔다. 2층 복도에 딸린 문을 열고 동굴 같은 곳으로 들어가는데 201호에서 사내의 혀 꼬부라진 소리가 들렸다. 일행과 대화 중인지 아니면 전화기에 뭐라고 웅얼대는지 알 수가 없었다. 203호 문을 따고 방에 들어온 두 사람은 씻는 둥 마는 둥 하고 배베이스가 준 이불을 깔고 나란히 누웠다. 201호에서 노래 소리가 들려왔다.

"저게 무슨 노랜지 알겠냐?"

니키타가 냉큼 답변한다.

"저게 노래여? 술 처먹고 꿍꿍거리는 소리지. 저건 노래가 아니라 시, 신음여."

"노래가 별거냐? 신음이 노래지. 오늘 보니까 늬 기타 소리도 신음 같더라. 세상 노래가 다 신음이니라."

"사업하다 망했다등만 아주 사람이 베렸구만. 우리 띠어놓고 갔으면 뻔듯하게 살 것이지 왜 마, 망하고 지랄여."

옆방 사내의 목소리가 차츰 잦아들었다. 벌써 일을 나가는지 아파트에서 나오는 불빛이 창에 드리워진 커튼을 자주 핥고 간다. 하품을 한 박타동이 묻는다.

"그래서 지금은 뭘 해서 먹고 사는데?"

"룸살롱 때려치고 공부 좀 혔지. 애들이라도 가르칠라문 기본은 알어야 할 거 아녀? 선배한테 스케일 하나 배울라고 좆같은 꼴 봐감서 어깨너머로 배웠지 머 공부로 기타 쳤간디?"

박타동이 조용히 키득거렸다.

"앞으론 누구한테도 공부했단 소리 하지 마라. 개가 웃는다. 음악하는 사람들 무식한 거 누가 모르냐?"

"무식이야 허지. 근다고 우리가 세상을 모르간디?"

박타동은 누가 보는 것도 아닌데 누운 채로 고개를 끄덕인다. 연주자는 일단 연주가 시작되면 곧장 최고치의 쾌락으로 비약한다. 그 어떤 성찬에도 비할 수 없는 도락이 소리를 만드는 즉시 오감을 통해 피

돌기를 따라 몸에 퍼진다. 세상을 살면서 느낀 것이지만 연주를 시작했을 때 도달하는 흥분 상태로 그토록 빨리 사람을 밀어 넣는 일은 존재하지 않는다. 돈 버는 일이나 이성과 잠자리를 함께했던 경험만으로 그 경지를 이해했다고 생각하면 그건 큰 착각이다. 오직 약물 같은 것으로 유사한 쾌락을 유발할 수 있지만 엄밀한 의미에서 약물은 그걸 돕는 보조 식품이지 그 자체가 되지는 못한다. 짝퉁으로는 진품의 품위 있는 쾌감에 결코 도달할 수 없다. 연주야말로 그에 이르는 지름길인데 무슨 정신으로 책을 읽으며 지식을 욱여넣겠는가.

박타동은 알고 있다. 돈을 번답시고 뛰어다니던 날들마저 저 먼 어디로만 달려가던 시선의 의미를. 진정한 사랑을 다른 데 두고 원치 않는 사람과 사는 듯하던 그 깊은 허기와 외로움을. 그래서 그는 니키타가 어디에서 무엇을 겪었는지 듣지 않아도 안다. 그것을 표현할 말주변이 니키타에게 없고, 배베이스가 굳이 말로 표현하지 않아도 어떤 방탕과 울증으로 한 시절을 버텼는지 그는 잘 알고 있었다. 옆방에서 다시 노랫소리가 들려온다.

"저 씨발것은 왜 잠도 안 자고 지랄여? 가서 쥐어 패버리까?"

막 든 잠에서 깬 니키타가 몸을 일으켰다.

"놔둬라. 다 절망 때문에 저러는 거다. 마누라도 없고 새끼도 없이 노가다나 다니면서 저렇게 허구한 날 술만 마신다. 너나 나나 같은 신세 아니냐? 그때 그 여자하고는 그래서 잤어?"

니키타가 다시 몸을 눕히며 대답한다.

"그럼 싸다구까지 맞었는디 안 자?"

"잘했다, 잘했어."

머리맡을 더듬어 니키타는 담배를 찾아 불을 붙인다. 담배를 빨아들일 때마다 빨간 불빛이 나타났다 사윈다. 잠시 조용하더니 다시 옆방에서 신음 같은 소리가 들려온다.

"아, 씨발놈 정말 좆같네, 거."

"아픈 사람이라니까. 희망도 없고 재미도 없으면 사람은 죽는 거야. 그러니까 너도 우리랑 같이 놀 생각을 해. 또 아냐? 여자들이 전화번호 적어줄지."

"아, 몰라. 잠이나 자."

담배를 끈 니키타가 등을 보이며 돌아누워 금세 코를 곤다. 박타동도 돌아누우며 니키타의 등에 자신의 등을 맡겼다.

사랑

　라피노가 수술을 하고 처음 얼마간 서울에 사는 대학생 딸은 주말마다 그녀를 찾아왔다. 그러다 차츰 뜸해지더니 다녀간 지 한 달을 홀쩍 넘겨 전주를 방문했다. 라피노에게 딸은 무겁게 얹혀 있는 묵은 체중과 다를 게 없었지만 어느덧 두 사람은 그럭저럭 견딜 만한 사이가 된 것 같았다. 사춘기가 시작될 무렵 애를 서울에 떼놓고 내려왔는데 사춘기가 끝날 무렵 아이의 상태는 매우 위중해 보였다. 안에 내장된 폭발물에서 째깍대며 시계가 돌아가는 듯했다. 그런 상태가 되어서야 남편은 선심 쓰듯 딸을 라피노에게 보냈다.

　남편에 의해 꾸며진 자신에 관한 온갖 추잡한 루머를 그녀는 딸에게 설명하지 않았다. 다만 어미 된 여자의 귀로 딸의 입에서 퍼부어지는 악담과 저주를 감내했다. 딸은 자주 아파트 옥상에 올라가 난간에 걸터앉았다. 보지도 않는 텔레비전을 켜놓고 우두커니 앉아 있다가 괜히 딸애의 눈치가 보일 때 라피노는 피아노를 쳤다. 베토벤이나 리스트는 가급적 삼가고 모차르트와 쇼팽을 연주했다. 어릴 때 피아노를 가르치면서 딸아이의 재능을 알게 된 그녀는 모차르트나 쇼팽을 치며 아이가 피아노 의자에 앉기를 차분히 기다렸다. 라피노 또한 기억하지 못하는 어떤 사건으로부터 피아노에 의지해 탈출한 경험이 있었다.

라피노가 유일하게 기억하는 것은 색깔과 냄새. 무엇 때문인지 그녀는 사방이 하얀색으로 덧칠된 병원에 꽤 머물렀던 적이 있다. 병원에 입원한 이유는 기억나지 않지만 그 시간들이 공백으로 남은 건 차라리 잘된 일이었다. 어린 여자아이가 겪었을 최악의 사태였더라도 기억나지 않는 한 그건 소소한 일상으로 윤색될 가능성이 높았다. 실제로도 갖가지 것이 뒤섞인 포르말린 냄새와 회칠이 하얗던 복도의 기다란 벽, 그러니까 시각과 후각이 그곳의 전부로 라피노의 머리에는 저장되어 있다. 아, 그리고 청각.

병원 복도 끝에는 피아노가 있었다. 매주 일요일이면 노랑머리의 서양인이 그 앞에 앉아 피아노를 연주했는데 환자를 치료하기 위한 방편이 아니었나 싶다. 어쨌거나 피아노에서 울리는 소리는 하얀 벽을 맞고 맑은 물방울처럼 퉁겨져 라피노의 발끝을 적시며 멀어지곤 했다. 소리가 들리면 문틈에 귀를 댄 아이는 발가락을 꼼지락거렸고, 그러면 어머니의 흐릿한 눈에 비로소 빛이 모아져 광채가 돌았다.

피아노 소리가 들려왔으니 그날도 일요일이었을 것이다. 흘러드는 물방울 소리에 발가락을 꼼지락거리던 아이는 문득 저것을 하고 싶다고 중얼거렸다. 어쩌면 그건 말을 잃었던 아이가 처음 입을 열어 한 말이었을 수도 있다. 말이 떨어지자 어머니가 그녀를 끌어안고 울었으니까. 얼마 안 돼 병원에서 퇴원한 그녀는 어머니의 손을 잡고 동네 피아노 선생을 찾았다. 바이엘을 배우고 집에 피아노가 들어오면서 그녀는 모든 것을 잊었다. 반드시 잊었어야 할 어떤 일들을.

함께 생활한 지 육 개월 만에야 딸애는 피아노 앞에 앉았다. 망설임 끝에 아이가 건반을 두드렸을 때 피아노는 낡은 해머로 뭔가를 부수는 듯한 소리를 냈다. 딸에 의해 건반에 매달린 해머가 현을 타격할 때마다 몸에 날아와 꽂히던 남편의 주먹이 보였다. 라피노는 딸의 손을 천천히 어루만지며 시범을 보이듯 부드럽게 건반을 터치했다. 양털을 새로 입힌 해머가 잠자는 현을 토닥거릴 때처럼 오래도록 거실 공간에 여음이 남았다. 내친김에 비어 있는 의자의 왼쪽 끝에 엉덩이를 걸치고 〈젓가락 행진곡〉의 세콘도를 연주했다. 그녀의 소리를 묵묵히 듣던 아이가 라피노의 장단을 따라 프리모를 연주했다. 처음에는 음식 투정을 하는 아이처럼 접시만 콕콕 쪼아대더니 배가 고파져 계란말이를 집어 들듯 젓가락 소리가 경쾌해졌다. 두 사람은 부지런히 젓가락을 놀려 잔칫상을 휘저었다.

이튿날 새로 사 온 피아노 듀엣 악보 중에서 두 사람이 선택한 곡은 브람스의 〈헝가리 무곡 1번〉이었다. 일주일간 개인 연습을 한 끝에 마침내 모녀는 다시 피아노 앞에 앉았다. 이번에도 라피노가 세콘도를 담당했고 딸은 프리모를 맡았다. 마침내 호흡을 고른 라피노가 장중한 점음표 리듬을 네 번 반복하자 한 박자를 쉰 딸이 집시 특유의 하향 선율로 밀고 내려왔다. 길을 가다 스치듯 라피노의 오른팔에 하향하던 딸의 왼손이 온기를 남겼다. 그렇게 주제를 꾸며주며 딸의 손이 네 번 하행하는 사이 두 사람은 인연을 쌓아가는 연인처럼 상대의 피부에 미세한 질감을 새겼다. 〈헝가리 무곡 1번〉은 집시의 음악에서 파생된 곡이라 변화무쌍할 뿐 아니라 박자까지 다양해 한 테마에서 다음테마로 넘어갈 때면 연주자들 간의 호흡이 무엇보다 중요해진다. 그런데 라피노와 딸은 그 지점이 다가올 때 같은 찰나에 숨을 들이켜고 동시에 숨을 밀어 뜨거운 것을 토했다. 각자의 연주에 신경 쓰다가도 하나의 테마가 끝날 때면 어김없이 함께 숨을 들이켜고 날숨에서는 건반을 눌러 이야기를 만들었다.

집시의 탄식과 비애가 스무 개의 손가락을 통해 은어 떼처럼 솟구쳤다. 원치 않는 임신 때문에 어쩔 수 없이 남편과 결혼한 라피노는 결혼하던 그날부터 이미 정처를 잃은 집시와 다름없었을 것이다. 그렇다면 척박한 어미의 배에 들어앉아 그녀의 숨소리를 듣고 자란 딸은 첫울음을 울던 순간부터 집시였는지 모른다. 원치 않았으나 탯줄로 묶여하나의 호흡을 나누다 끝내 서먹해져 두 사람은 멀리 두고 증오하며서로를 그리워했을까. 과장과 미화에 최적화된 인간의 언어로도 매우지 못할 간극이 있다. 그럴 때 탯줄로 호흡을 나누던 기억 너머의 무엇이란 어차피 이쑤시개만 한 효용도 없는 것들이 아닌가. 필요한 것은인간의 언어가 아닌 신들의 언어였다.

라피노가 제시하는 주제를 딸이 당김음으로 꾸며내면 라피노는 더욱 부드러운 저음으로 가팔라지는 아이의 등을 토닥거렸다. 딸은 숨을고르고 라피노의 소리에 자신의 소리를 얹으며 몸을 기대고 응석을부렸다. 이윽고 마지막 3부에 이르러 우당탕탕 몰아치던 소리들이 차분하게 가라앉았다. 그간의 하소연들을 갈무리하듯 손가락이 부드러워지자 편안한 봄날 오후처럼 소리가 나른해졌다. 그러다 빠르고 경쾌한 놀림으로 딸이 두어 차례 주제를 환기시킨 후 한 호흡에 그들은 연주를 마무리 지었다. 마침내 건반에서 손을 떼며 밟고 있던 페달을 풀자 마지막 울림이 거실 벽을 따라 흩어졌다. 고개를 들어 서로의 얼굴을 확인한 모녀는 손을 내밀어 상대의 눈물을 닦았다.

딸이 먹고 싶다고 하여 두 사람은 다가동 수정식당에서 대패 삼겹살을 먹었다. 삼겹살을 먹으며 라피노는 막걸리 한 잔을 마셨고 나머지를 딸이 마셨다. 배를 채운 두 사람은 극장에 들어가 코믹 영화를 깔깔거리며 감상했다. 영화를 보고 나서도 직성이 풀리지 않자 한옥마을로 나와 관광객 사이를 관광객처럼 돌아다녔다. 딸이 와인을 마시자 해서 들어간 '공간 봄'에서는 지역 현악 사중주단이 작은 음악회를 열었다. 두 사람은 와인을 마시며 쇳소리도 나고 호흡이 엇갈리기도 하는 앙상블을 재미있게 감상했다.

초여름이라 저녁이 되자 선선한 기운이 옷섶을 흔들었다. 그들 모녀는 동부시장 근처로 나와 외국 이름이 붙은 커피집에서 에스프레소와 아메리카노를 마셨다. 커피를 마신 뒤에는 당구장 간판에 끌려 포켓볼을 쳤다. 게임에서 이긴 라피노에게 당구장 계단을 내려오며 딸이 수표를 내밀었다.

"게임에서 졌으니까."

딸은 어서 받으라는 듯 오백만 원짜리 수표를 팔랑팔랑 흔든다. 그런데도 라피노가 머뭇거리자 딸이 다시 말했다.

"아빠 지갑에서 슬쩍했어."

딸이 한쪽 눈을 찡긋 감았다 뜬다. 라피노는 수표를 앗아 들며 사람들로 붐비는 네거리에서 딸의 엉덩이를 톡톡 두드렸다.

"에궁, 내 새끼 잘해쪄요."

그깟 수표 한 장쯤 남편은 들고 난 것도 모를 게 뻔하다. 그가 돈이 많은 게 아니라 시아버지였던 남편의 아버지가 부자였다. 시골에서 상경해 이렇게 저렇게 사 모은 땅이 갑자기 금값이 되어 졸부가 된 사람이었다. 도시계획이나 신도시 건설을 좇아 돈을 투자한 게 아니라 땅이 혼자 괴물로 둔갑한 경우였다. 집이 헐려 길에 나앉는 사람에 비하면 억세게 운 좋은 경우에 해당했지만 가뭄에 콩 나듯 운 좋은 사람도 나오던 시절이었다. 그런데도 무슨 대단한 근면의 결실인 양 시아버지를 포함해 그쪽 사람들의 유세는 하늘을 찌를 것만 같다. 덕분에 그 집안의 아들 둘과 딸 둘은 하나같이 개판이라는 소리를 들으며 산다. 그렇지만 단 한 푼의 위자료도 라피노는 받은 것이 없다. 남편의 곁을 떠나온 것이 위자료라면 위자료인 셈이다. 시댁 사람들은 그녀를 밑이 헤픈 년이라고 떠들었다.

"나 남자친구 생겼어."

아파트 엘리베이터에서 피곤해진 얼굴로 딸이 말했다.

"오호, 따님께서 드디어? 잤어?"

"그게 엄마가 할 소리야?"

"아, 미안미안. 키스는 했어?"

"우리 엄마 개화 여성이야 뭐야?"

두 사람은 화장을 지우고 대충 얼굴만 씻은 뒤 나란히 거실에 누웠다. 담배 생각 때문에 항상 머리맡에 두고 자던 물을 라피노는 한 컵 따라 마셨다. 남편이 다른 여자를 얻어 따로 살림을 차리고, 어린것과 허구한 날 집에 박혀 있던 시절 그녀는 담배를 배웠다. 아이를 학교에 보내고 빌라 베란다로 나와 호젓하게 한 대 피워 물던 때의 환희를 라피노는 지금도 잊을 수 없다. 맞은편 빌라의 베란다에서 담배를 피우던 여자에게 그때 그녀는 더할 수 없는 연대감을 느꼈다. 베란다에 나와 담배를 피우다 그녀를 발견하면 무뎌진 신경이 깨어나면서 화사한 기운이 연기를 따라 허파로 흘러들었다. 맞은편 여자가 다이빙을 하기 전까지 저쪽 또한 이편을 보며 위안을 얻는다는 생각에 살아 있음을 실감했다. 온몸이 부서지고 으깨져 피가 밴 광목에 덮인 채 맞은편 여자는 앰뷸런스에 실려 갔다. 그 일 이후 더 이상 그쪽 베란다엔 사람이 얼씬거리지 않았다. 어쩐지 혼자만 남겨진 듯한 쓸쓸함으로 라피노는 맞은편 여자가 보이지 않는 적막 속에서 언제 다이빙할지 궁리하며 삼 년간 담배를 더 피웠다. 마지막으로 담배 열 보루를 샀다. 그 열 보루에서 마지막 두 갑이 남았을 때 옛날에 옛날에, 할머니가 들려주던 옛이야기 속 동아줄처럼 호주에 사는 친구로부터 안부 전화가 왔다. 공항에 도착해서야 잘 먹고 잘 살라는 문자를 남편에게 날린 라피노는 스파이 영화의 주인공처럼 전화기를 휴지통에 버렸다. 그녀를 밑이 헤픈 년으로 둔갑시킨 걸 시댁 사람들은 체면으로 안다.

"아빠가 말야, 요즘 그 여자와 좀 안 좋은가봐."

두 번째 여자를 걷어차고 남편은 새로 여자를 얻었는데 그 여자를 딸은 그 여자라고 불렀다. 그래도 아비라고 딸아이는 이런 식으로 가끔 남편 소식을 들려준다.

"술이 취해가지구 지난번엔 엄마가 그립다고 하더라구. 엄마만 괜찮음 합치고도 싶대."

이게 남자의 말인지 딸의 생각인지 잘 헤아려지지 않는다.

"그 작자가 힘이 떨어진 모양이구나."

"조금은 가여울 때도 있어."

라피노는 벌떡 일어났다.

"야, 딸! 넌 니 삶을 살아. 난 지금이 좋아. 넌 그 사람들 돈 챙길 만큼 챙겨서 니 삶을 살면 돼. 난 그딴 거 필요 없어. 죽으면 건반 하나, 해머 하나, 현 하나 넣어서 화장해주면 돼."

머리맡의 물을 따라 마신 라피노는 딸에게 등을 돌리고 눕는다. 씨근덕거림 때문에 몸이 들썩거렸다.

"엄마가 외로워 보여서. 내가 엄마하고 살아보고 싶으니까."

"그건 고마운 말씀이네. 그치만 난 지금이 좋아."

"그럼 내가 내려와 살까?"

딸이 슬그머니 라피노의 엉덩이에 발을 걸친다.

"그 집 재산 포기할 각오가 돼 있으면. 어쨌든 난 지금이 좋아. 너무 좋아."

지금이 좋다는 말이 딸에게는 반어로 들릴 것 같은데도 라피노는 자꾸 그 말을 되풀이한다.

"남자친구나 한번 데려와. 난 지금이 좋아."

어쩐지 그 말은 라피노 자신에게도 반어로 들렸다.

라피노가 딸을 데리고 '낙원'에 들어섰을 때 니키타까지 네 사람은 악보를 그리고 있었다. 다른 날 같으면 술판을 벌였을 텐데 다들 숙제 하는 학생들처럼 다소곳하게 굴었다. 니키타가 만들어온 리프와 기타 솔로에 맞춰 마디 수를 조정하고 기타에 어울리는 소리를 찾아 곡을 다듬는 중이었다. 라피노의 소개로 그들은 딸과 인사를 나눴다.

"오늘은 청중이 둘이네."

박타동의 말에 라피노가,

"누가 또 있어?"

하고 묻자 니키타가 돌아보았다.

"우리 어, 엄니 모시고 왔어."

니키타가 돌아보는 쪽에 한 노파가 휠체어에 앉은 채 고요히 잠들어 있었다. 완전한 백발에 쪼그라들 대로 쪼그라들어 미라를 연상케 하는 몸피였다. 승용차에서 걷어온 안전벨트를 휠체어에 설치해 둘렀는데 하반신을 덮은 담요 위에는 먹다 만 새우깡 봉지가 입을 벌리고 있었다. 고개를 한편으로 떨군 노파는 죽었대도 믿길 만큼 미동이 없었다. 가슴을 들썩이는 모습이라도 보여야 숨이 붙어 있는 걸 알 텐데 그마저도 밭아버린 듯했다.

"잘 모시고 왔어. 그런데 연주를 하면 시끄럽지 않을까?"

"가는귀를 먹어서 잘 못 들어. 살면서 한 번도 엄니한테 여, 연주를 들려주지 못힜어."

어울리지도 않는 니키타의 회한에 찬 목소리.

"엄마 모셔올 생각을 하다니. 누나 맘에 쏙 들었어, 쌍."

라피노는 니키타의 볼에 립스틱 자국이라도 찍을 기세였다. 곡을 재편할 때 빠지거나 불어난 마디를 리쾨자는 꼼꼼하게 정리해 건반 악보를 완성했다. 그가 건네는 악보를 라피노가 받아들자 배베이스가 기타를 챙겨들고 일어섰다.

"대충 된 거 같으니까 소리 좀 내볼까?"

〈검은 바다〉의 기본적인 윤곽을 확정하고 기왕 니키타가 깁슨을 들고 왔으니 레드 제플린의 〈록 앤 롤Rock and roll〉과 〈이미그랜트 송Immigrant song〉을 시험 삼아 돌려보자는 게 이날 연주의 목표였다. 무대에 오른 니키타는 문제의 깁슨을 띡띡거리며 소리를 세팅하고, 배베이스도 조율을 겸해 가볍게 손을 풀었다. 박타동은 베이스를 쾅쾅 밟아보기도 하고 스네어드럼과 탐탐을 점검하며 악기와 의자의 위치를 조정했다. 라피노는 평소 하던 대로 구두를 벗어 던졌다.

드럼의 신호를 따라 니키타가 새로 만들어 온 리프를 밀고 나갔다. 5번과 6번 줄을 이용한 테마라 묵직할 뿐 아니라 깁슨 특유의 끈적거림이 소리에서 배어나왔다. 바닷물이 바위를 때릴 때 들리는 소리 같다가 급박하게 울리는 사이렌 소리도 같고, 배가 롤링하며 물건이 이리저리 쏠릴 때 나는 듯한 소리가 차례로 넘나들었다. 배베이스는 가장 단순한 음으로 니키타를 떠받치고 있었지만 내장과 뇌수까지 뒤흔드는 소리를 조합하기 위해 고심하는 중이었다. 〈검은 바다〉를 연주하려면 아무래도 5현 베이스가 필요할 것 같았지만 우선은 기타와 자체 앰프의 베이스를 높이는 데 주력했다. 박타동도 필인을 자제하며 단순한 리듬으로 응수하고 있었는데 배베이스와 보조를 맞출 생각에 베이스드럼만큼은 힘껏 밟았다. 인트로의 전주는 총 열여섯 마디였다.

불 꺼진 빈방이여
허공의 노란 풍선
잊고 싶은 내 기억이여

눈이 부셔 아픈 꽃이여

리콰자는 배에 힘을 줘 묵직한 소리를 끌어냈다. 리콰자의 노래가 시작되면서 니키타는 볼륨을 낮추는 대신 흐느끼는 아르페지오 선율을 이어갔다. 라피노는 그 무거운 사운드에 사이키델릭한 색깔을 입히기 위해 불안하게 흔들리는 소리를 찾아 분주히 버튼 사이를 오갔다. 우드스탁 페스티벌에서 재니스 조플린이 노래할 때 마녀 같은 목소리 밑에 깔리던 그 오르간 소리.

나 이제 떠나려 하네
부디 검은 바다에서
한 번은 울어다오 그대
바람으로 다시 흐르게

두 번째 테마로 넘어가자 기타 소리가 커지면서 리콰자의 목소리가 공격적인 톤으로 바뀌었다. 그때부터 그는 두성을 내질렀는데 '한 번은 울어다오 그대' 하는 대목에서는 이제껏 들어보지 못한 대담한 샤우팅이 등장했다. 고음으로 올라갈 때 목소리가 퍼지거나 찌그러지면 노래 자체가 천박해지는데 리콰자의 목소리는 고음에서도 차돌처럼 단단해 격이 느껴졌다. 목울대에 불거진 핏줄이 지렁이처럼 꿈틀거리자 포크송을 부르던 사람이라고는 도저히 믿기지 않을 만큼 그의 노래는 파워풀해졌다. 그때쯤엔 박타동의 스틱도 부지런히 심벌 위를 오르내렸다.

좋았던 기억이여

거기 그 산벚꽃이여

잦아들기 전의 마지막 열정이 드러나는 대목이라 리콰자의 목소리를 포함해 모든 악기가 한데 어울려 울부짖었다. '낙원'의 유리창을 모조리 부술 듯 소리가 난폭했다.

그럼 이제 안녕

꽃이여 이젠 안녕

급격하게 멜로디와 소리가 다운된다 했는데 기타 솔로가 시작되었다. 직접 보지 않으면 착각을 일으킬 만큼 기타는 파도 소리를 그대로 재현했다. 처음에는 한 겹으로, 다음에는 여러 겹으로. 처음에는 느렸다가 점점 빠르게. 이어 뒤틀린 판자가 부러지는 소리, 기타를 현으로 긁어대던 〈홀 로타 러브Whole lotta love〉의 지미 페이지 같은 이미지들, 이윽고 툭 분질러지는 소리. 마치 격렬한 운동 끝에 사정을 하는 짐승처럼 니키타는 불규칙하게 몸을 떨더니 기타를 머리 위로 치켜들었다. 지미 헨드릭스처럼 이빨로 줄을 물어뜯지 않을까 걱정될 정도였다. 그러다 벤딩을 견디지 못한 기타 줄이 탄력을 놓치기라도 했는지 다른 소리들은 멀쩡한데 기타만 대오를 이탈했다. 사람들의 놀란 눈이 기타를 향해 날아갈 무렵 어깨에 건 멜빵을 풀고 기타를 내려놓은 니키타는 벌써 어머니에게 달려가고 있었다. 언제 눈을 떴는지 그의 어머니가 휠체어에 앉아 몸을 바동거리고 있었다. 휠체어 밑에는 된장 항아

리 속 구더기처럼 새우깡이 하얗게 나뒹굴었다.

"엄니, 왜 그려? 도, 돗, 똥 쌌어?"

니키타가 어머니의 입에 귀를 댔다 떼더니 고개를 숙이고 코를 쿵쿵거렸다.

"홧따, 우리 엄니 시원허게 싸버렸네이. 잘혔어, 엄니이!"

배베이스는 무대를 내려와 찜통에 물을 받아 주방의 가스레인지에 올렸다. 그러는 사이 니키타가 휠체어에 걸린 가방에서 어머니의 속옷을 꺼냈다. 물이 데워지는 동안 사람들은 주방 바닥에 커다란 함지박을 놓고 비누를 준비한다 수건을 찾는다 야단을 떨었다. 물이 데워지자 니키타가 라피노 쪽으로 손을 까불렀다.

"일로 와서 좀 도와주야겄어. 여잔게."

라피노가 다가가자 니키타의 어머니가 팔을 내둘렀다. 치부를 드러내기보다는 존엄을 유지하겠다는 몸짓 같았다. 니키타가 어머니의 입에 귀를 댔다 떼더니 외쳤다.

"갠찮여. 남이간디? 엄니 메누리 될 사람이여."

니키타의 고함을 들었는지 어머니의 고개가 들리는데 눈에 푸른빛이 도는 듯했다. 라피노가 허리를 꺾으며 안녕하세요, 인사했다. 어머니를 안아 든 니키타를 따라가며 라피노가 물었다.

"앞으로 내가 니 마누라냐?"

니키타가 그녀를 향해 뻔뻔스럽게 웃었다.

"히주먼 좋지, 머."

그들 모자와 라피노가 주방으로 들어간 후 남은 사람들은 소파에 앉아 목을 축였다. 박타동이 눈치를 보며 딸에게 물었다.

"따님 보시기엔 어땠어? 들을 만했는지 몰라."

"짱이었어요. 엄지 척!"

그 말에 박타동과 배베이스의 얼굴에 화색이 돌았다. 딸이 한마디를 더 덧붙였다.

"엄마가 행복해 보였어요."

소동이 진정된 후 일행은 하기로 했던 곡을 간단히 점검하고 연습을 마쳤다. 애초의 계획과 달리 〈검은 바다〉를 편곡하는 과정에서 건반 솔로는 생략했지만 기타가 공백을 메워 조금만 다듬으면 그런대로 물건이 될 것 같았다. 이어 연주하기로 한 레드 제플린의 두 곡은 워낙 보컬이 중요해 모두들 걱정했으나 리콰자는 처음치고는 무난하게 소화했다. 고음이 단단한 편이라 로버트 플랜의 늑대 같은 울부짖음이 더 공격적이고 날카롭게 표현돼 리콰자 스스로도 흡족하게 여기는 눈치였다. 그러나 박타동은 연주가 끝난 뒤 비 맞은 사람처럼 온몸이 땀범벅이었다. 존 본햄이란 자가 어디 보통 드러머라야 말이지. 그가 죽었을 때 로저 테일러로 하여금 '이제는 내가 최고다'라고 외치게 만든 장본인이 아닌가. 소리는 그렇다 치더라도 박타동이 박자를 절고 꼰대들이 기까리라고 부르는 필인을 망측하게 돌리자 니키타는 잡아먹을 듯 눈까지 부라렸다. 그렇지만 피아노를 전공한 라피노의 〈록 앤 롤〉 연주는 흠잡을 데 없이 완벽했다.

본의 아니게 목욕까지 하게 돼 몸이 개운해진 니키타의 어머니는 시종 총총한 눈으로 연주를 지켜보았다. 〈검은 바다〉를 연주할 때만 해도 무심한 표정이더니 〈이미그랜트 송〉과 〈록 앤 롤〉이 흘러나오자 어렴풋이나마 반응을 보이기도 했다. 박수 치는 시늉을 내다가 가만 보면 어깨를 미세하게 흔드는 것도 같았다. 가는귀가 먹었다지만 소리를 전혀 못 듣는 건 아니어서 무언가 감흥을 느끼고 그것을 표현하려는 마음이 무대 위의 사람들에게 전해졌다. 연습이 끝나자 배베이스가 사람들에게 제안했다.

"어머니 봤지? 레드 제플린 몇 곡 더 해야겠어."

"내가 진짜 하고 싶은 걔들 곡이 있어."

사람들이 리쾨자를 보았다.

"〈신스 아이브 빈 러빙 유Since I've been loving you〉!"

"캬, 블루스. 담주에 하자!"

박타동이 반색했지만 리쾨자는 고개를 저었다.

"안 돼. 그 곡을 부를 사람은 없어. 오직 로버트 플랜만이 부를 수 있어. 다른 누군가가 그 곡을 불러선 안 돼. 모독이야."

"별 개똥 같은 소리를 다 듣겠네. 로버트 플랜이 교주네 그냥."

라피노가 헛웃음을 짓는데 어머니에게 갔다 온 니키타가 긱백에서 악보를 꺼냈다.

"서울에 있을 때 심심해서 그려봤어. 누가 가, 가사 좀 붙여봐. 난 글을 몰라."

"헐, 낭군님께서 작곡을?"

악보를 집어 간 라피노가 대충 훑어보더니 킥킥거렸다.

"글씨가 아니라 지렁이구만?"

"이리 줘봐."

리쾨자가 라피노의 손에 들린 악보를 낚아챘다. 악보를 뜯어보던 그가 무릎장단을 치며 뭐라고 흥얼거리더니 잘 접어 주머니에 넣었다.

"근데 우리도 팀 이름은 있어야 할 거 아냐?"

박타동이었다.

"있어야지. 라피노하고 리콰자가 하나씩 만들어와. 두 사람은 그래도 대졸이니까."

배베이스의 제안에 니키타가 고개를 끄덕였다.

"난 고등학교 중퇴한게. 씨발놈, 그 담탱이 새끼 지금이라도 만나면 확 걷어버릴 판여."

그때 박타동이 배베이스를 쏘아보며 시비를 걸었다.

"야, 배이수! 너하고 니키타는 고등학교 중퇴지만 난 짜샤, 대학 나왔잖아."

"그건 전문대잖아."

"오와, 세상에. 대한민국의 이 학력 차별. 내가 고등학교 중퇴한테까지 학력 차별을 당하고 살아야 돼? 서울에서 일할 때 보니까 사기꾼들은 다 일류대 나왔더만."

리콰자가 분위기를 수습하기 위해 나섰다.

"거 참, 따님도 계시고 어머니도 계시는데 점잖지들 못하게. 거 황달인지 타동인지도 하나 지어오고 다른 사람도 지어오면 되잖수. 그나저나 이름 좀 확실히 합시다. 황달이여 타동이여?"

"황달이라니까!"

거기까지였다. 어머니 모시고 저녁이라도 해야 되는 거 아니냐는 말도 나왔지만 죽을 드셔야 한다고 해서 멤버들은 다음을 기약하기로 했다. 하긴 라피노도 딸과 작별할 시간이었다.

'낙원'에서 나와 고속버스터미널에서 딸을 배웅한 라피노는 집으로 가면서 한때 뻔질나게 들락거리던 고속터미널을 생각했다. 아니 고속터미널이 아니라 거기서 버스를 타고 달려가 만나던 사내, 올림픽체조경기장에서 이글스의 공연을 같이 보았던 사내를 떠올렸다.

얼떨결에 남편과 결혼하게 되었으니 이른바 사랑이라는 것을 그때 라피노는 처음 경험한 셈이다. 그녀를 안달하게 하던 것, 세상을 이전과 이후로 구분하게 만들던 그것. 돌올하게 솟아오른 신화 속의 섬처럼 황사와 미세먼지에 싸여 평소 있는지도 몰랐던 산맥이 나무와 바위 하나까지 명징하게 펼쳐 보이는 비 갠 날의 풍경이 있다. 담배를 끊고 맛본 푸성귀의 싱그러운 향취나 몸살을 앓던 병석에서 일어나 느끼는 가뿐함도 있다. 어쨌거나 그것을 말로 설명할 수는 없다. 그저 새롭고 뜨거운 무엇이었다는 것뿐.

남자는 직장에 다녔고 아들과 딸을 둔 가장이었으며, 섬세하지만 강단도 있었다. 직장에 다니는 사람이므로 둘은 주로 그가 퇴근한 후 저녁에 만났다. 서로 문자를 주고받다 조율이 되면 고속버스를 타고 올라가 그의 퇴근 시간에 맞춰 라피노는 약속된 장소로 갔다. 저녁을 먹고 간단하게 술도 한잔 마시고 나면 둘은 가까운 모텔을 찾아 몸을 나눴다. 남녀의 교접이 사랑뿐 아니라 미적 관점이랄지 상대를 둘러싼 문화와 환경까지 확인하는 일이란 걸 그때 라피노는 처음 알았다. 그와 더불어 비로소 새로운 세계로 나가게 될 것 같아 꿈을 꾸었다.

그와 만나는 날 그녀는 심야 고속버스를 타고 내려오기도 했지만 남자가 귀가한 후 모텔에서 그냥 자기도 했다. 심야 고속버스를 타고 내려올 때나 그곳에 머물 때나 몸은 피곤했지만 어떤 각성 상태가 계속돼 잠은 오지 않았다. 그렇지만 원하는 것을 쥔 듯한 성취감으로 언제나 몸은 가볍게 부풀어 허공을 부유했다. 모텔에서 잔 날 딱 한 번은 그가 토스트와 커피를 사 들고 새벽같이 나타난 일이 있다. 그가 가져온 것을 나누어 먹고 그들은 오래 참았던 연인들처럼 다시 따뜻하게 몸을 만졌다. 남자가 남성용 스킨로션 향을 침대며 그녀의 몸 곳곳에 남겨놓고 출근한 후 달콤한 잠에 빠진 라피노는 해가 중천에 걸려서야 버스를 타고 내려왔다. 그날 이후 라피노는 주로 그 도시에서 자는 쪽을 선택했으나 한 번의 보너스 이후 다시 그런 호사는 찾아오지 않았다.

미세한 균열은 특별한 일로부터 기인하는 게 아니다. 그것은 오래 입은 팬티의 고무줄이 서서히 느슨해지며 천이 나달나달해지는 것과 비슷하다. 라피노가 그랬다는 게 아니라 그 남자의 팬티가 그렇게 되었던 것 같다. 그러나 라피노는 애써 그것을 인정하지 않거나 그 생각을 머리에서 걷어내려고 노력했다. 사랑이 고무줄처럼 늘어나고 옷감처럼 변질된다는 걸 그녀는 이해할 수 없을 뿐 아니라 용서할 수 없는 기분이기까지 했다. 많이 양보해서 그게 정말 옷감과 비슷하다 쳐도 세제를 잘못 쓰거나 옷을 문질러버린 일은 기억 속에 남아 있지 않았다. 의견이 달라 다투었다든가 가족을 팽개치라고 속살거린 일도 없었다. 미지근한 사골 국물에 파를 썰어 넣고도 별생각 없이 숟가락을 놀린다면 그건 이미 입이 아니라고 라피노는 믿었다.

남자의 팬티가 나달거리는 와중에도 두 사람의 만남은 평온한 상태로 지속되었다. 남자는 어느 날 무슨 말인가를 하려고 입술을 달싹거리다 끝내 입을 다물었다. 그와 만나지 못하는 날들이 길어지면 길어질수록 그의 팬티는 그만큼 후줄근해진다는 강박이 그녀를 터미널로 내몰았다. 팬티가 얼마나 낡았는지 확인하기 위해서가 아니라 말짱하다는 근거를 찾기 위해 그를 만나야 했다. 그 남자를 만날 일이 없는 날에도 고속버스를 타고 올라가 서울의 거리를 배회했다. 버스를 타지 않는 날마저 고속버스터미널을 찾아 승객이 내리는 하차장의 낡은 벤치에서 노을을 지켜보았다.

지금도 그녀의 눈에는 하차장을 휘몰아가는 바람이 보인다. 황사 때문에 봄날의 햇빛이 황토 빛에서 먼지를 쓴 홍시 빛으로 사위어갈 때 그녀의 마음에서 삶은 빈사의 햇빛처럼 저물었는지 모른다. 혼자 나무 의자에 앉아 나머지 빛마저 사라진 후 짙어가던 군청색 어둠을 바라볼 때 터미널은 언제나 실제보다 황량했고, 황량해서 더러웠다. 봄날의 햇빛이 그렇게 스러지고 기다리는 것이 그 남자인지 다른 무엇인지 그마저도 불분명한 순간이 찾아왔지만 그래도 그녀는 사랑을 포기하지 않았다. 고통을 앓는 자신의 내면 저 밑바닥까지 사랑했다. 자신의 몸이 아닌 어느 심연에서 꺽꺽대고 올라오는 울음을 사랑했다. 그 불멸의 고통을 의심하지 않고 사랑했다. 사랑을 사랑했다.

속세의 먼지가 팬티의 고무줄을 느슨하게 하는 것임을, 나이를 잊은 집착이 또한 그럴 수 있음을 라피노는 이제 안다. 그렇다면 더 이상 사랑은 없는가. 찾아갈 수 없는 먼 곳까지 삶은 떠내려 왔는가. 그럴 리 없다고 고개를 젓는다. 사랑 자체가 아니라 사랑할 대상은 아직 남아 있다고 믿는다. 세월 따위에 나달나달해지는 일 없이 새로운 세계로 함께 넘어갈 대상이 손에 잡힐 듯 가까이에.

수요일에 하자

그날은 율도 해수욕장 공연을 주선한 연예인협회 도지부장이 '낙원'을 방문하기로 한 날이었다. 공연 준비가 잘되고 있는지 점검하고, 사람들에게 위문 차 저녁도 한 끼 대접한다는 것이 방문 목적이었다. 저녁을 같이 하는 건 좋은데 니키타의 어머니가 문제였다. 미리 식당에 연락해본 결과 죽을 끓여드리겠다고 해서 그 문제는 간단히 해결되었다.

창문을 투과한 햇볕이 가시처럼 느껴져 사람들은 늘 앉던 자리를 버리고 출입구 쪽으로 아지트를 옮겼다. 연주를 하거나 몸을 바삐 움직이면 이마가 촉촉해지지만 에어컨을 틀기에는 아직 일렀다. 일주일 만에 다시 만나 인사들을 나누고 났을 때 리콰자가 가방을 뒤져 쪽지 한 장을 꺼냈다. 니키타가 쓴 곡에 고심 끝에 입힌 가사를 그가 천천히 낭송했다.

새벽별 지고 또 하루가 시작되네
인생은 밝게 타오를 줄 알았는데
불안한 날들이 우리를 기다리네

아름다운 젊음은 알바로 얼룩지고
끝없이 올라가는 고층 아파트
지하 단칸방엔 햇빛도 외면하는데

막다른 길이었지 인력시장 푸른 새벽
조용히 울었어 이별도 사랑도 없이
고지서에 저당 잡힌 또 하루가 저무네

"슬프당!"

리콰자가 고개를 들어 사람들의 얼굴을 살피자 라피노가 먼저 반응을 보였다.

"〈검은 바다〉보다 쉬워서 나는 좋아."

박타동의 말에 배베이스가 고개를 끄덕였다.

"내 아들놈도 맨날 여기저기 알바만 뛰고 있어. 취직을 못 하는 건지 안 하는 건지 원. 좋네."

"인자 봉게 리콰자 성님이 시인잉만. 션찮게 봤는디 오늘부터는 인정."

작곡 당사자인 니키타는 조금 흥분해 있었다.

"처음엔 신나는 가사를 쓸 생각이었는데 곡에 외로움이 배어 있더라구. 단순한 외로움이 아니라 차갑게 가라앉은 외로움. 하지만 뒤쪽이 좀 밋밋한 거 같아서 콩나물 몇 개를 더 얹었어."

리콰자가 후렴에 해당하는 가사를 마저 낭송했다.

> 고단한 세상 잠시 잊고
> 노래 불러 노래 불러
> 그대여 지친 하루
> 노래 불러 노래 불러
> 또 다른 그댈 위해
> 노래 불러 노래 불러
> 합창이 될 때까지
> 노래 불러 노래 불러

낭송을 마친 리콰자는 가방에서 악보를 꺼내 사람들에게 나눠주었다. 편곡을 하기 전이라 아직은 인시악보* 수준이었다. 니키타는 악보를 받아 탁자에 펼쳐놓고 기타로 리콰자가 만들어 붙인 대목을 하나하나 딩동거리더니 만족스러운 미소를 지었다.

"여그는 떼창으로 허문 딱이겠네. 제목은 〈노래 불러〉로 허고. 앞으로는 내가 리콰자 성을 진짜 서, 성으로 모시께."

틈이 벌어진 앞니를 내보이며 니키타가 털털털 웃었다. 배베이스가

---

* 멜로디와 코드, 노래 가사만 적혀 있는 악보.

한 가지를 제안했다.

"이번 곡의 리프는 베이스로 가자. 팍팍 떠오르는 게 있어. 골방에서 담배 두 갑만 피우면 쓸 만한 게 나오겠어."

"리프를 기타가 히야지 먼 소리여?"

니키타는 당장이라도 리프 하나를 뚝딱 만들어 붙일 기세였다.

"야 이 또라이 시키야! 넌 산울림 초창기 곡들도 안 들어봤냐? 베이스만 들린다구. 〈빨간 풍선〉, 〈아니 벌써〉, 〈내 마음에 주단을 깔고〉 할 것 없이 다."

"그, 그거사 기타를 못 친게 글지."

"못 치긴 뭘 못 쳐. 〈내 마음에 주단을 깔고〉 초반 솔로가 얼마나 위대한데. 영혼을 쥐어뜯는 솔로야. 대체 누가 그런 솔로를 만들 수 있는데?"

"그게 그면 만든 거지 친 거여?"

"잠깐만! 왜 만나기만 하면 싸움질이야? 지난번엔 드럼하고 싸우더니 오늘은 기타하고 지랄이네. 배베이스 당신이 문제야."

라피노가 배베이스를 지목하며 싸움에 제동을 걸었다. 뭔가 와자지껄하다 일순 조용해지면 사람들은 약속이나 한 것처럼 담배부터 꺼내 문다. 리콰자가 연기를 뿜으며 말했다.

"인트로에서 건반이 한번 때려주면 웅장하기로는 최고지. 〈파이널 카운트다운The Final Countdown〉이나 무한궤도의 〈그대에게〉처럼. 그렇지만 배베이스가 해보겠다고 열의를 보이니까 기회는 줘보지 뭐. 우리가 한두 곡 만들고 문 닫을 것도 아니잖아."

리콰자를 마음으로부터 받아들이기로 결심한 니키타는 그 의견에

토를 달지 않았다.

"그나저나 어머니 너무 기다리시게 하는 거 아냐? 달리자구."

배베이스가 졸고 있는 니키타의 어머니를 건너다보았다. 전에 니키타는 휠체어에 앉은 어머니를 무대 먼 쪽에 모셨는데 시끄러운 소리에 상태가 악화될지 몰라서였다. 그러나 일주일 만에 다시 모였을 때 그는 어머니를 최대한 무대 가까이 모셨다. 어머니가 그러자고 해서 취한 조치였다.

지난번 합주 때 '낙원'에 모시고 와 연주를 들려준 후로 어머니는 자주 짜증을 부려 사람을 힘들게 했다. 전에는 니키타가 해주는 대로 이것저것 잘 따르더니 '낙원'에 들렀다 간 뒤로는 되지도 않는 일을 하겠다고 고집을 피우는가 하면 아들 몰래 이것저것 일을 벌이기도 했다. 평소대로 조용히 누워 있거나 일어나더라도 벽에 기대 쉬고 있으면 기타 연습을 하든지 집에 찾아오는 학생을 가르치기도 수월할 텐데 노인네가 고집을 부리자 수발하는 일에 공이 들었다. 화장실에 갈 때도 지금까지는 불끈 안아 모시곤 했는데 지팡이에 의지해 직접 걷겠다며 부축만 해달라고 요구하는 통에 도중에 똥을 싸버리기 일쑤였다. '낙원'에서의 관람이 어떤 심지에 불을 일으켰는지 어머니는 더 이상 고분고분한 사람이 아니었다.

박타동은 스틱으로 탐탐과 각종 심벌을 두드려보며 의자의 위치를 조정했다. 배베이스는 헤드에 물린 조율기에 전원을 넣어 조심스레 줄을 골랐다. 악기들이 질서 없이 삑삑대자 잠을 깬 니키타의 어머니가 상황을 깨닫고 무대를 향해 머리를 바로 세웠다. 사운드 체크가 끝나자 니키타가 마이크에 전원을 넣으며 어머니를 보았다.

"우리 엄니 젊었을 때 좋아하던 노래를 오늘은 아들이 한번 불러보겠습니다."

니키타는 마이크의 드라이브가 적절한지 두어 차례 쎄쎄, 하고 소리를 점검한 후 E_m 코드를 스트로크 주법으로 긁어내렸다. 사람들이 잠시 어리둥절해져 니키타를 바라보는데 드럼이 돌아가는 판을 읽고 그를 지원했다. 베이스가 따라 들어가는 것을 보고 라피노 또한 잽싸게 코드를 낚아 빈 공간을 메웠다. 애물단지 취급하다 일 생기면 찾는 천덕꾸러기 아들 같은 오블리*가 그들의 손끝에서 시작된 거였다. 배 베이스나 니키타 같은 부류는 말만 듣고도 경기를 일으킬지 모르지만 연주 실력을 가늠하는 척도로 자주 언급되는 게 실은 또 이 오블리였다. 잼의 뽕짝 버전이라고나 할까.

어머니는 담요 위의 새우깡을 입에 넣으며 조용히 무대를 응시했다. 깨무는 게 아니라 녹여 먹는지 노인네의 입 가장자리가 먹이를 삼키는 뱀처럼 느리게 꿈지럭거렸다. 입술 한쪽에서 침이 흐르고 있었지만 어머니는 그런 줄을 모르는 눈치였고, 검버섯이 무성한 얼굴은 희로喜怒마저 잃은 사람처럼 가라앉아 있었다. 그러나 그녀가 무언가 매우 진지하다는 것을 무대 위에서는 모두 느끼고 있었다. 마침내 전주가 끝나고 니키타의 노래가 시작되었다.

---

* 오블리가토Obbligato에서 유래한 말로, 원래는 '악보에 표시된 부분 중 연주자가 임의로 생략하거나 변형하면 안 된다'는 뜻이었지만, '주선율을 해치지 않는 범위 내에서 임의로 변형해 연주한다'는 의미로 바뀌어 사용되고 있다. 주로 주점 등에서 취객의 노래에 맞춰주는 반주를 오늘날에는 '오부리'라고 한다.

연분홍 치마가 봄바람에 휘날리더라
오늘도 옷고름 씹어가며
산제비 넘나드는 성황당 길에

가래가 엉킨 것처럼 니키타의 목소리는 탁하고 거칠었지만 향신료
나 감미료에 의존하지 않는 음식처럼 담박했다. 악보와 감정에는 충실
하되 기교 따위는 던져버린 음색. 들끓던 시절을 건너온 못난 아들이
과시할 무엇도 없이 제 사는 모습을 내보이는 일이었다. 그렇지만 탄
산음료 맛도 무엇도 아닌 맹맹한 노래가 사실은 울림을 몰고 온다. 그
것은 솜씨나 실력 이전의 무엇이며, 뮤지션들이 도달하려는 어떤 지점
이기도 했다.

꽃이 피면 같이 웃고 꽃이 지면 같이 울던
알뜰한 그 맹세에 봄날은 간다

1절이 끝나고 전주와 똑같은 간주가 이어졌다. 하지만 이번 간주의
멜로디를 맡은 건 라피노였다. 간주를 잊은 사람처럼 눈을 감고 아르
페지오에 열중하는 니키타 대신 건반이 자리를 메웠는데 여러 번 손
맞춘 것처럼 들고 남이 자연스러웠다.

열아홉 시절은 황혼 속에 슬퍼지더라
오늘도 앙가슴 두드리며

뜬구름 흘러가는 신작로 길에

새가 날면 따라 웃고 새가 울면 따라 울던

얄궂은 그 노래에 봄날은 간다

어떤 노래는 대부분의 사람에게 특정 상황을 떠올리게 하고, 어떤
노래는 특정인에게만 그런 상황을 떠올리게 한다. 가령 퀸의 〈위 아
더 챔피언We are the champion〉은 최종전의 승리에 환호하는 운동선수를 연
상케 하지만 눈 쌓인 날 들었던 인상적인 노래는 그 기억을 간직한 사
람에게만 눈을 떠올리게 한다. 그렇다면 〈봄날은 간다〉는 어느 쪽일
까. 말할 것도 없이 전자에 해당된다. 지나간 아득한 어떤 날을 떠올리
게 하는.

연주를 하던 사람들은 니키타가 노래를 부르는 사이 차츰 상념에
찬 표정이 되어갔다. 연주는 몸에 붙은 이력이 만들어내지 의도나 계
산으로 이루어지지 않는다. 의식과 상관없이 악기를 어르며 멤버들은
약속이라도 한 것처럼 세월의 어느 자락을 들추고 들어가 외롭고 고
단하던 날들과 그로부터 받은 상처를 찾아 속살을 확인하는 중이었다.
이글스의 〈새드 카페The sad cafe〉를 듣다 자기도 모르게 떨어뜨리던 눈물
이며, 추워오는 밤거리를 쫓겨 다닐 때 쇼윈도에서 자신의 몰골을 대
면했던 일과 당신은 아빠도 아니라며 저 먼 스페인의 전화 속에서 울
부짖던 딸, 거리에서 기타를 두들겨 부수던 일 같은 것. 백설희의 〈봄
날은 간다〉를 들으며 눈물 흘리지 않은 자는 세상을 제대로 산 게 아니
라고 생각하면서.

휠체어에 오도카니 앉은 어머니의 짓무른 눈은 너무 깊고 아득해

안을 들여다보기 어렵다. 그녀에게도 무대 위의 막내아들보다 젊던 시절은 있었을 것이다. 소리만 지를 줄 알지 세상을 감내할 각오는 눈곱만큼도 없던 그 시절의 남정네들. 그런 남정네를 따라 팔자에 없는 만주를 떠도는가 하면 지리산 골짜기를 일궈 감자나 묻어먹게 됐을 때 터진 전쟁이며 낮에는 허연 기, 밤에는 벌건 기가 펄럭이던 시절. 중도에 학교를 작파하고 기타에 의지해 외지로 떠돌던 아들을 몸 뒤척이며 기다리던 날들이 있었다. 언제 여자 한번 데려오는 법도 없이 틈나면 술 퍼마시고 헬렐레거리던 아들, 병원에 가는 대신 펜치로 어금니를 뽑아 던지고도 시시덕거리며 철없이 굴던 종자들. 울음은 길고 웃음은 찰나에 그치던 날들이 죽음의 문턱에 선 지금까지 어머니에게는 아직 몇 모금 남아 있었다. 하지만 어쩌자고 그런 세상마저 싫었던 적은 없었을까.

과거와 현재가 수시로 의식을 지배하므로 어머니의 현실은 상황에 따라 그때그때 달라진다. 어떤 때는 어린 시절이 현실이 되고 때로는 신혼 시절이나 중년 여성으로 돌아갈 때도 있다. 그녀가 먼 과거로 소환됐을 때 현재를 사는 니키타는 이웃집 아저씨 아니면 낯선 타인에 불과하다. 간혹 그녀의 현실 속에선 니키타의 어린 모습도 나타나는데 부지깽이에 맞아 종아리가 파래지는 일이 많다. 대체 종아리를 맞는 이유는 무엇일까. 또래들이 의당 할 법한 짓궂은 장난과 성적표, 아이들을 모아놓고 장터의 풍각쟁이처럼 쿵작거리는 일 등이 매를 맞는 원인이다. 그러나 가만 보면 니키타가 종아리를 맞고 꾸중을 듣는 건 니키타의 문제라기보다는 언제나 종아리를 때리고 꾸중을 하는 사람의 문제였다. 그것이 그녀가 더 살아야 하는 이유인 셈이었다. 고장 난 몸을 끌고 이승을 사는 일이 너무 지루하고 징그러워 저편의 남정네에게 어서 가고팠을 따름인데 아들에 대한 이해가 그녀의 욕망에 불을 지폈다. 아들의 즐거움을 조금 더 자기 것으로 누리는 일, 그게 그녀가 붙들고 있는 이즈음의 욕망이었다.

2절까지 노래를 부른 니키타의 기타가 속도를 내며 백킹* 주법으로 부르짖기 시작했다. 박타동의 손길이 빨라지자 뒤를 받치던 배베이스가 해머링 온**이며 슬라이드***, 초퍼**** 주법 등 지금까지 보여주지 않던 기교를 다양하게 동원해 흥을 돋웠다. 라피노도 손가락이 아파 좀처럼 시도하지 않던 글리산도***** 테크닉을 여러 차례 선보였다. 연주자들이 눈살을 찌푸리곤 하던 오블리에서 어느덧 잼으로 연주는 접어든 듯했다. 한동안 그들이 전개하는 연주를 지켜보며 틈을 노리던 리쾨자의 울부짖음이 시작되었다.

　　새파란 풀잎이 물에 떠서 흘러가드라

　　오늘도 꽃편지 내던지며

　　청노새 짤랑대던 역마차 길에

　　별이 뜨면 서로 웃고 별이 지면 서로 울든

　　실없는 그 기약에 봄날은 간다

---

* Backing. 일반적으로 곡의 리듬을 깔아주는 방법. 대체로 록에서는 5, 6번 줄을 많이 이용한다.
** Hammering on. 기타 줄을 통긴 후 그 줄을 내리치는 주법.
*** Slide. 어떤 소리를 낸 후 현을 누른 채 손가락을 미끄러뜨려 음의 높이를 변화시키는 테크닉.
**** Chopper. 엄지로 현을 두드려 음을 내는 섬 피킹Thumb Picking과 집게손가락으로 현을 당기며 통기는 풀Pull을 결합한 연주.
***** Glissando. 음역의 차이가 큰 음 사이를 미끄러지듯이 연주하는 방법.

무대가 들썩이고 창문이 흔들렸다. 못된 것들에 맞서는 제사장처럼 해괴한 몸짓으로 무대를 뛰어다니는 연주자들에게 어머니는 손을 흔들고 확연한 동작으로 박수를 보냈다. 멤버들은 서로 눈짓을 주고받으며 시끌벅적한 아웃트로를 연이어 선보인 끝에 연주를 마무리했다.

"타, 타동이 형. 드럼 좀 힘차게 못 나와?"

니키타가 땀을 훔치며 평소 생각해오던 의견을 밝혔다. 박타동이 곧장 퉁겨 올랐다.

"황달이라구 인마."

"그려그려, 황달. 드럼이 둥둥 딱 둥둥 딱 나와주고 베이스가 도동 도동 동도동 동따 허구 나와야 리듬이 살지. 거기다 기타가 찌그장찌그장, 건반이 뚜루루루띠리릭 멜로디를 맡아줘야 곡이 지대로 살 거 아녀. 근디 드럼이 자꾸 흔들링게 곡 전체가 흔들리잖어. 글고 건반도 너무 스탠다드헌 거 아닌가 몰라. 클래식만 헌 사람이라 내가 볼 때는 스케일이 영 달러."

니키타는 구음을 섞어가며 한꺼번에 많은 말을 쏟아냈다.

"우리 라퀴노, 치과 가서 스케일 한번 해야겠네?"

리콰자의 말에 라퀴노가 입을 비쭉거렸다.

"무슨 되지도 않는 썰렁 개그야?"

"자자, 〈노래 불러〉도 한번 돌려봅시다."

배베이스의 말을 좇아 일행은 리콰자가 나눠준 악보를 따라 〈노래 불러〉를 연주했다. 니키타의 고독과 흥이 어우러져 〈노래 불러〉에서는 폴 매카트니와 존 레논을 반씩 섞은 듯한 색깔이 우러나왔다. 뒤의 후렴 부분을 조금씩 빠르게 진행하다 나중에 행진곡처럼 몰아치자는 라피노의 제안에 직접 시연해보니 그게 또 그럴 듯했다. 리프를 만들겠다고 투정을 부리던 배베이스는 이러저러한 소리를 들려주었으나 야유를 받자 곧 시무룩해졌다. 그들은 그간 연습한 곡을 차례로 돌려본 후 무대에서 내려왔다.

연예인협회 도지부장은 아무래도 식사 시간이 임박해서야 나타날 모양이었다. 땀을 많이 흘린 박타동은 화장실에 가서 얼굴부터 씻고 왔다. 급한 사람들이 화장실 볼일을 끝내자 배베이스가 안건을 꺼냈다.

"자, 회의를 합시다. 지금부터 팀 이름을 정하도록 하겠습니다. 황달 씨부터 까보세요."

배베이스의 갑작스러운 지목에 박타동이 흠흠 잔기침을 했다.

"영일레븐!"

배베이스가 지목할 때부터 그의 입을 바라보던 사람들이 벙벙해진 얼굴로 서로의 표정을 살폈다. 그것은 대체 언제 적 일이었을까. MBC 공개홀에 요즘 말로 하면 아이돌 가수를 모아놓고 한판 놀도록 자리를 깔아주던 시절. 물론 그 무렵 오거리에는 그 이름을 차용한 나이트클럽까지 버젓이 영업하고 있었다. 그러니까 영일레븐이라는 이름에는 박타동과 니키타가 선배들 잔심부름에 시달리면서도 힘든 줄 모르고 뛰어다니던 시절이 지워지지 않는 흔적처럼 박혀 있었다. 그러나 그것은 호랑이 담배 먹던 시절이 아닌가.

"지금 실버 밴드 하자는 거야?"

라피노의 입에서 광목 찢는 소리가 나왔다. 평소와 달리 라피노가 정색을 하자 박타동은 괜히 잔을 들어 술을 마시는 척했다. 먼저 이야기를 꺼내는 바람에 자연스럽게 사회자가 된 배베이스가 손을 저었다.

"그 의견은 없던 일로 하겠습니다. 다음은 리콰자."

리콰자가 상체를 약간 세웠다.

"필드–홀러Field-holler!"

짧은 순간 또 침묵이 지나갔다. 이건 또 뭐야, 배베이스는 그런 표정이었지만 라피노처럼 튀어나오지는 않았다.

"그게 먼 뜻여? 필드 뭐?"

니키타도 낯설기는 마찬가지였다. 리콰자의 차분한 설명이 이어졌다.

"아프리카에서 끌려간 미국의 흑인 노예들, 다들 알지? 백인 관리자들은 서로 대화를 나누지 못하게 흑인들을 억압하고 착취했어. 흑인들의 말을 알아듣지 못하기 때문에 숫자가 적은 백인 관리자들은 그들이 대화하는 것만으로도 위협을 느꼈겠지. 노동도 힘든데 옆 사람과 말 한마디 못하게 되자 흑인들은 하루하루가 죽을 맛일 수밖에. 말을 하면 가혹한 체벌을 당하고 심지어 죽임을 당하기까지 했으니까. 그러다 정말 견디기 힘든 순간이 오면 하늘을 향해 힘껏 소리를 질렀대. 이해가 되지? 이게 필드홀러야. 신음인지 말인지 노래인지 알아먹을 수 없는 소리, 바로 필드홀러지. 이게 재즈의 기원이라는 말도 있어."

사람들이 리콰자의 말을 곱씹는 사이 잠깐 정적이 찾아왔다. 그러나 이번에도 니키타에 의해 침묵이 깨졌다.

"역시 콰자 성. 나는 콜!"

"뜻은 짱인데 좀 어렵네. 어쨌든 이번엔 라피노."

배베이스의 말이 끝나자 사람들의 시선이 라피노에게 옮겨갔다.

"나는 수요일에 하자. 아무 이유 없어. 우리 연습 날이 수요일이잖아. 그리고 직장인들에겐 수요일이 일주일의 고비 같은 날이거든. 월화의 긴장감은 사라지고 슬슬 피곤해지기 시작하는데 주말까진 좀 버텨야 하는. 그러니까 수요일엔 뭐든 하자 이거야. 섹스든 술이든 음악이든……."

배베이스가 공감한다는 듯 고개를 주억거렸다.

"좋네. 수요 밴드라고 줄여 부르기도 편하고."

그러자 니키타가 배베이스를 향해 고개를 세웠다.

"근디 성은 사회자가 아까부터 왜 자꾸 이짝 편을 드는 거여?"

그는 배베이스와 라피노를 번갈아 가리켰다.

"너도 아까 리쾨자 것이 좋다고 했잖아, 시키야!"

"난 사회자가 아니잖여!"

라피노가 나섰다.

"또 싸운다. 걍 투표해!"

라피노가 소리를 지르자 말 잘 듣는 마당쇠처럼 배베이스는 신청곡을 적는 메모지를 들고 왔다. 어린 시절 반장 선거를 할 때처럼 각자 펜을 꺼내 손으로 가리고 적는 시늉들을 하는데 니키타가 손을 들었다.

"우리 리쾨자 성하고 여그 건반 누님은 자기 꺼 자기가 쓰기 없기. 그리야 공평허지."

그의 난데없는 제안을 헤아리느라고 잠깐 사람들의 눈동자가 바빠졌다. 라피노가 반응했다.

"무슨 뚱딴지같은 소리야?"

"남으 것이 존디도 지껏만 찍으면 반칙이잖여."

"자기 걸 자기가 못 쓰면 결국 리콰자는 내 거, 나는 리콰자 거 쓰는 건데 자기가 자기 것 쓰는 거 하고 뭐가 달라? 니키타야, 죽고 사는 문제 아니면 생각 많이 하지 말자, 응?"

사람들이 빙글대면서 한마디씩 질렀지만 니키타는 라피노의 말이 제대로 이해되지 않는 눈치였다. 어쨌거나 이름이 적힌 쪽지를 탁자에 놓고 펼쳐보니 필드홀러 두 표에 수요일에 하자 두 표, 기권이 하나였다.

"기권이 어떤 시키야?"

배베이스가 고함을 지르자 박타동이 자수했다.

"난 지금도 영일레븐이야."

"아주 지랄을 해요. 다시 해!"

배베이스가 다시 메모지를 돌렸으나 결과는 같았다. 배베이스가 아예 백 장 묶음 메모지를 들고 왔다.

"황달아, 빨리 끝내고 연습하자! 제발 좀."

"잠깐만!"

이번엔 리콰자가 손을 들었다. 배베이스가 투덜거렸다.

"이번엔 또 뭐야? 겨우 다섯이서 이런다는 게 말이 돼?"

"중요한 문제가 있어. 생각해봐. 황달이가 에라 모르겠다, 그런 심정으로 아무거나 찍었는데 그게 팀 이름이 된다는 건 너무 황당하잖아. 아무리 대한민국이 개판이라도 이래선 안 되지. 국정원 선거 개입도 아니고."

"여기서 국정원이 왜 나오는지는 모르겠는데 맞는 말이긴 하네. 그러니까 어쩌자고?"

"팀 이름이 하나여야 된다는 법이 있냐 이거지, 내 말은. 대한민국 헌법에 그런 조항 있어?"

한 시간 가까이 갑론을박한 끝에 국정원까지 끄집어낸 리쾨자의 제안을 멤버들은 받아들이기로 했다. 이름을 두 개로 하자는 안이었다. 필드홀러와 수요일에 하자. 실내 연주에서는 수요일에 하자, 야외 연주에서는 필드홀러. 그러나 필드홀러는 말이 워낙 어려워 언젠가는 뇌리에서 지워질 운명이었다. 영어가 약한 사람들은 얼마 안 가 니키타가 그랬던 것처럼 '필드 뭐?' 그렇게 묻게 되곤 했기 때문이다.

"이름을 하나로 할 게 아니라면 세 개도 상관없잖아?"

회의가 끝나갈 무렵 박타동이 항변했지만 사람들은 어서 연습하자며 냉큼 무대로 올라갔다.

그간 연습한 곡을 한 바퀴 돌리고 나서 〈검은 바다〉와 〈노래 불러〉를 집중적으로 다듬는데 배베이스가 말한 연예인협회 도지부장이 아들쯤으로 보이는 젊은이와 나타났다. 젊은이는 키가 훤칠하고 인물이 좋았다. 무엇보다 막 사회생활을 시작할 또래여서 그가 들어서자 홀이 환해졌다. 사람들은 대충 연주를 마무리하고 도지부장과 인사를 나누었다. 예상대로 함께 온 젊은이는 도지부장의 아들이었다. 취직을 하려고 이것저것 알아보고 있지만 되는 일이 없어 바람이라도 쏘이라고 데려온 것이라 했다. 도지부장의 아들은 〈노래 불러〉가 자기 이야기인 것 같아 인상적이었다고 말했다.

도지부장과 평소 가까이 지내는 사람은 배베이스였다. 배베이스가 안부를 묻자 이것저것 너스레를 떨던 그는 유월 말 정읍 워터파크에서 시민을 위한 정례 연주회가 열리는데 한 꼭지 비워놨으니 서너 곡 준비하라는 제안을 내놓았다. 즉석에서 일정을 확인한 사람들은 해수욕장 공연에 앞서 리허설을 하는 셈치고 참여하기로 결론을 냈다.

"어이, 니키타!"

식당으로 가는 도중 휠체어를 미는 니키타 곁에 붙어서며 리콰자가 말을 걸었다.

"앞으로 〈봄날은 간다〉를 부를 일이 있으면 '휘날리더라'가 아니고 '휘날리드라'로 불러줘. 백설희도 그렇게 부르는데 훨씬 맛이 좋거든. 표준말이 능사는 아니잖아. 세상에 표준어가 어딨어, 씨파!"

"그문 '같이 울던'도 '같이 울든'으로 가야겠네?"

"크으, 니키타 머리 좋아."

'낙원' 옆 식당에는 밑반찬 깔린 예약석이 벌써 마련되어 있었다. 어머니 몫으로는 전복죽이 올라왔는데 그녀는 니키타가 아닌 라피노를 불러 옆에 앉게 했다. 라피노는 군소리 없이 어머니의 입에 죽을 떠넣으며 입 가장자리를 물수건으로 닦아주곤 했다. 불판에 삼겹살이 올라오고 소주가 나왔다. 고기가 익기도 전에 사람들은 잔을 채워 시원하게 술부터 들이켰다. 배베이스가 도지부장에게 연주에 대한 소감을 물었다.

"내가 감히 평을 할 수 있나? 다들 경력이 있는데. 한 가지만 말하자면 각자의 연주는 무난하지만 연습량은 좀 늘려야겠단 생각이야. 한 치의 오차도 없이 톱니바퀴처럼 물려 돌아가는 맛이 있어야 하는데 그 점이 약간 부족해 보였거든. 그게 안 되면 듣는 입장에서도 불안해 보이게 마련이니까. 일단 아까 얘기한 워터파크 공연 전까지는 완성도를 좀 높여봐. 특히 율도 해수욕장 공연은 내 입장을 생각해서라도 완성도를 높여줘야 해."

사람들은 도지부장의 말을 신중하게 들었다. 도지부장의 입에서 워터파크니 율도 해수욕장 공연 같은 말들이 거론되자 부담스러운 숙제를 안은 것처럼 표정이 조금씩 진지해졌다. 지금까지는 막연한 심정으로 시험을 준비했는데 마지막 달력을 찢는 수험생처럼 잠깐이나마 비장한 기운이 감돌았다. 특히 칠월 말의 해수욕장 공연은 일회적 공연에 불과하지만 멤버들은 그 일만 잘 치르면 무엇이든 이루어질 거라는 기대를 하고 있었다. 더욱이 배베이스는 보증금이 아예 바닥에 가까워지는데도 율도 공연이 매듭을 자르는 가위가 돼주리란 믿음으로 천하태평이었다. 물론 그건 몽환으로의 도피였지만 마취 효과는 뛰어났다. 뭐가 됐든 운무에 싸여 있어야 실체를 확인하려는 욕망도 강해지게 마련이다. 아름다움은 상상력의 프리즘을 통과해온 것이지 명징한 실체에서 파생되는 게 아니다. 율도 해수욕장 공연은 바로 그 막연함 속에 놓여 있었기 때문에 두려움과 신명을 동시에 불러일으켰다.

"그나저나 요즘 취직들이 안 돼 큰일이네요."

삼겹살이 익고 잔이 돌기 시작했을 때 도지부장의 아들이 취업 준비생이란 것을 기억해낸 박타동이 위로의 말을 한답시고 그런 말을 건넸다.

"말도 마. 졸업하고 쟤가 신문사에 입사 원서를 냈었거든. 필기시험도 다 통과하고 최종 면접까지 갔었어. 학교 교수도 그렇고 주변 친구들도 쟤만큼은 붙을 거라고 예상을 했었지. 성적이 좋고 글도 좀 쓰는 편이라서. 그런데 최종 면접에서 그 신문사 사장인가 회장인가가……

거 성씨가 뭐라고 했지?"

도지부장이 눈살을 찌푸리며 아들에게 물었다.

"방 사장요."

"맞다, 방 사장. 그 씨발 자식이 최종면접에서 옆에 앉은 면접관에게 그러더라는 거야. 호남에선 이번에 안 뽑기로 하지 않았어? 하고 말야. 개새끼, 말을 하려거든 안 듣는 데서나 하든지. 저놈 저거 이민 가겠다고 방방 뜨고 난리 났었어."

한동안 사람들은 아무 말도 못하고 묵묵히 술만 들이켰다. 위로의 말을 건네지도 못하고, 그렇다고 욕지거리를 섞으며 맞장구칠 주변머리도 없는 사람들이었다. 펜대 굴리는 직장에 취직할 생각은 입때껏 해본 적도 없는 사람들이라 그 생채기가 헤아려지지 않을 뿐 아니라 세속적인 지위를 탐한 적이 없으니 호남이니 영남이니 하는 것들은 도무지 몸에 들러붙는 이야기가 아니었던 것이다. 그런데도 그런 말을 들으면 어딘가 흠씬 두들겨 맞은 것 같아 괜히 숨이 가쁘고 가슴이 먹먹해진다.

"전에 읽은 소설 중에 이런 대목이 있었어요."

도지부장과는 초면이라서 말참견을 삼가던 리콰자가 입을 열었다. 사람들의 시선이 모아졌다.

"제국주의 나라들이 식민지를 개척하던 시절에 서양 사람들은 동남아까지 내려와 무역 활동도 하고 식민지 개척도 하고 그랬답니다. 당연히 그 마누라들도 따라왔겠지요. 그 서양 여자들은 크리켓 공놀이를 하다가 오줌이 마려우면 슬그머니 주변을 둘러본대요. 그러다 인근에 원주민 하인들만 있고 백인 남자가 보이지 않으면 서슴없이 엉덩이를 까고 오줌을 갈긴다는 거예요.* 갑자기 그 생각이 나네요."

말을 마친 리콰자는 도지부장의 아들에게 건배를 하자고 잔을 내밀었다. 리콰자의 말을 들으며 심각한 얼굴을 하고 있던 니키타가 갑자기 물었다.

"콰자 성, 긍게 금방 헌 말이 뭔 말여? 동남아는 또 뭐고?"

니키타의 질문에 사람들 사이에서 웃음이 일어나는데 배베이스가 대신 나섰다.

"이 무식한 놈아! 그 서양 여자들은 동남아 남자들을 사람이 아니라 개돼지로 취급한다는 얘기야."

리콰자가 그랬던 것처럼 배베이스도 도지부장의 아들에게 건배하자고 잔을 내밀었다. 배베이스의 말을 곰곰이 새기던 니키타가 도움을 청하듯 리콰자를 바라본다. 리콰자는 그를 향해 가만히 고개를 끄덕여준다. 그런데도 외국인 사이에 섞여 모두 킬킬거리는 농담에 혼자만 못 알아듣는 얼굴로 니키타는 눈을 끔벅거렸다. 그러다 이미 화제가 바뀌어 술잔을 주고받으며 시끌벅적하게 떠들기 시작하는 사람들을 향해 그가 버럭 소리를 질렀다.

"긍게 그게 뭔 말이냐고?"

식당에서 나와 멤버들과 헤어진 후 라피노가 차 한잔하자며 리콰자를 붙들었다. 두 사람은 인근 커피전문점을 찾아 마주앉았다. 커피가 나오자 라피노는 쉬는 시간에 니키타가 한 말을 상기시키며 방법을

---

* 황석영 장편소설 『심청』 하권(문학동네, 2003) 33쪽에서 인용.

물었다. 클래식만 한 사람이라 스케일이 다르다던 니키타의 한마디가 마음에 얹혀 있었던 모양이다. 리콰자는 한숨을 쉬었다.

"대중가요와 클래식이 반드시 다른 물건이라곤 생각 안 해. 그러나 대중가요는 그 당장의 분위기를 중요하게 여기는 편이야. 청중들과의 호흡이나 그날의 날씨, 연주자들의 감정 상태가 연주에 끼어든다는 믿음이 강한 편이란 뜻이야. 현장성과 즉흥성, 심지어는 그 당시의 사회적 상황에도 민감하게 반응한다고 봐지. 반면 클래식은 작곡자의 의도를 얼마나 잘 해석하고 구현하느냐에 무게 중심을 두잖아. 그래서 클래식 연주자들은 작곡가들의 악보를 최대한 충실하게 반영하려고 노력하는 거야."

목이 마른 듯 리콰자는 커피 한 모금을 마셨다.

"그 이야기를 듣자는 게 아니잖아. 난 지금 방법을 묻는 거라구. 어쨌거나 이런 음악엔 초보니까."

난감한 일이지만 리콰자는 라피노의 절박함만은 충분히 공감하고 있었다. 어쨌거나 답을 해야만 했다.

"크레파스의 색깔은 다양해. 그 크레파스를 스케일이라고 쳐봐. 그런데 어떤 크레파스를 들어 색을 칠하고, 다음엔 어떤 크레파스를 드느냐에 따라 화면의 분위기가 달라져. 그 곡의 색깔이 무엇이냐도 중요하지만 크레파스의 색깔도 중요하단 뜻이지."

라피노는 눈을 멀뚱거리다 이마에 주욱 주름을 그었다.

"야! 지금 내가 듣자는 말이 그런 개똥 같은 소리야?"

그녀의 목소리가 한 옥타브 올라갔다. 당김음을 연주하듯 리콰자가 얼른 그녀의 말끝을 잡고 들어왔다.

"재즈나 블루스를 들어봐. 졸라."

언젠가 김기타에게 라비 샹카르의 시타르 연주를 들어보라고 하던 때와 표정과 말투까지 리콰자는 비슷했다. 비법을 전수하는 듯하던 비장한 얼굴. 라피노는 여전히 미심쩍은 얼굴로 한참 앉아 있었다. 이어지는 그녀의 말.

"알았어. 들어봐서 아님 죽을 줄 알아."

김미선

연예인협회 도지부장의 조언을 받아들여 수요일에만 하던 연습에 토요일 오후를 추가했다. 다른 곡도 두루 연습하되 정읍 워터파크에서 선보일 곡을 먼저 연마한다는 전략을 멤버들은 수립했다. 정읍으로 들고 갈 곡은 창작곡인 〈검은 바다〉와 〈노래 불러〉에 니키타의 어머니로부터 좋은 반응을 끌어낸 레드 제플린의 〈록 앤 롤〉을 끼워넣기로 했다. 〈록 앤 롤〉도 대중적이긴 하지만 앙코르에 대비해 보다 대중적이면서 소리도 잘 버무려지는 딥 퍼플의 〈스모크 온 더 워터〉를 공연 목록에 포함시켰다.

다시 수요일이 돌아왔을 때 니키타는 어머니 없이 혼자 나타났다. 서울에서 내려온 누나에게 어머니를 맡기고 도망치듯 빠져나왔다고 했다. 소주 한 잔씩을 걸치고 그들은 〈록 앤 롤〉과 〈스모크 온 더 워터〉를 돌리며 아귀가 맞지 않는 곳을 점검했다. 이어 저마다의 색깔과 성격이 이제는 제법 조화롭게 비벼지는 〈검은 바다〉를 연주하고, 〈노래 불러〉를 다듬기 시작했다. 배베이스가 고심 끝에 만들어 온 〈노래 불러〉 인트로는 우려했던 것보다 모양이 근사했다. 배베이스가 만들어 온 것을 참고로 기타가 리프를 만들어 붙이자 빈틈들이 메워져 한결 소리가 풍요로워졌다. 두 소리가 어우러지다 약간씩 사이가 뜨면 라피노가 들어와 유장하고 풍요로운 블루스의 색조를 끼워 넣었다. 처음에는 조용하던 기타가 전주 중반에 이르러 짖어대기 시작하면 다른 악기들도 덩달아 소리를 키워 록의 분위기가 분명해지도록 곡을 편성했다. 소리가 커지면 속도를 유지하기 어려워 자칫 연주가 빨라지기 십상인데 그럴수록 드럼과 베이스가 굳건히 자리를 지켜줘야 했다.

벌써 인트로만 세 번째 돌리며 〈노래 불러〉의 전주를 다듬고 있을 때 워낭 소리가 들렸다. 출입문 열리는 소리였고, 누군가가 들어서고 있다는 신호였다. 영업시간도 아닌 대낮에 술집을 찾는 사람이 있을 리 없어 연주를 하면서도 출입문 앞에 세워둔 파티션 너머를 사람들은 호기심 어린 눈으로 흘끔거렸다. 마침내 조용하던 전주가 조금씩 시끄러워질 무렵 검은 미니스커트에 하얀 블라우스 차림의 여자가 낯선 풍광을 만들며 성큼 파티션을 돌아 나왔다. 타악 연주자인 양 그녀의 걸음이 만든 킬힐 소리는 하이햇에서 튀는 소리와 한 치의 어긋남도 없이 착착 맞아떨어졌다. 그때쯤 얼굴을 절반도 넘게 가린 그녀의 선글라스에는 무대 위의 사람들이 차례로 스쳐지나가 있었다. 이윽고 선글라스를 벗어 소주병과 잔이 놓인 테이블에 내려놓더니 여자는 〈원초적 본능〉의 여배우처럼 삐뚜름히 앉아 긴 다리를 다른 쪽 허벅지에 포갰다.

아직 초반부라 연주할 분량이 많지 않은 라콰노가 리콰자를 향해 누구? 하고 입술을 모아 묻는다. 리콰자가 몰라, 하고 역시 입술로 대꾸하면서 배베이스를 바라보자 그도 고개를 젓는다. 그러거나 말거나 여자의 등장은 퇴폐적인 나른함과 관능이 내뿜는 처연한 활기를 갑자기 불러일으켰는데 때마침 네 박자를 잡아 뽑는 클라이맥스에 멤버들은 숨을 몰아쉬며 발을 딛는 중이었다. 분위기상 니키타가 괴성을 지르며 리콰자를 밀쳐내고 무대 중앙으로 나와 한바탕 난리를 피울 차례였다. 그러나 니키타는 평소답지 않게 다소곳할 뿐 아니라 얼토당토 않은 삑사리까지 냈다. 그제야 여자가 니키타와 관련된 것을 알게 된 사람들이 의문부호가 담긴 시선을 그에게 던졌다. 니키타가 기타의 멜빵을 풀었다.

"그, 긍게 뭐여?"

기타를 거치대에 내려놓은 니키타는 소리를 지르며 무대를 뛰어 내려갔다. 전속력으로 여자에게 달려간 그는 갑자기 그녀의 팔목을 그러잡더니 끌다시피 파티션 너머로 사라졌다. 연주가 중단되자 낮은 하울링 소리만 우웅거릴 뿐 홀이 썰렁해졌다. 그런데도 여자가 흩뿌려놓은 화장품 냄새가 무대 위로 밀려왔다.

"이 사태가 대체 뭘까?"

리콰자였다. 박타동이 스틱을 들고 일어서며 중얼거렸다.

"졸라 이쁘네."

"하이튼 니키타 저 시키 무식하게도 끌고 가는구만."

그들은 무대에서 내려와 소파에 앉아 담배를 피웠다. 소파에는 여자가 미처 챙기지 못한 핸드백이 놓여 있었고, 테이블 위 술병 옆에는 선글라스가 놓여 있었다.

"우와, 명품 가방이네. 이 로고가 뭐지?"

배베이스가 구멍 뚫린 원이 교차하는 핸드백의 로고를 가리켰다. 박타동이 여자를 예쁘다고 했을 때부터 이미 빈정이 상하기 시작한 라피노가 새침해져 대꾸했다.

"딱 보면 몰라? 짝퉁이구만!"

"진짜 같은데?"

"짝퉁이래두. 옛날에 이런 거 난 한 트럭도 넘게 있었어. 진품으로. 그거 다 내던지고 온 년이야, 내가."

"그나저나 이 시키 어딜 간 거야?"

그들이 한마디씩 지껄이며 남은 소주를 들이켜는데 출입구 쪽에서 워낙 소리가 들렸다. 사람들의 시선이 약속한 것처럼 파티션 위로 날아갔다. 그러나 파티션을 돌아 나온 사람은 니키타와 여자가 아니라 휠체어에 앉은 니키타의 어머니와 그것을 밀고 있는 그의 누나였다. 어릴 때부터 니키타의 집에 뻔질나게 드나들어 누이와도 안면이 있는 배베이스와 박타동이 그녀를 알아보고 몸을 일으켰다. 오랜만에 만난 니키타의 누이와 요란한 인사를 나눈 배베이스가 초면인 리콰자와 라피노를 그녀에게 소개했다.

"그런데 어떻게 여길?……"

인사가 끝나기를 기다려 배베이스가 물었다.

"말도 마라. 익순이가 나간 뒤로 어쩌나 여길 가자고 성화를 부리시는지 원."

리콰자가 웃으며 물었다.

"니키타 이름이 이익순이야?"

배베이스가 대답했다.

"맞아. 익순이. 그리고 여기 누님은…… 누님이 익영이지?"

"배이수 머리 좋네. 내가 이익영, 동생이 이익순. 나하고 이름 바꾸자고 익순이가 얼마나 떼를 썼는지 몰라. 야, 손님이 왔으면 사이다라도 좀 가져와라. 어째 늬들은 나이를 먹어도 어른이 안 되냐?"

그러며 그녀는 리콰자와 라피노에게 일렀다.

"아, 두 분한텐 미안. 이거 다 이수하고 타동이에게 하는 소리니까 오핸 없으시길."

배베이스가 사이다와 잔을 내왔다. 이익영이 어머니의 입술에 먼저 사이다를 적시게 하더니 한 잔을 들이켜고 크윽 트림을 했다.

"그런데 익순이는 어디 갔냐?"

"잠깐 밖에…… 근데 누님이 여길 어떻게 알고 오셨대?"

"내가 알았겠냐? 어머니가 일러줬지."

"엄니가 길을 안단 말야? 그럴 리가 없는데."

"내 말이 그 말이다. 옛날에 말야, 어떤 선비가 과거시험을 보러 한양엘 갔다 왔더니 눈 어두운 어머니가 글쎄 얼굴이 훤해져 있더란다. 가난한 살림에 뭘 해 먹여 저렇게 됐냐고 물어도 마누라가 도통 말을 안 하더래. 그러다 하도 다그치니까 실토를 하는데 글쎄 갯지렁이로 국을 끓여드렸다지 뭐냐? 익순이가 어디서 갯지렁이를 구했는지 어머니가 그새 저렇게 똑똑해지셨다. 믿어지냐? 근데 이 녀석 어딜 간 거야? 연주 좀 들어보게 불러봐. 으이구, 언제 철들래, 늬들."

그렇지 않아도 니키타와 여자가 궁금하던 배베이스가 전화기를 꺼내 번호를 눌렀다. 신호는 가는데 니키타는 전화를 받지 않았다.

아무런 징후도 없이 '낙원'에 들이닥쳐 수요 밴드 구성원들을 어리 둥절하게 한 여자, 오래도록 밤일을 해온 배베이스 같은 사람이 어쩐 지 동질감을 느끼게 되던 여자, 그렇지만 시루떡 속의 케이크 조각처 럼 너무 화려한 느낌이라 그들과 쉽사리 섞일 것 같지 않던 여자는 니 키타가 서울에서 마지막으로 재주를 팔던 룸살롱의 바로 그 김해진이 었다. 니키타의 손에 오천만 원이 든 통장과 깁슨 레스폴이 쥐어지던 날 병원을 찾아와 퉁퉁 부은 뺨에 립스틱 자국을 찍던.

김해진은 이튿날에도 병원에 나타나 니키타의 뺨에 입술 자국을 남 겼다. 그녀가 화류계라면 니키타도 화류계였다. 그 화류계의 직감으로 매일같이 나타나 볼에 립스틱 자국을 남기는 그녀가 어떤 불길함의 전 조라는 것을 니키타는 곧 알아차렸다. 니키타가 반주를 해주지 않는 가게에선 더 이상 노래하고 싶은 생각이 없으며, 그건 곧 그 가게 일은 하고 싶지 않은 것이라고 그녀는 푸념을 늘어놓았다. 그렇지만 여전히 입을 열 수 없었던 니키타는 앰프도 없는 기타로 어릴 때 연습하던 〈부 베의 연인〉이니 〈안개 낀 밤의 데이트〉, 〈형사〉의 주제가를 들려주었 다. 그녀는 니키타가 기타를 칠 때마다 커다란 눈망울 가득 눈물을 채 우거나 꺼질 듯 한숨을 쉬었다.

니키타가 퇴원한 지 얼마 안 돼 그녀는 송이버섯이 들어간 죽을 사 주며 자기도 가게를 그만두거나 자리를 옮길 생각이라고 말했다. 니키 타는 관심 없는 척 묵묵히 죽을 먹었다. 그는 이미 가게를 그만두고 음 악에 관한 공부를 하려고 이론에 밝은 사람을 알아보는 중이었다. 그

러다 어머니의 건강이 악화돼 잠시 전주에 들렀을 때 차를 운전하다
말고 김해진의 전화를 받았다. 아직 스마트폰이 존재하지 않던 시절
이라 전화는 터지다 끊기기를 반복했다. 그러나 그녀가 무언가 하소
연을 하고 있다는 것과 그게 돈 이야기라는 것만은 쉽게 꿰맞출 수 있
었다. 업소를 옮길 생각인데 기존 업소에 진 빚부터 갚아야 한다는 뜻
인 듯했다. 그의 수중에 돈이 쥐어진 걸 알고 하는 수작인데도 얄미운
생각 저편에선 제 지난날이 눈에 밟혀 니키타는 공연히 울적했다. 그
러다 차가 진북터널로 접어들자 가뜩이나 수신 상태가 좋지 않은 전
화기에서 갑자기 지직거리는 소리가 들리더니 터널에서 나왔을 땐 그
게 훌쩍이는 소리로 변해 있었다. 빨간색으로 옷을 바꾸는 신호등 앞
에서 니키타는 브레이크 페달을 밟으며 외쳤다. 씨발것, 걱정 마. 내가
히, 히주께. 돈이 있는 걸 뻔히 아는 그녀에게 없는 척 시치미를 뗄 만
큼 니키타는 뻔뻔하지를 못했다. 그녀가 애잔하기도 했다.

　니키타가 건넨 사천만 원으로 가게 빚을 청산한 김해진은 얼마 후
다른 업소로 자리를 옮겼다. 해가 떨어져 밤일을 나가는 길이면 가끔
씩 니키타를 찾아와 그녀는 커피를 사주거나 함께 밥을 먹었다. 업소
를 옮겼다고 일이 수월해지거나 형편이 나아진 건 아니란 걸 니키타는
그녀의 말 속에서 종종 읽었다. 업종을 바꾸지 않는 한 그건 피할 수
없는 일이기도 했다. 매일같이 만취한 채로 원치 않는 살덩이를 받아
내는 일에 만족감은 무슨 만족감? 그렇지만 차마 그 말을 못 하고 정
말 하고 싶은 일이 무엇인지를 에둘러 물었을 때 그녀는 옷 가게라도
차리고 싶다며 깔깔 웃었다. 뻔한 일이다. 룸살롱에 다시는 몸담고 싶
지 않으니 작은 가게를 내 그쪽 여자들을 상대로 옷이나 액세서리 같

은 걸 팔겠다는 생각. 하지만 그건 허영이자 자기 경멸이지 현실적인 소망은 아니다. 차라리 그 바닥에서 맷집을 키워 룸살롱의 마담이 되거나 누구 돈 가진 놈을 후려 세컨드라도 되겠다는 쪽이 현실적이지.

한번은 전화에 대고 그녀가 물었다. 비틀즈 노래 중에 가장 좋아하는 노래는? 니키타는 대답했다. 〈미셸〉. 그러자 김해진이 나는 〈예스터데이〉 하고 말하더니 퀸은? 하고 물었다. 〈멜랑콜리 블루스〉. 나는 〈세이브 미〉, 그럼 김목경은? 〈플레이 더 블루스〉. 나는 〈부르지 마〉, 바브라 스트라이샌드는? 〈우먼 인 러브〉. 나는 〈에버 그린〉, 클로드 차리는? 기타 치는 그 클로드 차리 말여? 김해진이 대답했다. 웅! 클로드 차리를 안단 말여? 클로드 차리라…… 나는 〈챔피언〉. 나는 〈첫 발자욱〉, 그럼 다비치는? 나는 다비치 하나배끼 몰라. 〈둘이서 한잔해〉. 나도 〈둘이서 한잔해〉, 그럼 이번에는 이글스. 나는 〈새드 카페〉. 난 〈데스페라도〉. 그건 린다 로스탄트도 불렀는디? 그래도 이글스라면 난 〈데스페라도〉. 그렇다면 이번엔 누구로 할까, 좋아, 카펜터스. 나는 〈플리즈 미스터 포스트 맨〉. 나는 〈온리 예스터데이〉와 〈잠발라야〉. 두, 두 개 허기 있어? 그럼 오빠도 두 개 해. 이번엔 장국영. 갸는 그거 있잖여. 〈브로큰〉 뭐드라? 그냥 줄여서 〈브로큰 드림〉이라고 하지 뭐. 나도 그거니까. 근디 우리 지금 뭐 허는 거여? 뭐는 뭐야, 노는 거지. 이번엔 오빠가 물어봐. 아녀 니가 계속 히여. 좋아, 그럼 엘비스 프레슬리. 나는 〈하운드 독〉. 난 〈러브 미 텐더〉, 임희숙은? 〈믿어도 될까요〉, 저음 죽이잖여. 나는 〈진정 난 몰랐네〉, 그러곤 까르르 웃으며 토끼소녀. 몰라, 다 까먹었어. 통과. 그렇다면 존 바에즈. 〈흑인 올훼〉. 나는 〈도나도나〉, 이번엔 송창식. 나는 〈철 지난 바닷가〉. 나는 〈꽃, 새, 눈물〉, 이번엔 산타나. 난

〈유로파〉. 나는 〈문 플라워〉······.

그날 두 사람은 한 시간 넘게 그런 유희를 반복했다. 그렇게 묻고 답하는 동안 그녀가 그를 고려해 비교적 지난 시절의 뮤지션을 언급한다는 사실과 평소 활달해 보이던 그녀가 장조보다 실은 단조를 선호한다는 걸 니키타는 깨달았다. 마지막에 김해진은 지난번 병실에서 들려준 〈시노 메 모로Sinno Me Moro〉를 듣고 싶다고 했다. 그가 방바닥에 전화기를 놓고 부랴부랴 기타를 꺼내 연주를 하고 났을 때 이미 전화는 끊어진 채였다. 그날 이후 그녀의 전화기에서는 고객의 사정으로 전화를 받을 수 없다는 말이 쏟아지더니 좀 더 시간이 흐르자 없는 번호라는 멘트가 흘러나왔다. 그리고 룸살롱을 찾아가 그는 그녀가 그만 두었다는 소리를 듣고 말았다. 그녀의 행방을 아는 사람은 아무도 없다는 말과 함께. 좋든 궂든 삶의 뜨거웠던 한 시절이었는데 니키타는 어느덧 그 토막이 끝나버렸음을 깨달았다. 여름날의 그악스러움이 순식간에 꺾인 느낌 같았다.

김해진의 손목을 잡고 '낙원'을 나선 니키타는 1층에 있는 엘리베이터가 4층까지 올라오는 그 짧은 짬을 견딜 수 없어 계단으로 그녀를 잡아끌었다. 몸을 움직이지도 않고 말도 하지 않는 상태로 엘리베이터를 기다리며 서 있을 여유가 그에게는 없었다. 그건 어색함 같기도 하고 끓는 물처럼 밑바닥부터 솟는 울화 같기도 했다. 그러나 아무 일 없는 것처럼 어쩐지 한편으로는 너무 차분해지기도 해서 일부러 그녀의 팔목을 그러쥐었는지 모른다.

"오빠, 이거 좀 놔봐. 아파."

천변으로 나왔을 때 김해진은 손을 뿌리치려 했지만 그럴수록 지판을 누르던 악력으로 니키타의 손은 단단히 팔목을 파고들었다. 정장 차림의 늘씬한 여자가 헐렁한 티셔츠에 빨간 반바지, 슬리퍼를 신은 남자에게 손목을 잡혀 끌려가자 택시들이 슬금슬금 속도를 늦추다가 별일 아니라는 듯 앞질러 갔다. 천변을 걸어 감자탕 집으로 그녀를 끌고 가서야 그는 쥐고 있던 주먹을 풀었다. 김해진이 손목을 흔들어 보는데 잡혔던 자리가 푸르딩딩했다.

"아줌마, 여그 소주허고 안주 아무거나! 김치허고 쐬주부터 주쇼!"

니키타가 소리를 지르자 손님의 상태를 눈치챈 종업원이 밑반찬에 소주를 재빠르게 내왔다. 잔을 맥주잔으로 바꾼 니키타는 한 잔을 따라 절반쯤 비웠다. 김해진은 소주잔으로 한 잔 마셨다.

"나 여그 있는 거 어, 어떻게 알았어?"

니키타가 격앙된 목소리로 물었다.

"어떻게 알았는지가 중요해? 찾아왔다는 게 중요하지."

"왜 왔는데?"

"빚 갚으러."

"그럼 줘."

그가 식탁 위로 손을 내밀었다.

"지금은 없어."

"금방 니 입으로 가, 갚는다고 했잖여."

"지금은 없어. 오빠가 원한다면 몸으로라도 갚을게. 코당 백만 원씩 쳐서 사십 코면 되겠네. 그 사이 돈 모아지면 한꺼번에 갚는 걸로 하고."

잔을 입으로 가져가다 말고 니키타가 그녀를 보았다. 이윽고 남은 소주를 비운 그가 입을 열었다.

"참 편허네. 죽지 못해서 사는 사람이 쌔고 쌨는디."

"오빠는 이게 쉽게 하는 말인 줄 알아? 오빠 만나려고 밤새 고민했어."

니키타가 코웃음을 쳤다.

"밤새 고민헌 내용이 참말로 근사허네잉! 그려, 좋아. 니 말대로 몸으로 때운다고 치자. 근디 무슨 코, 코당 백만 원이여? 너는 지금도 니가 텐 프론 중 아냐?"

그 말에 김해진이 펄쩍 뛰었다.

"우와, 이 오빠 말하는 거 봐. 내가 여길 찾아오는 동안 전주 시내 모든 남자들이 침을 질질 흘리면서 훑어보더만. 한번 벗어봐?"

김해진은 종업원 누가 듣든 말든 상관없다는 투였다. 잠시 침묵하더니 지금 중요한 것은 오로지 몸값을 흥정하는 일이라는 듯 그녀가 한발 물러섰다.

"그럼 오십으로 해. 팔십 코."

"싫어. 팔백 코를 줘도 싫어. 너를 잡아서 모가지를 비틀 맘으로 세상을 산 사람이여, 내가."

언젠가 니키타는 꿈에서 그녀를 만나 돈도 받고 덤으로 따귀를 갈긴 일도 있었다. 그것은 사랑했던 여자가 갑자기 불행해져 남자 앞에 나타나는 유치한 상상과 종류가 비슷한 꿈이었다. 그녀에게 뭔가 그럴듯한 복수를 하는 상상에 쾌감을 느끼거나 언젠가 돈 보따리를 들고 나타날 거라는 예감으로 가슴 두근거리던 날이 니키타에게는 있었다.

140

비가 질금거리는 날에는 빌려준 돈으로 그녀가 기틀이라도 잡았으면 하면서 술잔을 기울이기도 했다. 눈앞에 앉아 있는 김해진에게 그가 하고 싶은 말이 그것이었다. 복수심이든 두근거림이든, 혹은 또 다른 무엇이든 그게 세상을 살아가게 하는 힘이었다는 것을 니키타는 말하고 싶었다. 그러니 이런 식으로 나타나 그것을 부숴버리면 안 된다고 소리쳤어야 하는 것이다. 하지만 조리 있게 그런 뜻을 전달할 구변이 니키타에게는 없다. 그런데도 그가 하고자 한 이야기를 김해진은 알아들었는지 모른다.

"내가 이런 식으로 나타나서 화가 나는 건 알겠어. 그치만 오빠도 내 입장이 돼서 생각해봐. 나 같은 건 밤마다 쫓기는 꿈이나 꾸면서 살아야 돼? 오빠의 기타 소리를 듣지도 못하구?"

감자탕이 나왔다. 그러나 뚝배기에서 끓고 있는 감자탕을 두 사람은 손도 대지 않았다.

"하이튼 넌 내 앞에 나타나지 마. 돈 생기면 그때나 나타나. 히 먹을 게 따로 있지 씨, 썹창 나게 뚜딜겨 맞고 받은 갯값을 홀라당 알겨먹냐?"

니키타는 맥주잔에 소주를 채워 비우고 자리에서 일어났다. 그가 카운터에서 계산을 하는데 김해진이 따라와 바락바락 악을 썼다.

"내가 해 먹을 거 뻔히 알면서 돈 해줄 사람이 어디 있는데? 한 코 따먹을 생각만 하지 조잔한 사내새끼들이 나 같은 걸 동정이나 해줘 어디? 두들겨 맞은 값으로 어쩌다 돈 좀 만지게 된 오빠 같은 사람 말고 누가 그 돈을 해주는데? 그래서 오빠의 기타 소리를 들으러 왔어. 대한민국 나이트클럽에서 두 번째로 케라가 높던 밴드의 리더, 그 사람의 기타 소리가 듣고 싶어서 왔다구."

카운터의 주인 여자가 두려움과 경멸이 섞인 눈으로 김해진을 흘끗
거렸다. 계산을 마친 니키타는 자리로 돌아와 다시 잔을 비웠다. 김해
진도 돌아와 맞은편에 앉았다. 니키타가 씹어뱉었다.

"그래도 내 앞에 나타나지 마."

아직 다 여물지 않아 언제나 안쓰럽고 지켜줘야 할 것 같던 김해진
이었다. 걸핏하면 큰 눈에 눈물이 그렁해지곤 했던 것도 가슴을 시리
게 했었다. 그런데 느닷없이 들이닥친 그녀는 더 이상 눈물 따위 흘릴
것 같지 않았고, 인상을 쓸 때 어느새 비치던 잔주름에는 세월의 피로
뿐 아니라 억척도 스며 있었다. 갑자기 똑똑해지고 성숙해져서 나타난
김해진이 어쩐지 니키타는 도통 자신이 없었던 것이다.

그 주 토요일에도 김해진은 '낙원'에 나타났다. 니키타가 뭐라고 하
기도 전에 그녀는 강남의 룸살롱에서 니키타와 함께 일했다는 사실
을 멤버들에게 확 까버렸다. 룸살롱에서 일할 때의 이름은 김해진이
었지만 김미선이 본명이란 것도 미리 밝혔다. 춤 하나는 자신 있으니
수요 밴드가 연주할 때 무대 적당한 곳에서 춤을 추며 코러스를 넣을
수 있다고 그녀는 멤버들을 설득했다. 사람들이 니키타의 눈치를 살
피자 그녀는 니키타가 아니라 자기의 능력을 보아달라고 소란을 피웠
다. 배베이스가 그럼 노래를 한번 해보라고 해서 마침내 그녀가 무대
위로 올라왔다. 니키타는 기타를 잡지 않겠다고 버텼지만 사람들이
들어나 보자고 설득해 어쩔 수 없이 기타를 뗐다. 김미선이 택한 곡은
김수희의 〈고독한 연인〉이었다. 그녀는 가사를 폭탄 같은 여자예요,

대포 같은 여자예요, 당신 품에 자결하는 어뢰 같은 여자예요…… 그렇게 바꿔 불렀다. 니키타와 일할 때의 탄력에 축축함이 새로 장착된 목소리, 솜씨는 그대로인데 소리만 깊어진 목소리. 피아노 반주를 하던 라피노가 예전 어떤 놈을 떠올리며 진저리쳤을 만큼 그녀의 노래는 간절하고 풍부했다. 룸살롱에서 일했다는 것 외에 아무것도 아는 게 없었지만 노래를 들으며 라피노는 그 여자의 멍든 속살을 보고 만 듯싶었다. 그 때문인지 그녀의 젊음에도 더는 질투가 나지 않았다. 마침내 오블리 실력을 또 한번 과시한 멤버들은 그녀의 노래가 끝난 후 아무 말도 못하고 니키타의 처분을 기다렸다. 그러나 사람들의 시선을 외면하며 니키타는 단호히 고개를 저었다. 그날 한참 니키타를 노려보던 박타동이 무섭게 화를 냈다.

"야 이 새끼야! 합치면 합칠수록 우리 음악은 커져. 우리가 오디션을 통해 뽑았는데 왜 늬 맘대로야?"

한동안 정적이 맴돌 뿐 입을 여는 사람이 없었다. 그녀는 다음 수요일 연습 때도 '낙원'에 나왔다. 리콰자가 로버트 플랜의 노래를 부를 때 간혹은 힘에 부쳐 안쓰러워지기도 했는데 그녀가 도와주자 곡이 살아서 움직였다.

용각산

연습 끝내고 멤버들과 저녁을 먹은 후 리콰자는 배베이스, 박타동
과 함께 다시 '낙원'으로 올라왔다. 그즈음 리콰자는 대학생들과 취업
을 준비하는 친구들이 주로 하게 된다는 편의점 알바를 나가고 있었
다. 기타를 들고 찾아가 노래 부를 곳이 많지도 않을 뿐 아니라 그런
일은 더 이상 하고 싶지도 않았다. 자정 지나 새벽 두 시쯤 되면 손님
이 뜸해져 동틀 무렵까지 음악도 듣고 탕비실에 가져다 놓은 기타를
꺼내 곡도 쓸 수 있었기 때문에 편의점 알바가 꼭 나쁜 것은 아니었
다. 대리운전을 해보기도 했지만 일할 동안은 개인 시간을 내기 어려
워 그는 한 달 만에 그 일을 집어치우고 말았던 것이다. 편의점 알바의
박한 임금이 아쉽기는 하지만 담뱃값이 생기는 데다 전화가 끊기지도
않았고, 가끔은 고등학생 아들에게 용돈도 줄 수 있었다.
출근을 하기에는 시간이 일러 배베이스와 율도 해수욕장 공연에 관

144

한 몇 가지 문제를 상의하기 위해 그는 다시 '낙원'으로 올라왔던 것이다. 제일 중요한 것은 역시 레퍼토리였다. 어느덧 공연이 한 달 앞으로 다가와 더는 레퍼토리 선정을 미룰 수 없었다. 남은 기간에 곡이 더 만들어지면 그건 따로 추가하기로 하고, 지금까지 연습한 것들 중에서 사운드가 안정된 곡 중심으로 연주곡을 편성하자는 원칙을 정했다. 이 것저것 집적거리기보다 한 곡을 오백 번 연습하는 것이 팀워크를 다지고 실력을 배양하는 데 도움이 된다고 그들은 믿었다. 그래도 해수욕장에서 하는 공연이니만큼 바다나 바캉스에 관한 곡을 추가하자는 의견이 나왔고, 특히 배베이스가 〈해변으로 가요〉는 반드시 포함돼야 한다고 주장해 니키타에게 편곡을 맡기기로 했다. 배베이스가 자기주장을 하자 박타동이 디오의 〈홀리 다이버 Holy diver〉도 포함시키자고 우겼다. 〈홀리 다이버〉를 포함해 대략 레퍼토리를 정하고 났을 때 전에 같이 손을 맞추던 김기타가 손님들과 가게에 나타났다. 니키타가 검객처럼 찾아오던 날 악기와 액세서리를 놓고 사라진 후 리콰자는 김기타와 첫 대면이었다.

"성님 오랜만이우."

"그새 까맣게 탔네. 아들은 공부 잘하고?"

"그저 그렇지 뭐."

배베이스와 박타동이 새로 온 손님 테이블에 술과 안주를 날랐다. 그 일이 끝나고 그들이 리콰자의 자리로 돌아오자 일행과 잔을 나누던 김기타가 맥주 두어 병을 들고 합류했다.

"그런데 이거 손님이 너무 없는 거 아니우?"

술을 한 잔씩 따른 김기타가 걱정스레 물었다.

"늬가 사람들 좀 몰고 와줘야겠다. 월세를 못 내 전세금에서 까는 중이야."

대답하는 배베이스를 향해 그가 혀를 찼다.

"성님이 장사를 너무 못하는 거 아니우?"

"누가 대신 장사 좀 해줬으면 좋겠어. 돈이고 나발이고 난 연주할 때가 제일 좋아."

"그야 그렇지만 전 재산을 박아놨으니 수를 내도 성님이 내야지."

"이 가게도 재작년까진 그럭저럭 유지가 됐거든. 그런데 작년에 세월호가 터지니까 사람들이 술을 안 마시더라구."

"나라가 상중인데 술을 마시겠어?"

리콰자였다.

"그렇지. 나라도 안 마시지. 근데 올해는 또 메르스 때문에 사람들이 술을 안 먹네 글쎄. 이런 개 같은 경우가 있어? 나라를 아주 걸레로 만들었다니깐. 남한이나 북한이나 왜들 그러냐? 어이, 리콰자, 똑똑한 당신이 설명 좀 해봐. 왕년에 민주화운동도 했다면서."

리콰자의 얼굴이 묘하게 일그러졌다.

"씨파, 편의점 알바가 뭘 안다고."

김기타가 손을 저으며 화제를 바꾸었다.

"밥맛 떨어지는 얘긴 그만합시다. 밴드 얘기나 좀 해봐. 어떻게 소리는 좀 나와? 타동이 형은 손 좀 풀렸고?"

"타동이가 아니고 황달이다, 황달."

박타동의 입에서 볼멘소리가 나왔다. 배베이스가 대신 답변했다.

"이제는 가락이 붙기 시작했지. 옛날 솜씨가 슬슬 나오는 중이야."

"그럼 건반만 따라오면 되겠네? 치는 건 잘하지만 밴드 음악에는 솔직히 좀 그랬잖아."

"걱정 마. 요즘 일취월장이다. 꿈에서 존 로드한테 레슨이라도 받나 봐."

배베이스의 말에 리콰자가 참견을 했다.

"그게 아냐. 원래 선수한테는 딱 한 수만 훈수하면 되거든."

리콰자를 바라보던 박타동이 대표로 물었다.

"훈수를 했단 말이네?"

"했지."

"뭐랬는데?"

호기심 어린 눈초리를 외면하며 시계를 보던 리콰자가 자리에서 일어났다.

"두고 봐. 신디의 구조만 파악하면 존 로드나 존 폴 존스도 라피노한텐 꼼짝 못할 거야. 가봐야겠네."

"사람이 참…… 뭐랬는지 말은 해주고 가야지."

김기타가 채근하자 리콰자가 특유의 진지한 표정으로 응수했다.

"뭐래긴. 라비 샹카르의 시타르 연주를 들어보라고 했지."

리콰자는 김기타에게 작별을 고하고 '낙원'을 빠져나왔다. 다시 고단한 밤이 그를 기다리는 중이었다. 편의점으로 차를 끌고 가면서 그는 날을 벼려 작곡에 바짝 박차를 가하기로 했다. 수요 밴드가 하룻밤 스테이지를 책임져야 하는데 그러기에는 창작곡이 빈약했다. 배베이스 때문에라도 율도 공연을 성황리에 마쳐야 했다. 가게를 탐내는 사람이 건물주와 '낙원'에 나타나 구석구석 둘러보더라는 이야기를 리콰자는 며칠 전 박타동으로부터 들었다. 가설무대가 만들어지고 간이 극장도 서곤 하던 마을 공터가 개발에 밀려 하나씩 사라졌듯이 서 있던 자리가 침식당해 자꾸 안으로 움츠러들던 날들이 어쩐지 눈에 어른거린다. 그렇게 정처가 차례로 사라지는 동안 아픔은 차츰 무디어가고 나중에는 돌아서면 잊힐 일처럼 그게 세상 돌아가는 방향인 거라고 애써 좁아진 반경에 순응하며 무감각해지던 날들. 절망이 아니라 절망을 습관처럼 용인하는 일이 실은 절망이었던 셈이다. 그러니 이제라도 '낙원'을 지키기 위한 돌파구는 마련돼야 한다고 리쾨자는 믿는다. 율도가 바로 그 일이 시작될 자리였다. 최근에 만들다 막혀버린 가사가 머리에서 좌르륵 흘러갔다.

나는 왜 꿈이 없을까
놀지 않았으니까
나는 왜 잘하는 게 없을까
공부만 했으니까
나는 왜 사랑을 못할까
범생이로 살았으니까
나는 왜 사는 게 재미없을까
틀을 부수지 않으니까

"철수야, 놀자."
어린 시절 친구의 집 앞에서 외치던 말을 그는 어눌하게 웅얼거려 보았다. 아무래도 제목을 그렇게 붙이면 재미있겠다 싶었다. 〈철수야 놀자〉.

리콰자가 자리를 뜬 지 얼마 안 돼 갑자기 한 팀 두 팀 손님이 몰려 오더니 금세 '낙원'의 테이블이 가득 채워졌다. 근래에 없던 일이어서 배베이스나 주방을 담당하는 아주머니, 서빙을 하는 아가씨까지 정신 이 없었다. 아까 손님이 없다고 푸념한 것을 어디 높은 곳에서 들었는 지 갑자기 술꾼이 몰려드는 바람에 나중에는 손님을 돌려보내기까지 했을 정도였다. 보다 못한 김기타는 다른 손님에게 자리를 양보하고 일행을 설득해 가게를 떠났다.

손님이 신청하는 노래를 반주기에 입력하고 드럼을 쳐주거나 서툰 솜씨로 건반을 만지느라 박타동은 눈코 뜰 새 없이 바빴다. 특히 마스 터에게 오블리 값으로 내놓는 돈이 바구니에 쌓여 며칠은 담배 걱정 을 하지 않아도 될 것 같았다. 비가 내리는 것도 아닌데 초저녁부터 밀 려들기 시작해 자정 가까워질 때까지 손님은 빠질 기미를 보이지 않 았다. 박타동만 신이 난 게 아니라 가끔씩 무대에 올라와 반주를 하는 배베이스의 손가락도 지판 위를 맘껏 날아다녔다.

사건은 자정이 지날 무렵 벌어졌다. 창가 쪽 테이블에서 왁자한 소 리가 들리더니 연이어 숨넘어가는 비명이 터졌다. 유쾌하게 술잔을 돌 리며 희희낙락하는 모습까지 보았는데 박타동이 드럼 쪽으로 자리를 옮긴 사이 문제가 생긴 모양이었다. 대체 그 사이 무슨 다툼이 있었던 것일까. 사람들의 시선이 꽂히는 자리에는 한 사내가 머리를 감싸쥐고 있었는데 손가락 사이로 주르륵 흘러내리는 피가 보였다. 그 앞에는 옆 테이블 손님이 손에 쥔 맥주병을 내려다보며 이게 왜 안 깨지지?

그런 얼굴로 서 있었다. 영화에서처럼 맥주병이 산산조각 나는 정도에서 일이 끝났어야 한다고 생각하는 눈치였다.

"빨리 구급차 불러!"

배베이스는 서빙하는 아가씨에게 이르고 수건을 챙겨 사건이 난 테이블로 뛰어갔다. 사건 현장의 일행 한 사람은 다친 동료를 보살피는 중이었고, 나머지 동료들은 가해자의 멱살을 쥐고 신고를 하라는 둥 붙들고 있으라는 둥 노름판의 들러리들처럼 한마디씩 외치고 있었다. 그러나 그들과 상관없는 테이블에서는 불편한 상황을 피해 사람들이 눈치껏 자리를 뜨는 중이었다. 계산도 하지 않고 가게를 나가는 자들까지 있어 모처럼의 흥청거림마저 영업에는 도움될 것 같지 않았다.

누가 신고했는지 구급차 대원보다 경찰이 먼저 현장에 도착했다. 이어 구급차가 나타나 수건으로 머리를 싸맨 피해자가 일행 한 명과 '낙원'을 빠져나갔다. 사람이 실려가고 경찰의 무전기에서 뭔가를 지시하는 코맹맹이 소리가 들려오자 정말 중요한 사건 현장이 된 것처럼 가게가 썰렁해졌다. 사고와 상관없는 손님이 빠져나간 테이블에는 빈 술병과 안주 접시만이 스산하게 나뒹굴었다. 인근 지구대에서 온 경찰이 우선 맥주병을 휘두른 사람부터 연행했고, 남은 경찰 두 사람이 폭력을 행사한 쪽과 당한 쪽 일행에게 자초지종을 물었다. 그러나 양측의 의견이 엇갈리자 객관적으로 상황을 증언할 사람으로 업소의 사장을 지목한 경찰이 배베이스를 찾았다. 마침 박타동에게 어서 피신하라고 귓속말을 건네던 배베이스는 그가 빠져나갈 때까지 부르는 소리를 듣지 못한 척 어영부영 시간을 끌었다. 정읍 워터파크 공연이 일주일밖에 남지 않았는데 현장에서 어정거리다 박타동의 신원이 들통

나기라도 하면 일을 시작하기도 전에 산통은 깨지는 거였다.

경찰이 배베이스에게 이것저것 묻는 사이 사건 관계자들을 경찰서로 데려오라는 무전이 날아오더니 곧 봉고차가 나타났다. 배베이스는 주방 아주머니와 서빙하는 아가씨에게 바닥에 떨어진 핏자국만 닦아내라고 지시한 뒤 점퍼를 어깨에 걸쳤다. 가해자 측 세 명과 피해자 측 두 명에 배베이스까지 도합 여섯 명이 봉고차에 올랐다. 그들이 모두 탑승하자 봉고차는 경광등 불빛을 뿌리며 천변을 빠져나와 완산동 방면으로 질주했다. 그 와중에도 상황을 묻는 소리가 무전기에서 계속 들려오자 괜히 피의자가 된 것처럼 배베이스는 기분이 좀 이상해졌다. 차가 용머리고개를 넘어갈 즈음 그가 물었다.

"이건 지구대 쪽이 아닌데?"

"아, 경찰서로 갑니다."

앞좌석의 경찰이 고개를 돌리며 대답했다.

"손님끼리 좀 다툰 걸 가지고 무슨 경찰섭니까? 가게 정리도 해야 되는데."

"까라면 까는 게 저희들이지요. 사장님은 곧 끝날 겁니다. 정황만 들려주면 되니까."

"사실 뭐 난 본 것도 없는데……."

경찰서에 도착하자 형사들은 가해자 측과 피해자 측, 그리고 배베이스를 각기 다른 곳으로 데려갔다. 그나마 배베이스는 조사실이 아니라 형사계 사무실로 안내되어 담당 형사가 끓여주는 커피까지 대접받았다. 비교적 늦은 시간인데도 근무 중인 형사가 여럿이었다. 이미 무전을 통해 대충 내용을 알고 있었던 듯 커피를 타다 준 형사가 대수롭지 않게 물었다.

"거기 사장님이세요?"

"아, 예."

배베이스는 입김을 불어가며 천천히 커피를 마셨다. 아무리 저지른 잘못이 없어도 경찰서에 들어서면 쫄게 마련이라 그는 괜히 오그라들어 있었다. 게다가 형사들은 자기가 모르는 어떤 잘못을 금방 들춰낼 것처럼 하나같이 눈매가 날카로울 뿐 아니라 어느 구석에선가는 예의 랄지 인자함 같은 걸 소진해버려 늘 서늘해진 시선을 품고 있다. 그런 형사에게 곱지 못한 소리를 들으며 배베이스는 서류철로 머리를 두들겨 맞은 경험도 있었던 것이다.

"베이스기타 치시죠?"

형사가 다시 물으며 맞은편에 앉았다.

"네. 그런 것도 조사하나요?"

"전에 가게에 갔다 치는 걸 봤습니다. 야아, 직접 보니까 베이스가 죽여주는 악깁디다."

배베이스는 사람 좋은 얼굴로 웃었다.

"멋진 악기죠."

"남자라면 모름지기 베이스기타를 쳐야겠데요. 아주 그냥 뱃속까지 출렁거리게 하드만요, 그 베이스라는 게."

형사가 사건은 언급하지 않고 베이스기타에 대해 장황한 수다를 늘어놓자 갑자기 혈관이 훈훈해지며 긴장이 탁 풀렸다. 무엇보다 베이스기타의 매력을 알아주는 사람이 이 삭막한 공간에도 존재한다는 사실이 감격스러웠다. 비로소 마음을 풀고 굽었던 등을 펴며 배베이스는 느긋하게 등받이에 몸을 기댔다. 그 바람에 등받이에 걸쳐놓은 점퍼가 한쪽으로 밀리면서 호주머니에서 떨어진 용각산 케이스가 서류를 작성하던 저편 형사의 발밑으로 굴러갔다. 자판을 또닥이다 용각산 케이스가 굴러오자 형사는 눈으로 가늠하면서 발밑에 도달한 그것을 슬쩍 밟아 세웠다. 그 바람에 오래 지니고 다녀 느슨해진 용각산 케이스의 뚜껑이 본체와 분리돼 맴을 돌면서 천천히 멈추었다. 형사가 그것들을 양손에 나누어 들고 힐긋 본체를 보았다.

"이게 뭡니까?"

"아아, 그거 용각산입니다. 기관지가……."

"용각산이 아닌데?"

그가 케이스 본체의 반투명 플라스틱 마개를 보며 말했다. 잽싸게 자리에서 일어난 배베이스가 돌려달라는 듯 그를 향해 다가갔다.

"이제 보니 케이스를 잘못 들고 왔네요. 아내가 술 마시기 전에 타 마시라고 준 보이차인데."

그가 형사의 손에 들린 용각산 케이스에 손을 얹었다.

"손대지 마!"

갑자기 형사가 고함을 질렀다. 어찌나 목소리가 크던지 사무실 벽을 때린 소리가 우렁우렁 울었다. 놀란 배베이스의 손이 자라목처럼 움츠러들었다.

"아니 뭔데 그래?"

배베이스와 베이스기타 얘기를 주고받던 담당 형사가 자리에서 일어났다. 용각산 케이스를 든 형사가 플라스틱 마개를 열더니 코에 대고 쿵쿵거렸다.

"당신 이거 문제 있는 사람이구만?"

검은 보자기가 씌워진 것처럼 배베이스는 눈앞이 캄캄해지는 것을 보았다. 낼 모레가 공연인데…… 그런 글자가 타이핑하듯 검은 공간을 가로질렀다. 부랴부랴 박타동을 빼돌렸는데 박타동이 아니라 애먼 곳에서 수가 틀어지고 있었다. 워터파크뿐 아니라 율도 해수욕장 공연까지 무산될 위기였다.

잠이 든 지 얼마 안 돼 먼 데서 다가오듯 전화기의 진동이 조금씩 선명해진다. 현실로 의식이 돌아오는 것에 비례해 전화기의 진동음이 크레센도 기호를 따라 점점 커진다. 리쾨자는 손을 뻗어 전화기를 집는다. 전화기 속에서 들려오는 박타동의 목소리는 매우 급박해 보인다. 간밤에 '낙원'에서 싸움이 벌어졌는데 참고인 진술을 하러 경찰서에 간 배베이스에게 뜻밖의 일이 생겼다는 것이었다. 그때쯤엔 리쾨자도 거의 깬 상태였지만 의식의 일부는 여전히 잠에 덜미 잡혀 좀 몽롱한 상태였다.

"배이수가 빨리 전화하래서 한 거야."

"씨파, 졸려 죽겠네. 뭔데?"

"대마초."

"뭐?"

리쾨자의 몸에서 어느덧 잠은 찌꺼기까지 달아나버렸다. 그는 침대에서 퉁겨 일어나 박타동으로부터 자초지종을 들었다. 이야기를 다 듣고 났을 때 그의 머리를 총알처럼 뚫고 지나간 생각은 예정된 공연이 모조리 물 건너가겠구나 하는 거였다. 배베이스는 현재 경찰서에 붙잡혀 있으며 호주머니에서 나온 대마초는 길 가다 주웠다고 진술하는 중이라고 했다. 전화를 끊고 리콰자는 냉장고에서 물병을 꺼내 주둥이째 입에 넣고 벌컥댔다.

아침이 되어 편의점 주인이 나타날 때까지 꼬박 밤을 새운 리콰자가 유통기한 지난 삼각김밥 두 개로 아침을 때운 후 원룸에 돌아와 쓰러진 시각이 여덟 시쯤이었다. 그러다 불과 두어 시간 만에 전화가 걸려와 잠에서 깨어났는데 잠이 풀려 있는 그의 의식 너머에서 헤어진 아내의 욕설이 들려왔었다. 야 이 새끼야, 남들 일하는 시간에 자니까 좋냐. 난데없이 들려온 욕설에 길 가다 뺨 얻어맞은 것처럼 속이 뜨거워질 때쯤 긴 울음이 수화기 저편에서 건너왔다. 스페인의 딸에게 보내려고 마련한 돈 삼백만 원을 보이스피싱으로 날린 것이 그녀가 욕설을 내뱉고 울음을 터뜨리게 된 사연이었다. 아이구, 이 헛똑똑이야, 그런 말이 목구멍까지 올라왔으나 그는 뜨거운 것을 꾹 눌러 삼켰다. 허술해서 당한 게 아니라 절박해서 당한 일이었다. 그리고 그녀가 느꼈을 절박함의 대부분이 실은 그의 몫이기도 했다. 그는 어떻게든 그 돈을 만들어줄 테니 빨리 잊으라는 말로 위로를 대신했다.

전화를 끊은 뒤 한동안 우울해져 담배 한 대를 피우고 자리에 누웠을 때 다시 전화기가 울었다. 받고 싶지 않았지만 또 무슨 일인가 싶어 받았더니 혹시 자금이 필요하지 않으시냐고 상냥한 목소리로 여자가 물었다. 필요 없다고 소리치며 내던지듯 전화를 끊고 멍한 상태로 천장을 보는데 갑자기 싸한 느낌이 들면서 살갗에 소름이 돋았다. 휴대전화의 최근 기록을 통해 방금 걸려온 번호를 확인한 그는 아내에게 전화를 걸어 혹시 보이스피싱 담당자의 전화번호가 그 번호였는지 물었다. 그렇다는 아내의 대답에 그럼 자신의 번호를 알려주었느냐 묻자 남편의 번호가 있어야 대출이 된다기에 알려주었다는 답변이 건너왔다. 그 말을 듣는 순간 심장 박동이 빨라지고 몸 안의 혈관이 튜브처럼 부푸는 게 느껴졌다. 상황은 뻔하다. 외국의 아이에게 보낼 생활비를 전화 몇 통으로 강탈한 자들은 그것으로도 부족해 남편을 향해 다시 촉수를 내민 것이었다. 아내가 돈에 절박하다면 남편 역시 같은 입장일 것이니 그 절박함을 다시 이용할 수도 있다고 믿는 게 분명했다. 취직을 하려도 할 수가 없어 멀쩡한 청년들까지 보이스피싱 사업에 뛰어든다는 말을 언젠가 리콰자는 텔레비전을 통해 확인한 적이 있다. 그런데 그들에게 걸려드는 피해자가 그들보다 나을 것도 없는 사람들이니 아무리 사기를 치고 강도짓을 하더라도 이 간악한 잔인함만은 용서할 수 없지 않은가.

리콰자는 경찰청의 수사과장으로 있는 처남을 떠올렸지만 자초지종을 설명할 일이 끔찍해 마음을 접었다. 대신 전화 요금도 부담을 느끼며 근근이 버티는 중이지만 이번만은 요금을 제대로 한 번 쓰기로 결정했다. 그는 머리에 입력돼 있는 대한민국의 모든 욕설을 차례로 호출한 뒤 그 욕들을 속으로 조합하면서 그야말로 전라도 식으로 모조리 쏟아내자고 전략을 세웠다. 욕설 가운데 가장 심한 욕은 역시 남녀의 성기를 언급하는 쪽이 아닐 수 없다. 그중 남자의 성기는 무람없이 이들 사용하므로 여성의 성기를 전면에 내세워 상대에게 모욕을 주기로 했다. 상대가 여자일 경우에는 야 이 보지 같은 년아, 그렇게 시작하고 남자라면 야 이 늬미 보지야, 그렇게 갈 생각이었다. 그런 다음 머리에 떠올린 욕들을 차례로 꺼내 내뱉으면 되는 거였다. 그러나 욕설만 늘어놓는 건 허기를 끄는 일 너머의 자극엔 결코 도달하지 못할 당뇨 환자의 식단 같아서 밋밋하기 짝이 없는 노릇이었다. 짧은 스토리를 버무리는 게 최고의 욕설임을 집시법 위반 혐의로 구속됐을 때 그는 수형자들로부터 배운 바 있다. 이를테면 욕을 먹는 당사자는 제쳐두고 어머니의 거시기를 언급하며 거기에 밥을 말아 먹으라는 따위. 그러나 수형 기간이 짧았던 탓인지 기억나는 구절은 그게 다였다. 새로 창작하기에는 시간이 촉박하고, 분노가 누그러들기 전에 어서 일을 실행하자는 조바심까지 들끓어 한가롭게 머리나 굴릴 여유도 없었다. 필요한 것은 치밀한 계획이 아니라 응징이었다.

그는 전화기의 최근기록 목록으로 들어가 통화 버튼을 눌렀다. 몇 번의 신호음 끝에 여자가 전화를 받았다. 야 이 보지 같은 년아, 하고 일갈한 뒤 그는 준비해둔 욕설을 모조리 쏟아부었다. 다행히 저편에서는 전화를 끊지 않고 그의 욕설을 고스란히 듣는 눈치였다. 그러니 거기까지는 비교적 순조롭게 계획이 실행된 셈이었다. 그렇지만 시간이 지날수록 저편이 아니라 오히려 이쪽이 난처해지는 것 같아 차츰 조바심이 나기 시작했다. 처음 떠올릴 때만 해도 그토록 다채롭던 욕이 막상 밖으로 꺼내놓기 시작하자 일 분도 지나지 않아 바닥을 드러내고 말았던 것이다. 그는 종이에 욕을 메모하지 않은 것을 후회하면서 상대에게 머뭇거리는 모습을 들키기라도 할까봐 전화를 뚝 끊어버렸다. 무참했다. 겨우 그 정도 욕밖에 알지 못하는 자신이 혐오스러웠다. 그렇지만 열패감은 그것대로인 채 분은 또 여전히 풀리지 않아 다시 전화를 걸었다. 여자가 또 받았다. 야 이 보지 같은 년아, 하고 시작해 또 한바탕 욕설을 늘어놓고 전화를 끊었다. 그리고 다시 걸었다. 여자가 그래도 조금 충격을 받기는 했는지 이번에는 남자가 대신 받았다. 그는 준비한 멘트인 야 이 늬미 보지야, 하고 서두를 뗀 후 동일한 욕설을 죽 늘어놓았다. 그런데 이번에 전화를 받은 남자는 이런 경험을 전에도 했었는지 녹음을 하는 중이라고 반 협박조로 버티면서 역시 전라도 새끼들은 싸가지가 없다는 말로 맞불을 놓았다. 그러는 사이 리콰자는 준비한 욕설마저 떨어져 초반에 번 점수를 까먹고도 계속 두들겨 맞는 권투선수 꼴이 되어갔다. 응징은 뒷전인 채 자존심을 지킬 수 있느냐 하는 것만이 이제는 문제였다. 마침내 준비한 욕을 바닥까지 긁어 써먹은 그는 어찌할 바를 몰라 주위를 두리번거렸으나 원군 없이 시작한 싸움이었다. 그것을 눈치챈 상대방 남자가 한결 여유로워진 목소리로 어서 더 해보라고 재촉했다. 사내의 싱글거리는 모습이 뇌리에 스치고, 패배는 점점 목전에 다가오고 있었다. 바로 그때 리콰자의 입에서는 이런 소리가 쏟아져 나오기 시작했다. 태극기가 바람에 펄럭입니다 하늘 높이 아름답게 펄럭입니다…… 어린 시절 부르던 동요였다. 그날 동요를 부르는 리콰자의 샤우팅은 그야말로 전무후무한 것이었는데 커트 코베인을 능가하는 수준이었다.

비록 헤어지긴 했지만 아내의 오빠니까 그는 여전히 처남인 셈이었다. 그 처남과 점심을 먹기로 한 식당으로 리콰자는 천천히 차를 몰았다. 잠이 부족해 눈꺼풀이 자꾸 늘어지지만 이런 일은 늦어질수록 수습하기 어려워지므로 엉덩이 빼는 처남을 어렵사리 다그쳐 얻어낸 약속이었다. 이후로도 수차에 걸쳐 리콰자가 전화를 걸어 욕을 해대자 보이스피싱 회사에서는 그의 번호를 스팸으로 등록했는지 전화를 받지 않았다. 상대가 전화를 받지 않자 아직 화가 풀리지 않았는데도 눈꺼풀이 내려앉았다. 만약 이렇게 잠이 들면 스스로를 용서할 수 없겠다 생각했지만 그는 결국 잠에 항복하고 말았다. 그런 지 다시 두어 시간 후 박타동의 전화를 받았으니 여전히 부족한 잠은 질기게 눈두덩에 붙어 다녔다. 그렇지만 잠 때문에 시간을 놓칠 수는 없었다. 아이들의 엄마인 아내가 보이스피싱을 당했다고 할 때도 연락할 엄두를 내지 못한 처남을 그는 배베이스 문제로 만나러 가는 길이었다.

경찰청 뒤편에 있는 일식집으로 가서 예약된 방에 우두커니 앉아 천천히 물을 들이켰다. 이혼한 아내의 오빠를 만나는 일에 신명이 날 리 없었다. 아내와 이혼한 후 처남을 따로 만난 적이 있었는지 머리를 뒤적여보았으나 떠오르는 기억이 없다. 물론 아내가 이혼하자고 했을 때 그를 만나 통음하며 괴로워하던 기억만은 뇌리에 생생히 남아 있다. 그날 처남은 한 발의 공포탄과 여러 발의 실탄이 장전된 권총을 탁자에 꺼내놓고 죽이겠다며 펄펄 뛰었다.

"새끼, 피죽도 못 얻어먹은 얼굴이네."

악수를 하며 처남이 건넨 첫마디. 자르르 흐르는 양복 차림에 기름 발라 머리를 넘긴 모습이 권위깨나 부릴 것 같은 인상이었다. 간단히 안부를 확인한 두 사람은 별말 없이 밥을 먹었다. 식당 종업원이 후식으로 수정과를 내온 후에야 리콰자는 입을 열었다.

"어려운 부탁 하나 하자. 서에 아는 사람이 잡혀 있는데 좀 풀어주라."

그의 말에 한동안 뚫어지게 쳐다보던 처남이,

"개새끼 지랄하고 있네. 아쉬울 때만 처남이냐?"

대뜸 욕부터 쏟아부었다. 그렇지 않아도 세상 욕이란 욕은 모조리 내뱉고 나온 리콰자였다.

"처남이 아니라 동창한테 하는 부탁이다."

"이런 개새끼, 너와 나 사이에 처남 동창이 따로국밥이냐? 하여튼 씨발놈이네."

식당에서는 담배를 피우지 못하게 돼 있지만 처남이 담배를 빼물었다. 그 빽을 믿고 리콰자도 얼렁뚱땅 불을 붙였다.

"그래, 뭐 하는 새긴데?"

연기를 뿜으며 처남이 물었고, 리콰자가 대답했다.

"대마초를 가지고 있었대."

"하여튼 씨발놈들 가지가지 하는구만. 늬 새끼와 늬 마누라, 나한테는 조카들이고 여동생이다. 그런데 그 불쌍한 것들도 건사하지 못하는 새끼가 남 일을 보고 다녀? 정신 차려 이 새끼야."

"짭새 새끼 아니랄까봐 입만 열면 욕이네. 야, 까놓고 말해서 대마초 좀 피운 게 범죄냐?"

"야 이 새끼야. 그게 범죄인지 아닌지는 너나 내가 정할 문제가 아냐."

"음주 운전하다 사고 냈단 얘긴 들었어도 대마초 피워서 사고 냈단 얘길 난 들어본 적이 없다. 대마초가 천식 환자를 위한 약재로 쓰이는 건 아냐? 콜로라도를 포함해 미국의 몇 개 주에선 이미 합법적으로 피우고 있어. 유럽에 가봐라. 아예 진열해놓고 팔지."

"그럼 개새끼야, 콜로라도에서도 개고기를 먹냐?"

처남이 냅킨을 접어 침을 뱉은 뒤 담배를 껐다. 리콰자도 그가 하는 대로 담배를 끄면서 사정조로 말했다.

"좀 빼줘라. 높은 데 있는 놈들은 다 빠져나가잖냐."

"하아, 이 호로새끼 좀 보소. 너 대한민국 경찰이 뭐하는 놈들인지 알아? 불쌍한 잔챙이 잡아들이는 게 경찰의 임무야 인마."

"그건 불쌍한 잔챙이를 빼줄 권한도 있단 소리잖아."

"씨발놈이 말이나 못해야지. 그 새끼 뭐야? 딴따라야?"

리콰자가 고개를 끄덕인다.

"우리 팀 베이스야. 낼 모레가 공연이다."

"어휴 씨발놈의 삼류 딴따라 새끼들. 가정 하나도 지키지 못하는 주제에 무슨 대마초야 대마초가."

리콰자는 화를 내는 게 득일지 계속 사정하는 쪽으로 가야 할지 잠시 궁리했다. 목소리는 높이지 않고 발언 수위만 살짝 높였다.

"너도 대한민국 일류 경찰은 아니잖아. 그런데도 꼬박꼬박 월급 나오지? 하지만 삼류 딴따라는 월급도 못 받고 평생 그 짓을 한다. 왜 나 같은 놈이 이러고 사는지 아냐? 너 같은 새끼들이 대한민국을 위해 일만 하니까 그래. 우리 일이 노는 일인데 사람들이 개처럼 일만 하지 놀지를 않아요. 그러다 정년퇴직하면 색소폰이나 배워볼까 하면서 음악학원을 기웃거리거든. 두고 봐라, 너도 그럴 거다. 그치만 다 늙어서 그 짓이 재밌을 거 같냐? 하나만 묻자. 늬가 나보다 잘 살았다고 생각해? 너 사람 많이 두들겨 팼지? 난 안 때렸다. 너 민주화운동 안 했지? 난 꽁무니에서 조금 했다. 너 조폭들한테 밥도 얻어먹었지? 우리 음악 하는 사람들 어디서 공밥 먹는 사람들 아니다. 월급 좀 받는 걸 가지고 뭐 세상 잘 살았다고 지랄이냐, 지랄이. 우리 인생 삼류 아니다."

처남이 시계를 보면서 자리에서 일어났다.

"너 잘났다 새끼야. 고등학교 때 음악 선생이 성악하라고, 시드니 런던 뉴욕 다 다니면서 오페라 공연하게 될 거라고 손이 발이 되게 비는데도 뺄깃만 하더니 꼴좋다 이 자식아. 그때 내가 확 쏴버렸어야 하는데."

두 사람은 식당을 나와 경찰청 쪽으로 걸었다.

"전화번호 하나 주면 보이스피싱 하는 놈들 잡을 수 있냐?"

처남이 걸음을 멈추더니 냉소 어린 얼굴로 보았다.

"병신 새끼, 이제는 보이스피싱까지 당하냐? 아주 꼴값을 떨어요, 씨발놈이. 민주화운동 좋아하네."

"잡을 수 있어, 없어?"

처남이 다시 걸음을 재촉하며 소리쳤다.

"개새끼야, 말했잖아. 우린 잔챙이만 잡는다고. 외국에 사무실 내고 그쪽 서버로 사기 치는 새끼들을 어떻게 잡아 잡긴. 정신 차려 이 새끼야."

"야, 우리 베이스……."

그러나 말을 마치기도 전에 처남이 다시 꽥꽥거렸다.

"꺼져 이 새끼야. 너 같은 새낀 두 번 다시 보고 싶지 않으니까."

그는 뒤도 돌아보지 않고 경찰청 건물로 들어가버렸다. 리콰자는 우두커니 서서 보이스피싱 회사의 전화번호를 눌렀다. 받지 않았다.

워터파크

'낙원'에 가서 배베이스가 애용하는 베이스 앰프와 기타 앰프, 라피노의 건반이며 손 악기들을 배베이스의 스타렉스에 실었다. 스타렉스에 박타동이 동승하고 리콰자의 승용차에 나머지 사람들이 탄 채 일행은 일번 국도를 따라 정읍으로 넘어갔다. 정읍 시내로 들어가지 않고 내장산 쪽으로 빠져 잠시 달려가자 내장저수지 아래 공원이 나타났다. 공원 한쪽에는 물이 뿜어져 나오는 분수대가 설치돼 있고, 그 앞쪽에 상설 공연장이 있었는데 그들이 도착했을 때 무대에는 음향 시설과 메인 연주 팀인 단풍나무 빅 밴드 연주자들의 의자가 다 준비돼 있었다. 수요 밴드 멤버들은 도착하자마자 앰프를 무대에 올리고 음향 시스템에 연결한 뒤 전원을 넣고 이상이 없는지 확인했다.

연예인협회 도지부장과 배베이스의 소개로 사람들은 단풍나무 빅 밴드의 지휘자를 비롯해 몇몇 연주자들과 인사를 나누었다. 점심도 못

하고 달려왔지만 메인 밴드의 단원들은 이미 식사를 마쳤다고 해서 수요 밴드 멤버들은 리허설부터 끝낸 후 뭐라도 먹자고 뜻을 모았다. 고맙게도 빅 밴드 측에서 〈워싱턴 포스트 행진곡〉과 〈닻을 올리며〉 등 몇 곡만 우선 소리를 낸 후 수요 밴드를 위해 순서를 양보했다. 수요 밴드 구성원들은 악기 조율을 마친 뒤 준비한 곡의 앞 소절을 잠깐씩 돌려보는 방식으로 사운드를 점검했다. 풀 밴드와 달리 캄보 밴드인 만큼 그들 차례가 되면 볼륨을 조금만 올려달라고 음향 담당자에게 부탁하고 일행은 리허설을 마쳤다.

기왕 내장산에 왔으니 산채비빔밥 같은 걸 먹자고 해서 일행은 시내로 가지 않고 국립공원 안쪽으로 들어갔다. 중간에 박타동이 모처럼 내장산에 왔는데 추억이 서린 관광호텔이나 둘러보자 해서 우르르 몰려갔으나 호텔은 헐리고 없었다. 배베이스를 위시해 박타동과 니키타는 차에서 내려 공사가 진행되고 있는 옛 관광호텔 자리를 펜스 바깥에서 울적해진 눈길로 건너다보았다.

"새로 호텔이 생겨도 이제 나이트클럽 같은 건 안 들어오겠지?"

배베이스의 중얼거림에 누구도 입을 열지 않았다. 일행은 위락시설이 들어선 곳까지 올라가 몇 군데 식당을 기웃거리다 한 곳을 정해 들어갔다. 백숙을 먹자는 의견이 많았으나 시간이 걸린다는 말에 막걸리나 한잔씩 하자는 견해를 좇아 수술 경력이 있는 라피노와 힘을 써야 하는 박타동만 밥을 시키고 더덕무침에 막걸리를 주문했다.

"두부도 한 모 시키지. 배베이스 혼자 다 먹어."

리콰자의 말에 두부김치를 따로 주문했다.

"좋은 게 있으면 나눠 먹어야지 혼자만 책을 보고 지랄이야."

박타동의 말이었는데 이 바닥에서는 대마초를 흔히들 책이라고 불렀다.

"누가 책을 봤다고 그래? 길에서 주웠다니까."

"보지는 않고 들고만 다녔다고 이뻐서 풀어줬고마이. 옛날에도 이수 형 재, 잽히가지 않았어? 몇 달 살았지? 벌금으로 끝났던가?"

"그거야 궁금해서 한번 읽어보다 그런 거고."

상대방을 놀리며 흥겨워하는 이런 농지거리에 라피노가 빠질 리 없었다.

"길에 떨어져 있는 걸 어떻게 주웠을까? 하여튼 눈도 좋아. 근데 책은 담배하고 어떻게 달라?"

질문은 배베이스에게 했지만 입을 연 건 리콰자였다.

"담배는 몸에 인위적으로 결핍을 느끼게 해놓고 그걸 충족하는 쾌락을 안기지만 그건 결핍을 알지도 못한 채 결핍돼 있는 걸 충족시키는 충격을 주지. 내 말이 너무 고급스럽나?"

라피노가 다시 짓궂은 질문을 던졌다.

"고급스러우나 마나 당신은 그걸 어떻게 아는데?"

"이 세상에 내가 모르는 일이 어딨어? 아무거나 물어봐, 씨파."

밥과 막걸리와 안주가 나왔다. 막걸리를 잔에 따라 신나는 데뷔전을 치르자는 의미로 일행은 건배했다. 모처럼 야외에 나온 데다 무대에 올라 연주를 하게 된다는 기대감으로 사람들은 들떠 있었다. 술이 한 모금 들어가자 배베이스가 내장산 관광호텔 나이트클럽에서 일할 때의 일화들을 침까지 튀겨가며 늘어놓았다. 그때는 노래방 기계가 나오기 전이라 나이트클럽 말고는 놀 데가 없었다느니, 오블리 한 곡당

오천 원을 받았는데 손님이 밀려들어 1절만 반주를 해줬다느니, 관광 시즌에는 오블리 비용으로 공무원 한 달 치 월급을 하룻밤에 벌었다는 등 말 그대로 녹슨 훈장 같은 왕년의 야화들이었다. 무대복을 갖춰 입고 연주하는 모습이 얼마나 근사하던지 여자들이 쪽지에 전화번호를 적어 올리면 니키타가 그것을 발바닥으로 당겨 뒤로 넘기기 바빴다는 일화도 빠질 레퍼토리가 아니었다. 라피노나 김미선은 처음 듣는 이야기들이라 깔깔거리며 질문도 하면서 그들의 뻥까는 소리를 경청했다. 그러나 배베이스와 박타동은 곧 그 짓이 시들해져 언제 그랬냐 싶게 시무룩해진 얼굴로 술잔을 기울였다. 이를테면 그게 그들의 전성 시대였던 셈인데 그때마저 품격 없는 삼류 딴따라라며 찌를 듯 다가들던 손가락 앞에서 배베이스 같은 사람은 상처를 받곤 했었던 것이다. 그 전성시대가 지나간 후 많은 사람이 투항하듯 떠나갔지만 황무지 같은 토양에 그나마 뿌리만 얹은 채 버틴다는 이유로 세상 물정 모르는 자들로 낙인찍혀 그들은 다시 손가락질을 받았다. 술에 취해 뒷골목의 전봇대를 붙잡고 토악질을 하며 자기들끼리 자해하듯 치고받았지만 그들을 겨냥하던 손가락을 향해서는 눈 한번 부릅뜬 적이 없었다. 다만 사랑했고, 다른 것을 사랑할 줄 몰랐던 일이 타파되어야 할 구습처럼 취급되었다. 사람들은 그들 앞에서 타협하고 배신하는 걸 변화라는 말로 포장했다.

"팀이 있으면 연주자들은 밥을 안 먹어도 배부른 법이야."

불현듯 뇌까리는 배베이스의 말에,

"그런 팀을 두고 어째 혼자만 책을 읽었을까?"

라피노가 타박을 했다.

"아이 참, 들고만 다녔다니까."

믿는 사람이 없는데도 배베이스는 끝내 주운 물건을 들고만 다녔다고 우겼다. 그런 배베이스를 두고 리콰자는 고구마 줄기처럼 끌고 들어가지 않고 혼자 자폭하는 태도가 좋다고 칭찬했다.

"그, 근디 말여, 율도 공연을 허고 나면 먼 좋은 수가 생기는 거여?"

책 이야기로 간신히 분위기가 밝아졌는데 니키타가 율도 이야기를 꺼냈다. 사실 그것은 모두의 가슴에 도사린 질문이지만 꺼내서는 안 되는 금기어이기도 했다. 꿈은 조용히 품어둬야지 함부로 꺼내 손때 묻힐 물건이 아니었다.

"우린 연주를 하는 거야. 팀을 만들었으니까. 그게 다야. 시간 된 거 같으니까 가서 한판 놀자구."

리콰자가 말했고, 남은 잔들을 비웠다. 밖으로 나왔을 때 라피노가 다시 배베이스의 염장을 질렀다.

"근데 무대에 올라가기 전에 책 좀 봐야 되는 거 아냐?"

"아이 참, 정말 주웠다니까."

그들이 탄 차가 워터파크에 가까워지자 빅 밴드가 내는 소리도 조금씩 가까워졌다. 사람들의 가슴이 뛰기 시작했다.

무대 뒤편 잔디밭에는 빅 밴드 단원들이 먹다 남긴 음식이며 음료수가 아이스박스 등속과 간이 책상에 놓여 있었다. 술이 부족한 니키타가 아이스박스 안에서 소주를 찾아 홀짝거리자 배베이스가 가세했고, 같이 앉기는 했으나 리콰자는 물로 살살 목만 축였다. 라피노와 박타동과 김미선은 무대로 올라가는 계단 중간쯤에서 빅 밴드가 연주하는 모습을 쳐다보고 있었다. 이미 어둠이 내린 워터파크에는 조명을 받은 분수대가 갖가지 빛깔로 색을 바꿔가며 물을 뿜는 중이었다. 부모를 따라 나선 아이들은 물론 연주보다는 물장난에 관심이 많았다. 그러나 객석에 깔아놓은 이백 개의 의자는 더위를 피해 산책 나온 시민들로 이미 채워져 있었으며, 광장 가녘에 놓인 벤치에도 사람들은 옹기종기 모여 있었다. 습도가 높기는 하지만 산에서 불어오는 바람이 시원했다.

"이게 몇 년 만에 서보는 무대야. 떨린다야!"

박타동이 계단을 내려와 어슬렁어슬렁 걸어온다. 배베이스가 그에게 잔을 내밀었다.

"작작들 마셔. 악기 끌어안고 넘어질라."

"한잔 들어가야 손이 돌아간당게."

리쾌자의 타박에 니키타가 큰소리를 쳤다. 배베이스가 계단참에 서서 빅 밴드의 연주를 바라보는 김미선을 턱으로 가리켰다.

"그나저나 너희 둘은 뭐냐?"

니키타는 조금 당황하면서 볼멘소리로 방어 자세를 취한다.

"뭐는 뭐여, 거시기 도, 동생이지."

무대에서 한 곡이 끝나고 〈캐피탄 행진곡〉이 시작되자 한 사람이 다가와 다음 차례가 그들이라고 일러주었다. 그들은 두어 잔 더 마시고 슬금슬금 계단으로 걸어갔다. 관악기들이 총동원된 빅 밴드의 연주에서는 복식호흡을 통해 끌어 올린 소리처럼 웅장한 맛이 우러나왔다. 개중에는 서울 어떤 방송국의 전속 밴드 출신도 있었으며, 학교에서 교편을 잡는 사람과 공고 밴드부 출신으로 아직 이 바닥에서 악전고

투하는 사람도 있었다. 빅 밴드의 드럼은 나이 칠십이 넘었는데도 연습 때만 되면 여전히 헤헤거리며 나타난다고 한다.

〈캐피탄 연주곡〉이 끝나자 단풍나무 빅 밴드 연주자들이 악기를 들고 무대에서 내려온다. 그들이 무대에서 내려온 다음 수요 밴드 멤버들은 자리를 찾아 악기에 케이블을 꽂고 전원을 연결했다. 리콰자가 가운데 서고 배베이스와 니키타가 양편에 벌려 섰으며, 브라스 연주자들에게 중앙을 내줘 구석으로 밀린 드럼이 베이스 뒤편에 놓여 있었다. 라피노는 니키타 옆인데 미리 요청해서 건반 앞에 스탠드 마이크를 설치해 김미선을 서게 했다. 사회자의 소개에 이어 리콰자가 〈노래 불러〉와 〈검은 바다〉가 창작곡임을 마이크에 대고 소개했다.

박타동이 하이햇을 두드려 곡의 빠르기와 시작을 알리자 약속대로 베이스가 네 마디를 치고 나온다. 베이스에 이어 기타가 끼어들어 리프를 연주하는 중간중간 칼처럼 썰고 들어와 라피노가 틈새를 메운다. 최근에 집중적으로 연마했던 곡이라 노련한 목공 장인의 손을 탄 목재처럼 리듬이며 멜로디 한 자락까지 소리는 아귀가 딱딱 들어맞았다. 그러나 조용하던 전주가 차츰 시끄러워지면서 예기치 않은 문제가 발생했다. 무대 끝 가장자리에 놓인 모니터 스피커의 볼륨이 예상보다 낮게 설정돼 객석과 달리 연주자들은 자신의 소리를 듣는 데 애를 먹었다. 배베이스와 니키타가 자체 볼륨을 높였으나 먼 데서 들리는 배경음처럼 여전히 악기 소리는 귀에 꽂히지 않았다. 이게 아닌데 싶어 머리가 하얗게 비워지는데도 무서운 속도로 음표는 앞을 향해 질주했다. 마침내 차례가 돌아오자 순서를 기다리던 리콰자도 연주 속으로 뛰어들었다. 하지만 그의 노래 또한 귀에 이르지 못한 채 메인 스피커를 떠나 앞산을 때리고 돌아온 소리만이 무대 위의 연주보다 두어 박자 늦게 모니터링되었다. 모니터 스피커의 소리는 들리지 않고 메인 스피커의 소리만 뒤늦게 나타나면 실타래처럼 엉킨 소리 때문에 연주 자들은 혼란을 느낀다. 풀 밴드야 관악기가 웅장하게 받쳐주므로 상관 없지만 캄보 밴드인 수요 밴드가 처음부터 풀 밴드와 같을 수는 없었 다. 그 때문에 리허설을 할 때 음향 담당자에게 볼륨을 높여달라고 요 청했을 뿐 아니라 니키타가 따로 찾아가 부탁까지 했던 것인데 객석으 로 나가는 볼륨만 올리고 모니터 스피커는 그대로 둔 모양이었다. 창 작곡이라 곡 자체가 낯선 데다 모니터와 산에 맞고 돌아오는 소리 사 이에 끼어 연주자들마저 갈팡질팡하자 객석의 반응이 영 신통치 않았 다. 연주를 감상하는 게 아니라 식순이 지나가기만 기다리는 관제 행 사의 동원 인파처럼 하나같이 지루한 얼굴이었다. 〈노래 불러〉와 〈검 은 바다〉가 그런 상태로 마무리됐을 때 무대와 객석을 포함해 공연장 일대는 물걸레질을 한 것처럼 가라앉아 있었다.

"어이, 거기 음향 아저씨. 모, 모니터 소리 좀 올려바!"

참다못한 니키타가 마이크에 대고 말까지 더듬어가며 외쳤다. 파 도가 밀려가듯 청중 사이에서 웅성거림이 번져나갔다. 니키타의 호통 때문인지 리콰자가 마이크에 대고 다음 곡을 소개하면서 보니 그래 도 모니터 스피커의 볼륨이 조금은 올라간 것 같았다. 자체 앰프의 볼 륨을 한껏 높인 니키타가 마침내 〈스모크 온 더 워터〉의 그 유명한 리 프를 밀고 나왔다. 차례가 오기를 기다려 구성원들은 드럼과 건반, 베 이스, 보컬 순으로 각자 소리를 보태나갔다. 원체 귀에 익은 곡이기 때 문인지 그제야 객석에서 박수와 휘파람 소리가 나오고 흥성거림이 번

지기 시작했다. 그런데도 마시다 만 술처럼 한번 깨진 흥이라 멤버들은 두고 온 마지막 한 모금의 미련을 버릴 수 없었다. 모니터 스피커에서 들리는 소리가 여전히 양에 차지 않아 메인 스피커를 통해 객석에 전달되는 음질을 그들로서는 확인할 방법도 없었다. 그렇지만 술을 홀짝이고 계단에서 빅 밴드의 연주를 구경하면서 객석과 일껏 맞춰놓은 주파수가 이미 틀어져버렸기 때문에 제대로 된 소리는 아무래도 기대하기 어렵겠다 싶었다.

한 가지 다행인 점은 소리에 간섭할 일이 없는데도 혼자 신명을 내며 소임을 다 하는 김미선이 있었다는 사실이다. 밴드가 빚는 소리의 완성도엔 관심이 없는 사람처럼 그녀는 곡의 속도에 맞춰 몸을 전후 좌우로 흔들며 굳건히 자리를 지켰다. 얼핏 보기에는 촌스러워 보였지만 에이미 와인하우스가 공연할 때 분주히 몸을 흔들며 소리에도 간간 관여하던 흑인 듀오 코러스를 떠올리게 하는 넉살이었다. 게다가 미니스커트 차림에 요즘 말로 쭉쭉빵빵한 몸매인 데다 배우 뺨칠 미모까지 더해져 객석의 사람들은 수요 밴드보다 김미선에게 자주 시선을 빼앗겼다. 그건 흥이 깨졌든 말든 자기 역할을 성심껏 수행한 그녀에 .대한 객석의 호의이기도 했다. 곁눈질로 김미선의 그런 모습을 바라보던 리콰자도 비로소 흐트러진 마음을 추스르기 위해 없던 흥을 끌어모았다. 마지막 곡인 〈록 앤 롤〉에 이르러서는 그런 노력들이 어우러져 그나마 객석의 함성과 박수를 끌어내기도 했다. 연주가 끝나고 무대에서 내려왔을 때 멤버들은 대체로 얼굴이 어두웠다.

공연 도중에는 개인 악기와 앰프를 끌고 내려올 수 없어 천생 단풍나무 빅 밴드의 연주가 끝나기를 기다리는 수밖에 없었다. 수요 밴드 멤버들은 무대 뒤쪽 공터를 어슬렁거리다 주차장 뒤편에 있는 편의점을 발견하고 갈증이라도 면하자 하여 공터를 가로질렀다. 언제부터인지 니키타와 김미선이 보이지 않았지만 아무도 신경 쓰지 않았다. 편의점 앞 파라솔 밑에서 배베이스와 박타동이 맥주를 마시는 동안 리콰자는 캔에 든 이온 음료를 마셨다. 라피노는 아이스크림을 먹었다.

빅 밴드의 연주가 끝나고 객석의 사람들이 흩어지기 시작하자 그들은 무대에 있는 장비들을 빼 배베이스의 스타렉스에 싣고 올 때와 마찬가지로 차 두 대에 나누어 탔다. 배베이스가 술을 마셨기 때문에 비교적 술을 자제해온 리콰자가 오 분쯤 먼저 출발해 도중에 음주단속 같은 문제가 생기면 연락을 하기로 했다. 리콰자가 운전하는 승용차 조수석에서는 니키타가 코를 골다가 차가 덜컹거리면 눈을 뜨고 놓친 시간을 벌충하듯 담배를 피웠다. 뒷자리에는 라피노와 김미선이 앉아 있었지만 누구도 입을 열지 않았다. 사람들은 허탈해지고 나사까지 풀린 기분이 들어 꿈쩍도 할 수 없었다.

간판에 불은 켜졌지만 장비를 끌고 '낙원'에 들어섰을 때 손님은 한 테이블도 없었다. 그들은 앰프며 악기를 본래 자리에 놓고 전원을 연결한 뒤 연습 때마다 앉는 자리를 찾아 담배를 피웠다. 서빙하는 여자가 얼음물을 들고 와 달게 한 모금씩 들이켰다. 코가 빠진 데다 속까지 출출해 패잔병처럼 소파 등받이에 몸을 파묻은 채 그야말로 그들은 널브러져 있었다. 이윽고 종이컵에 꽁초가 수북해지자 리콰자가 제안했다.

"영업이고 뭐고 나가서 한잔하지."

대답할 것도 없다는 듯 배베이스가 자리에서 일어나자 사람들이 우르르 따라나섰다. 그들은 평소 니키타가 자주 간다는 중화산동 메추리구이 집으로 몰려갔다. 라피노 몫으로 막걸리를 시키고 나머지는 소주로 통일했다. 밑반찬이 놓인 후 사람들은 부딪치지도 않고 알아서 잔들을 비웠다. 메추리구이가 나올 때까지 누구도 입을 열지 않더니 김미선이 먼저 운을 뗐다.

"언니, 오빠들 왜 다들 죽을상이야? 난 재미만 있던데. 나중에 사람들 박수 치고 앵콜 외치는 거 안 봤어?"

아무도 대꾸하는 사람이 없자 라피노가 거들고 나왔다.

"오늘 미선이 멋졌어. 최고야."

"그치, 언니. 해수욕장에서 할 땐 비키니 입고 흔들 거야. 사내놈들 다 죽었어, 이제."

다시 침묵이 찾아왔다. 술이 두어 순배 돌았다. 박타동이 연주에 관해 한마디 평을 했다.

"라피노가 신발을 신고 연주해서 그래."

배베이스가 픽 웃었다.

"음향 때문이야. 아까 리허설 끝내고 니키타 늬가 음향한테 가서 툴툴거렸지? 우리가 무대에서 다 이야기 끝냈는데 무엇 때문에 찾아가서 툴툴거리냐, 툴툴거리길."

"음마, 툴툴거리긴 누가 툴툴거렸다고 그려? 가서 담배까지 권하면서 존 소리로 부탁헌 것이고만. 그문 풀 밴드허고 캄보 밴드허고 같간디?"

"말을 하더라도 라피노나 미선이가 가서 했어야지. 노름판 땅 보는 놈처럼 생겨가지고 눈 부라리면 누가 좋아하겠냐?"

"이수 형 말이 겁나 이상허네이. 아, 〈노래 불러〉 인트로서 베이스가 힘차게 치고 나오들 못헝게 거그서부터 소리가 개판된 거 아녀? 실내도 아니고 야윈디 그게 뭐여? 요강 뚜디리는 소리도 아니고."

라피노가 끼어들어 그들을 말렸다.

"애들처럼 또 그런다. 생판 낯선 곡을 첫 곡으로 선곡한 것이 문제였어. 듣는 입장에선 그럴 수밖에 없잖아. 담부터 오프닝 뮤직은 무조건 대중적인 걸로 가자구. 나도 구두 꼭 벗을게. 쌍, 그걸 왜 까먹었지?"

"아냐. 난 좋았어. 중학교 소풍 때 애들 앞에서 노래 부른 거 빼고 청중 앞에서, 그것도 무대에 직접 서본 건 처음이야. 더군다나 대한민국 이등이 연주하는 무대였잖아. 내가 보아 같았어."

다시 술들을 마셨다. 무슨 말을 해도 허전한 것이 드나드는 구멍은 메워지지 않았다. 술 마시면 자랑하던 지난날의 영광은 지난날의 영광일 뿐이라는 자각을 사람들은 무서워했다. 비록 몇 년째 그렇게 모여 연습을 했다지만 단풍나무 빅 밴드의 완성도 높은 연주에 주눅이 든 것도 사실이었다. 어쨌거나 그들은 모니터 스피커에 신경 쓰느라 팀의 연주를 등한히 했을 뿐 아니라 정확한 소리를 듣지 못했기 때문에 자신들의 연주가 어느 수준인지 확인도 못 했다. 그러나 형편없었을 거라는 막연한 생각이 공포를 불러일으켰다. 그 공포는 그나마 가지고 있던 작은 자부심을 뿌리째 흔드는 바람이었다. 온갖 손가락질 속에서도 붙들고 있던 존재의 근거에 날아든 도끼날이었다. 리쾨자가 침묵을 깼다.

"잘들 생각해봐. 바람이 대숲을 흔들지? 그럼 댓잎이 서걱대는 소리가 나잖아. 쐬아아쐬아아…… 그런 게 바로 소리야. 레도 있고 솔도 있어. 그런데 그 소리가 왜 만들어지는지 알아? 말했잖아. 바람이라고. 그럼 바람은 어떻게 만들어져? 고기압에서 저기압으로 공기가 이동하기 때문이지. 고기압과 저기압은 왜 만들어지는데? 햇빛을 받는 곳의 열이 지역마다 조금씩 다르니까. 그럼 태양은 또 왜 빛을 뿜고 지랄이야? 타고 있으니까. 그건 왜 타는데? 씨파, 몰라. 그냥 그런 게 있다고 쳐. 중요한 건 소리란 그렇게 해서 나온다는 사실이지. 도레미도 나오고 솔시라도 나오고."

"아아, 과학 짱 나."

김미선이었고, 라피노도 짜증을 냈다.

"그래서 졸라 뭔데?"

"소리가 나오려면 우주가 움직여야 된단 뜻이야. 소리는 손끝으로 만드는 게 아니라는 말씀."

니키타가 번쩍 손을 들었다.

"자, 잠깐만! 나는 콰자 성이 허자믄 허는디 긍게 시방 그게 뭔 소리여? 우주를 움직여?"

"우린 우주를 움직이지 못했어. 왕년의 페이가 대한민국 이등이었던 거, 어느 음반 작업에 세션으로 참여했던 경험, 영일레븐에서 드럼 친 일, 그런 게 우주를 움직이는 힘은 아냐."

"들을수록 말이 어렵네이. 대체 우주를 어떻게 움직인다는 것여? 연주 한 번 떡치드니 우리 콰자 성이 인자 머리까지 어떻게 될랑갑네!"

니키타가 검지로 자기 머리를 가리키며 빙빙 돌렸다.

"모든 스포츠는 중력과의 싸움이야. 우리가 싸워야 할 중력이 뭔지 알아? 안심이야. 음향이 문제가 아니라 눈빛만으로도 대화가 되고 숨결만으로도 소리를 내야 하는 거야. 그야말로 우주의 질서를 창조해야 하는 거라구. 소리를 두려워하고, 소리에 대해 경외감을 가져야 해. 건방도 떨면 안 돼. 우주가 움직여 대숲을 흔든 것처럼 소리를 내려면 어떤 흐름에 자연스럽게 올라타야 해. 인위적인 게 아니라 우주를 움직이게 해야 해. 누가? 우리가, 씨파!"

니키타뿐 아니라 라피노도 그의 말이 이해되지 않기는 마찬가지였다. 라피노가 따지듯이 물었다.

"이 갑작스런 사이비 종교 버전이 뭐야? 그니까 어쩌자고?"

"일단 다른 방법은 없어. 겸손한 마음으로 매일 연습하는 게 그나마 우리가 할 수 있는 일이야. 소리가 몸에 딱 붙으면 어느 순간 우주를 꿰뚫게 되는 거지. 판 깔리면 자다가라도 무대에 올라갈 준비가 돼야 율도에 갈 수 있어."

인상을 쓰며 이야기를 듣던 김미선이 물었다.

"그러니까 대숲 어쩌고 고기압 어쩌고 한 것이 결국은 매일 연습을 하자, 뭐 그런 뜻이야? 그 얘기를 꼰대처럼 오빠는 그렇게 해?"

"열심히 하는 것 이상을 해야 한단 말이지. 그치만 우선은 연습량을 늘려야 한다고 봐."

뭐에 홀린 것처럼 사람들은 더 이상 아무 말도 하지 않았다. 그렇지만 리콰자의 제안대로 매일 '낙원'에 모일 수 있는지를 속으로 헤아렸다. 한참만에야 라피노가 일요일은 교회 때문에 안 된다고 의견을 밝했다. 성가대 반주를 해야 하기 때문에 어렵다는 것이었다. 그러자 배베이스 또한 교회에 가야 한다며 라피노의 뜻에 표를 던졌다. 교회에 악기들이 있기 때문에 연주자들 중에는 교회에 적을 둔 사람이 많았다. 결국 일요일을 뺀 평일에는 매일 모여 연습을 하기로 하고, 율도에 들어가기 전에 몇 가지 행동 강령을 '낙원' 벽면에 써 붙이자고도 했다. 강령은 리콰자가 만들었다. 십대 강령은 이랬다.

1. 팀을 이탈하지 않는다. 따라서 무슨 일을 저질렀더라도 경찰에 붙잡히지 말며, 누구에게 납치되지도 말고, 아프지도 말아야 한다.
2. 술을 먹는 것은 자유지만 이튿날 연습에 지장을 주거나 연주에 방해되지 않을 정도의 음주를 지향한다.
3. 하루라도 연습을 하지 않으면 손에 가시가 돋는다. 각자 알아서 연습하고 '낙원'에서는 합주만 한다(손에 가시가 돋는 사람은 죽인다).
4. 좋은 공연을 위해 술을 마시거나 책을 읽고 무대에 오르는 것은 허용하지만 상대에게 굳이 권하지는 않는다.
5. 공연을 할 때는 관객의 반응이 아무리 신통치 않더라도 개의치 말고 신나게 놀아 결국 관객의 반응이 신통해지게 한다.
6. 차후 음향 담당자에게 이야기할 경우 라피노와 김미선을 앞세워 미인계로 환심을 사고, 전달할 말은 배베이스가 정중하게 한다.
7. 가급적 건강관리를 잘하고, 무대에 서기 전까지 돈이 있으면 피부 마사지도 받는다. 그게 힘들면 잘 씻는다.
8. 과거의 경험을 자랑하지 않는다. 단, 연애나 재미있는 이야기는 허용한다.

9. 앞으로 무대에서 연주할 때 라피노는 신발을 벗는다.

10. 우리는 우주를 움직여 바람도 일으키고 소리도 만드는 것을 목표로 한다. 그리하여 아픈 사람은 아프지 않게, 슬픈 사람은 슬프지 않게, 심심한 사람은 재미있게 살도록 도와준다. 우리는 사람을 움직이는 연주를 지향한다.

인생 찾아

휴게소에서 눈을 뜬 뒤로 잠이 오지 않아 자주 커튼 귀퉁이를 젖히고 지나가는 풍경을 내다본다. 충청도 끝자락에서부터 들판과 산을 대신해 드문드문 나타나던 건물들이 경기도에 접어들자 밀도도 높아지고 덩치도 커지는 게 느껴진다. 밤무대를 찾아 서울과 서울 외곽의 도시들을 찾아다니던 시절에는 그렇게 창밖 풍경이 바뀌기 시작하면 가슴이 먼저 뛰던 일들이 기억난다. 비록 배베이스와 니키타를 남겨두긴 했어도 밤무대를 돌며 모은 돈을 닥닥 긁어 서울로 올라갈 때도 그건 마찬가지였다. 그러나 건물이 많아지고 커지는 위쪽 동네에 진입할수록 이제는 어느 경계를 지나왔다는 실감이 확연해지며 알 수 없는 중압감을 느끼게 된다. 괜히 긴장되고 한숨도 나온다.

서류상으로 이제는 남이 돼버린 아내가 아니라 말년 휴가를 나온 당사자의 연락을 통해 아들이 집에 와 머물고 있다는 것을 박타동은 알게 되었다. 아들의 문자는 휴가 나온 사실을 있는 그대로 언급하고 있었지만 그는 그것을 만나자는 말로 읽었다. 그 문자를 보는데 덜커덕하고 기계가 어그러지는 듯한 느낌이 묘한 떨림과 동반됐다. 아내와 상의해 한 행동인지 아니면 본인 스스로 결정했는지 알 수 없지만 아이의 문자는 그에게 하나의 선택이 가로놓여 있음을 환기시키고 있었다. 절단 낼 것이냐, 뭔가 다른 생각을 할 것이냐. 주말 연습이 끝난 후 박타동은 팀 멤버들에게 사정을 설명하고 서울에 다녀오겠다고 밝혔다. 리쾌자는 벽에 써 붙인 강령 중에서 첫 번째 것을 읽고 나서 다녀오라고 했다. 박타동은 사람들이 듣는 자리에서 그걸 읽었다.

사실 그에게 해답 따위는 없었다. 사랑 같은 건 휘발된 지 오래고 유일하게 버텨줄 구심력이 있다면 연민이나 신뢰 그 어느 언저리쯤일 텐데 그런 게 남았다고 장담하기도 어려웠다. 정이고 나발이고 부부 관계에 내포된 매춘성이 상실될 때 계약서의 효력도 정지되고 마는 야멸찬 풍속의 자장 안에서 그는 살고 있었다. 동업을 제안했던 사람이 학벌도 뭣도 없이 맨몸으로 뛰던 그에게 모든 것을 떠넘긴 채 손털며 떠나간 일과 그들 부부 관계의 차이를 박타동은 알지 못한다. 물론 밴드 활동을 접는 일이 그나마 등 비벼볼 언덕이 될지는 모르겠다. 그러나 그렇게 봉합된 가정이 소리를 내는 일보다 더 큰 축복일지 알수 없었다. 소리를 내는 일이 이른바 경제활동인구에 수렴되는 일이라면 문제는 간단하지만 이미 세계는 폐허가 된 지 오래다. 그런 세계일수록 예전부터 역병은 창궐하는 법이다. 역병의 문제는 최초의 보균자가 아니라 전염성에 있다. 소리는 만드는 자의 것이 아니라 퍼뜨리는 자의 것이다. 병에 담겨 퍼뜨려진 소리는 균일한 맛을 낼 뿐 당일의 맛을 보유하지 않는다. 바로 그 균일한 맛이 오늘날의 역병인 셈이다. 어느 쪽으로 머리를 굴려봐도 뾰족한 수는 찾아지지 않는다.

서울로 접어들었는지 가다 서다를 반복하더니 버스가 정차하고 사람들이 내리기 시작했다. 앉은 자리에서 최대한 버티던 박타동은 사람이 거의 빠져나간 뒤에야 이감 교도소에 도착한 수인처럼 시간을 끌면서 일어났다. 센트럴 파크 안으로 들어서는 행렬의 꽁무니에 별생각 없이 슬그머니 붙어 섰다. 가만 있자. 그게 몇 호선이더라. 지하철 타는 곳을 안내하는 글귀들은 가야 하는 행선지를 말해주는 대신 숫자를 발신한다. 그러니까 그는 홍제역으로 가야 하는데 그게 3호선인지 7호선인지 기억이 가물가물하다. 지하철 노선도를 찾아 두리번거렸지만 곧 포기하고 전화기를 꺼내 포털 사이트에 들어가서야 찾는 것이 3호선임을 알아낸다. 그는 3호선이라는 신호를 따라 사람들의 무리에 익명으로 끼어든다.

에스컬레이터에 올라 무심코 서 있다가 뒷사람의 비켜달라는 소리를 듣고서야 그는 그 물건의 오른편 난간에 바짝 붙어 있었어야 한다는 것을 깨닫는다. 전주에서는 에스컬레이터를 타고 그 위에서까지도 걷는 사람은 찾아보기 어렵다. 전주뿐 아니라 웬만한 지방 도시에서는 대체로들 그렇게 산다. 그렇지만 서울이나 경기 지역에서는 에스컬레이터 위에서도 사람들은 걷는다. 그는 그걸 깜빡했다.

사람들은 입을 꽉 다물고 있다. 그런데도 어디선가는 소리가 들려온다. 물론 리쾨자가 말하던 우주가 움직여 내는 그런 소리가 아닌 건 분명하다. 우주가 움직이지 않더라도 누군가 인위적으로 만들어낸 것이 마모되거나 무언가를 뚫고 지나가는 소음 속에 사람들은 살고 있다.

이를테면 환풍기의 날개 돌아가는 소리라든지 에스컬레이터의 동력이 만들어내는 소리 같은. 그것들은 우주가 운행할 때 만들어지는 소리와 데시벨이 다르다. 그뿐 아니다. 지금 그가 타고 있는 엘리베이터는 지하 세계에 있는 것이 분명하지만 그렇다고 사람들이 질식하지도 않는다. 어디선가 공급된 산소가 기도를 타고 들어와 허파꽈리를 메운다. 그러나 기름 냄새 같기도 하고 사람들의 체취 같기도 해서 왠지 후텁지근하고, 어쩐지 오래 노출되고 싶지 않은 질감이 거기엔 엉겨붙어 있다. 세계를 땅에 묻어놓지 않은 곳에서는 쉽게 맡을 수 없는 냄새.

침묵이 흐르는 공간에 갑자기 큼직한 소리가 끼어든다. 그는 알고 있다. 통상 이런 식으로 전화에 대고 떠드는 사람 대부분이 실은 뭔가 먹을 것을 놓고 실랑이 중이란 사실을. 지금 무언가를 경상도 억양으로 우렁차게 설명하는 사내도 목구멍으로 삼킬 무엇에 대해 논하고 있는 게 틀림없다. 어차피 에스컬레이터에 몸을 얹은 사람들에게 당장 집중해야 할 일거리가 있는 건 아니기 때문에 사내의 목소리가 그들의 활동을 방해하는 것은 아니다. 오히려 묵시적으로 동의를 받고 있을 것이다. 사내는 지금 세상에서 가장 중요한 목구멍에 관한 이야기를 하고 있으니까. 목구멍이야말로 학업성적과 함께 삶을 측정하는 가장 중요한 척도가 아닌가. 인생의 초반부가 학업성적에 의해 판단된다면 그 후의 삶은 오로지 목구멍의 크기로 판명되니까. 목구멍에 관한 이깟 소음쯤 사람들은 얼마든 이해할 준비가 되어 있다. 만약 에스컬레이터 위에서 심벌을 두드리면 어떤 반응이 돌아올까.

사내의 경상도 억양은 계속 이어진다. 동업자가 손을 털고 떠난 후 거리에 우두커니 남겨졌을 때 그는 자신이 영남 출신이 아닌 것을 원망한 적이 있다. 그가 만일 대구나 그 인근에서 고등학교를 다녔더라면 어떻게든 헤쳐나갈 구멍을 마련했을지 모른다. 그러나 호남의 전문대를 졸업한 것과 밤무대에서 드럼을 쳤던 것이 이력의 전부인 그가 손 내밀 데라곤 없었다. 거기서 손을 털면 죽을 것만 같아 발을 동동 구르며 뛰어다녔지만 딱히 누구 붙잡을 사람이 있어서 그랬던 것도 아니었다. 그렇게 뛰어다니기라도 해야 그나마 뭔가 할 바를 하고 있다는 위안이 생겼다. 그렇게 뛰어다니다 도저히 더는 갈 곳도 없어진 날 아직 해가 벌건데도 문 연 노래방이 있어 비용을 지불하고 그는 마이크를 잡았다. 배베이스나 니키타와 함께 밤무대에서 연주했던 곡들을 찾아 어눌한 목소리로 노래를 불렀다. 그렇게 한 시간 남짓 노래를 부르고 나왔는데도 머리꼭지에 해는 쨍쨍했다. 그럴 때면 모든 사람이 정해진 길로 움직이는데 자신만 갈 곳 없이 여겨지지 않던가. 그렇지만 노래방에서 나와 햇빛에 눈을 찡그리는데 목구멍으로 넘어갈 것들을 화끈하게 놓아버려도 죽지 않겠다는 배짱이 생겼다. 그는 통곡 반 노래 반을 마이크에 쏟아부은 일이 그것과 관련된다고 지금도 믿고 있다.

아이가 대학을 가기 전에 가끔 가족이 삼겹살을 먹던 집이 인왕시장 멀지 않은 곳에 그대로 있었다. 박타동이 홍제역에서 내려 터덜터덜 걸어갔을 때 아내와 사복을 입은 아들은 이미 식당에 도착해 그를 기다리는 중이었다. 벌써 불판 위에는 고기가 노릇노릇 익어가고, 아내 몫의 맥주와 아들과 박타동의 몫인 소주도 상에 놓여 있었다. 아내와 아들이 나란히 앉아 있는 맞은편 박타동의 자리에는 아직 예를 올리지 않은 제사상의 그것처럼 빈 술잔이 놓여 있었다.

박타동이 들어서는 모습을 보고 아내는 자리에 앉아 고개를 까딱이는 것으로 인사를 대신했지만 아들은 벌떡 일어나 머리를 숙인다. 그 아들의 손을 잡고 흔드는데 여간 억센 게 아니어서 든든하면서도 주눅이 든다. 입대하기 전보다 볼에 살이 올라 녀석은 아들이면서도 낯이 설고, 박타동의 사업이 어그러져 허구한 날 인상을 찌푸리고 있던 지난날에 비해 구김이 풀어지고 화장도 화사해져 아내 또한 쉬 익숙해질 얼굴은 아니었다. 아들이 두 손으로 따르는 술을 단숨에 비운 박타동은 지금으로선 할 일이 그것뿐이라는 듯 상추에 고기를 싸서 채 썬 파를 듬뿍 올리고 마늘과 풋고추에 된장을 발라 한입에 넣었다. 그 모습을 본 아내와 아들도 별말 없이 소주와 맥주를 비우며 삼겹살을 먹었다.

처음 식당에 들어섰을 때 주인은 반갑게 인사하며 알은체를 했지만 최근의 기억이 아니라 예전에 자주 왔던 것을 떠올린 탓이었을 것이다. 어쩌다 일이 일찍 끝나 초저녁에 귀가하거나 주말 같은 날 아내가 밥하기 귀찮다고 구시렁거릴라치면 그들은 언제나 이곳을 찾곤 했었다. 음식점 주인의 손맛이 특별해서가 아니라 전국 어느 도시에나 있게 마련인 전주식당이라는 간판이 걸려 있었기 때문이었다. 삼겹살을 양껏 먹은 뒤 그 불판에 공깃밥과 야채며 고추장을 넣고 계란도 하나 깨서 비빔밥을 만들어 그것까지 긁어 먹은 다음에야 그들은 배를 두드리며 식당을 나섰었다. 그런데 그건 행복이었을까. 굳이 이름 붙여 행복이라고 정의하는 것 말고 진짜 행복 말이다. 고생은 했지만 집도 한 채 생기고 끼니 걱정도 덜어지고 작은 쾌락이 잔물결처럼 일 듯 말

듯하다가 어느 순간 차갑게 가라앉으며 고요해지는 것, 귀찮다고 꿍얼거리는 아들을 구슬려 그렇게 찾아와 밥을 먹던 일이 행복이라고? 알수 없는 일이다. 사실 박타동은 그 물음에 답할 재간이 없다. 확실한건 그건 굳이 의미를 부여할 필요가 없는 일상이었을 뿐이란 사실이다. 안심은 되지만 더러는 귀찮고 권태롭던 일상. 만일 그의 사업이 기울지 않아 그렇게 평생 전주식당에 드나들면서 삼겹살을 먹고 이쑤시개로 잇새에 낀 고기를 파내다 어느 날 때가 와 죽게 되면 그건 행복한 삶이 되는 건가.

소주 두 병에 맥주 한 병, 삼겹살 4인분을 먹어 치우고 그들은 다시 공깃밥 두 개를 비벼 푸짐하게 먹었다. 아들이 카운터 앞에 놓인 자판기에서 커피를 빼 와 그것까지 마셨다. 그때부터가 문제였다. 무언가 무서운 소리가 나오거나 해야 할 차례였으므로. 그러나 그것을 박타동은 자기 입으로 말할 수 없다. 사실은 자기 입으로 늘어놓을 무섭거나 서운하거나 할 내용도 없다. 이 순간 할 수 있는 말이란 어디 가서 한잔 더 할 거냐고 겸손하게 묻는 것이 고작이었다. 그가 막 그 말을 하려고 할 때 아내가 먼저 입을 열었다.

"당신…… 음악 해?"

박타동은 그녀를 똑바로 볼 수 없어 식탁에 시선을 떨어트렸다. 뭐라고 대답하기도 전에 아내의 말이 상을 건너왔다.

"음악 하네, 음악 해. 어쩐지 얼굴이 깨끗하다 했어."

비웃는 말인지 느낀 사실을 그대로 표현한 말인지 알 수 없다. 실상 얼굴에 생기가 도는 것으로만 치자면 아내 쪽도 마찬가지이긴 하다. 마냥 주저앉아 있다가 어느 날부터 식당에 나가 밤늦도록 일을 하더니 어디서 무슨 소리를 들었는지 보험 일을 시작했다던데 이제는 이력이라도 붙은 모양이다. 밖에 나가 일을 하면서 복대기는 사람들 거개가 그렇듯 그녀 또한 신경줄이 굵어지고 약간은 뻔뻔해진 얼굴이다. 박타동은 호주머니에서 부스럭부스럭 봉투를 꺼내 아내 앞에 놓았다.

"얼마 안 돼."

아내가 봉투를 보며 한숨을 쉬었다. 이윽고 그녀는 핸드백을 열어 그것을 넣고 다른 봉투를 꺼냈다.

"나도 줄게. 집에서 잘 수 없단 건 당신도 알지? 아직도 살펴보는 눈치가 있는 거 같아."

그 말을 끝으로 잠시 멀뚱히 앉아 있다가 그들은 밖으로 나왔다. 먼저 들어가겠다고 해서 거리에서 아내와 헤어진 후 박타동은 아들과 근처 맥주 가게를 찾았다. 아무런 소득도 없이 어정쩡하게 헤어진 편인데도 아내가 시야에서 사라지자 짐을 덜어낸 것처럼 마음 한쪽이 후련해진다. 잔을 부딪치고 생맥주 한 모금을 마시고 났을 때 아들의 입술에 묻은 거품을 보았다. 그 모습이 싱그러워 미소를 지었다.

"생활은 할 만하냐?"

그의 질문에 기다렸다는 듯 아이가 되묻는다.

"뭐, 그냥……. 아빠는요?"

군대에 가기 전에는 그러지 않았는데 아들은 경어를 쓴다.

"난…… 좋은 편이야. 애인은 있냐?"

"군바리잖아요. 쫑 났어요. 또 생기겠죠. 아빠요?"

박타동은 픽 웃는다.

"그런 거 없어."

"엄만 있는 거 같던데?"

이번에는 피식대지 않고 천천히 맥주를 마셨다.

"서운하세요?"

박타동은 맥주를 또 한 모금 마셨다. 잔이 비었고, 두 잔을 주문했다.

"잘 모르겠다. 니 얘기나 좀 들어보자. 제대하면 복학하지?"

이번에는 아들이 웃었다.

"모르겠어요. 졸업해봐야 별것이 있을 거 같지도 않고, 그렇다고 하고 싶은 일이 따로 있는 것도 아니고. 내가 뭔가를 하겠다고 해서 세상이 그래라 할 것 같지도 않아요. 애들은 영어를 익히려고 어학연수를 가네 어쩌네 하는데 그것도 내키질 않아요. 방학이 되면 인턴이니 알바니 해서 열라 뛰는데…… 도서관과 고시원에 틀어박혀 벌써부터 공무원 시험을 준비하는 애들도 있어요. 고작 먹고살려고 그 많은 걸 준비해야 한다니…… 어려서는 놀지도 못하게 해놓고."

아들의 이야기를 듣는 박타동은 할 말이 없다. 이것은 그가 만든 세계가 아니면서 동시에 그가 만든 세계이기도 했다. 그렇지만 세계의 일단을 만들어놓고도 그가 할 수 있는 일은 아무것도 없다. 그래도 뭔가 좋아하는 것을 찾아보라고 한다면 그야말로 얼마나 무책임한 소리인가. 무슨 말을 하겠다는 생각도 없이 잔을 비우고 밖으로 나와서야 그는 어색하게 한마디 했다.

"난 드럼 칠 때가 좋더라. 신이 나."

"다시 연락할게요. 건강 조심하시구요."

"면목 없다만 힘내라."

"아빤 좋겠어요. 좋아하는 게 있으니까. 좋은 연주 하세요."

아들과 헤어져 지하철을 타고 고속터미널에 도착한 그는 술을 더 하고 싶었지만 마땅한 곳이 없어 남부터미널 쪽으로 내려왔다. 선술집에 들어가 소주 두 병을 비우고 만취해서 모텔에 들어갔다.

입이 쩍쩍 갈라지고 목덜미가 축축해 몸을 뒤척이며 눈꺼풀을 열자 희뿌연 형광등 불빛이 망막에 스민다. 잠을 깬 것인지 계속 자고 있는지 알 수 없는 상태로 의식은 조금씩 돌아오는 듯했지만 어느 지점에선가 마구 엉켜버린다. 기억은 가닥이 추려지지 않은 채 비정상적인 심장 박동 때문에 혈압이 오르면서 머리가 깨질 듯 지끈거린다. 속이 메슥거린다 했는데 갑자기 배가 요동치더니 간밤에 먹은 것들이 역류하기 시작한다. 입을 틀어막으며 침대에서 굴러내려 화장실로 들어서자마자 변기를 틀어잡는다. 지난밤에 목으로 넘겼던 것들이 위액과 섞여 누르죽죽해진 채 와르르 쏟아지고 알갱이가 작은 것들은 코를 통해서도 역류한다. 코를 들이마신 그는 기도에 걸려드는 음식 찌꺼기를 긁어모아 퉤 뱉는다. 위액 때문인지 이가 빠득빠득 갈린다. 다시금 속이 요동쳐 변기를 끌어안았지만 헛구역질만 두어 차례 손짓하고 만다. 손가락 두 개를 입에 넣어 목젖을 긁적거리자 몇 번의 헛구역질 끝에 신물이 손가락을 타고 흘러내린다. 변기의 물을 내리고 세면대의 수도 꼭지를 틀어 물로 입을 헹궜다.

옷을 벗지 않은 채 잠들었는지 서울에 올라올 때 입었던 점퍼 차림 그대로였다. 그 점퍼에도 여기저기 토사물이 묻어 있다. 토사물은 침대 아래에도 있었는데 토한 것도 모르고 잠들어버린 사이 편편하게 펼쳐져 잘 만든 부침개를 거기 놓아둔 것 같았다. 그는 화장대 아래의 냉장고에서 생수병을 꺼내 물을 마셨다. 땀에 젖은 속옷이 자꾸 몸에 달라붙고, 방 안은 찜질방처럼 후끈거린다. 먼저 창문을 연 후 리모컨을 찾아 에어컨을 가동시킨다. 창밖에는 아직 어둠이 머물러 있지만 밤인지 새벽인지 분간하기 어렵다. 붉고 푸른 네온 불빛이 여전히 반짝이는 걸로 보아 유흥업소의 영업이 끝나지 않은 시간인 듯했다.

우선 점퍼를 벗어 화장대 의자에 걸쳐놓고 휴지를 둘둘 말아 시큼해진 바닥의 토사물을 조심조심 훔친다. 그렇게 몇 차례 되풀이한 후 나중에는 화장지에 물까지 발라 찌꺼기를 닦아낸다. 그 일을 끝낸 뒤 입고 있던 옷을 벗어 옷걸이에 걸고 점퍼를 화장실로 들고 들어간다. 손에 물을 묻혀 천천히 토사물을 씻어내다 수도꼭지를 잠근 채 어디선가 들려오는 소리에 귀를 기울인다. 소리는 열어놓은 창문을 지나 바깥에서 들려온다. 어디 음악홀이나 노래방에서 들리는 소리 같다. 어쩐지 익숙한 멜로디에 귀를 기울이던 그는 불현듯 그 노래의 가사를 생각해냈다.

……사랑 찾아 인생을 찾아
하루 종일 숨이 차게 뛰어다닌다
서울 하늘 하늘 아래서
내 꿈도 가까이 온다*

바로 그 노래였다. 201호 원룸 사내가 하루도 거르지 않고 술에 취

* 엄기엽 진형욱 에스 진(S. Jin) 작사, 엄기엽 작곡, 조항조 노래 〈사랑 찾아 인생 찾아〉 부분.

해 신음처럼 부르던 노래. 음치인 데다 혀까지 꼬부라져 재채기가 나오려고 할 때처럼 사람을 감질나게 해놓고 좀처럼 정체를 알려주지 않던 노래. 한 사나흘 들려오지 않아 일과 가운데 뭔가를 빼먹은 듯 허전하더니 서울의 낯선 모텔에서 그는 노래와 마주쳤던 것이다.

　　…… 우리 인생 살다 보면
　　힘든 날도 수없이 찾아오지만
　　사랑 하나 그 사랑 하나
　　찾으려고 몸부림치네

　옆방 사내와 얼마 전 박타동은 원룸 앞 순대국밥집에서 국밥 한 그릇과 소주를 나눈 적이 있다. '낙원'에 연습하러 가기 전에 아점이나 먹을까 하고 식당을 찾아갔을 때 이미 술이 거나해진 사내는 술잔을 앞에 두고 기도하듯 앉아 있었다. 같은 원룸에 살면서 오다가다 얼굴을 마주치는 처지에 야박하게 외면하기도 어려워 맞은편에 주저앉자 사내가 잘 만났다며 술을 권했다. 아이고, 우리 영화 만드는 선생님, 그렇게 반색하면서. 박타동이 처음 그를 만났을 때 시나리오를 쓴다고 소개했었는데 용케도 그것을 기억하고 있었다. 라면만 줄창 먹어서야 어디 사람이 버티겠냐고, 그런 계면쩍은 인사를 건네며 박타동은 순대국밥 하나를 더 주문했다. 끼니때만 되면 201호에서 풍기던 라면 냄새에 먹지도 않은 박타동이 지레 물려버린 터였다. 주문한 순대국밥이 나오자 한입 뜬 사내가 가족은 없냐고 묻더니 아내와 아들이 있다는 대답에 자기는 아무것도 없다며 묻지 않은 말을 주워섬겼다. 경기도 어디 낯선 도시에 누이가 살고 있지만 연락이 끊긴 지 오래됐다고 그는 쓰게 웃었다. 실상 그의 느닷없는 신세타령보다는 매일 저녁 부르는 노래가 무엇인지 박타동은 듣고 싶었지만 궁금증을 눌렀다. 그의 어눌한 노래를 듣다 어느 날 스스로 알아내겠다는 오기가 어느 구석엔가 도사리고 있었다. 그 노래를 알아내는 순간 마법이 풀리듯 막혔던 뭔가가 술술 풀릴 거라는 기대를 그는 하고 있었다. 본인에게 적용된 기소 중지라든가 기울어가는 '낙원' 문제가 어쩐지 스르륵 해결돼버릴 것 같은 기분. 또 이런 것도 있잖은가, 복권 같은 게 당첨될지 모른다는 허무맹랑한 느낌. 그게 꽝일 때는 아니면 말고 해버리면 그만인. 박타동은 얼큰해진 사내의 취기로부터 어서 벗어날 생각에 열심히 순대국밥을 퍼먹었다. 박타동보다 두 살 아래지만 십 년 연상이래도 믿어질 만큼 사내는 쭈그러진 얼굴에 오그라든 몸피였고, 입술은 술에 절어 오디 먹은 사람처럼 푸르죽죽했다. 노가다에 다니는데 최근에는 불러주는 사람도 없다며 또다시 그는 푸념을 늘어놓았다. 이렇게 허구한 날 술에 절어 있으면 누가 불러주랴 하면서도 문득 뜨거운 것이 울컥거려 박타동은 묵묵히 숟가락만 놀렸다. 이 나이 되도록 결혼도 못했다며 옛날 어떤 여자에 대해 한참 늘어놓던 사내는 이렇게 살면 뭐하냐고 다시 한 번 자조적으로 내뱉었다. 그때쯤 순대국밥 한 그릇을 비운 박타동은 물로 입을 헹구고 사내가 먹은 것까지 계산을 마쳤다. 식당에서 나와 공원을 끼고 걷다가 막 원룸 계단을 올라서는데 언제 따라왔는지 사내가 극구 소매를 끌었다.

그의 원룸은 박타동의 방과 비슷한 구조였지만 빈 소주병을 방 가장자리에 삼 열로 둘러 세운 모습이 인상적이었다. 그리고 가스버너와 그 위의 냄비며 작은 소반, 사과 궤짝이 하나, 윗목에 덜렁 놓여 있는 텔레비전과 비키니 옷장. 그것은 대책 없이 무너져 내리는 삶의 현장이었고, 아차 하는 순간의 자신이었을 모습이기도 해서 된통 부딪친 것처럼 가슴이 뻐근해졌다. 그런데 어쩌자고 그 모습이 장렬하게 보였던 것일까. 마치 절망의 극단까지 내려가 그 뿌리와 대면하고야 말겠다는 엄중한 자세 같은 것. 목숨을 내놓고 정진하는 어떤 구도의 현장에 서 있는 듯한 착각. 희망이랄지 위로 같은 느낌을 전해야 하는데도 어느 지층에서 올라오는지 모를 그 집요한 절망에 압도돼 박타동은 입을 벌려 말 따위를 건넬 수 없었다. 사내는 냉장고를 열어 소주를 꺼내 맥주잔에 따랐다. 박타동은 사내의 호의를 한입에 꿀꺽 삼키고 일이 있다며 도망치듯 빠져나왔다. 그 뒤로 사나흘 노래를 듣지 못한 채 그는 서울로 향했던 것이다.

　……우리 인생 살다 보면
　힘든 날도 수없이 찾아오지만
　오늘보다 더 멋진 인생
　찾기 위해 몸부림치네

　박타동은 옷에 묻은 토사물을 씻어내면서 밖에서 들려오는 노래를 따라 불렀다. 그는 내려가는 대로 옆방 사내에게 '낙원'의 합주를 들려주자고 결심했다. 재미있을 거라고 꼬드겨보지 뭐. 옆방 사내의 노래는 자기 연민이면서 아직은 포기할 수 없는 무언가에 대한 열망이자 발악이기도 했다. 그 열망이 남아 있는 한 그의 절망도 끝난 게 아닌지

모른다. 집요한 절망의 배면에는 그만한 크기의 희망과 패배에 대한
아쉬움이 응결되어 있다. 가장 깊은 곳에 가닿는 절망이야말로 비장한
용기 아닌가. 노래가 끝났을 때 박타동은 중얼거렸다.

"나는 황달이다!"

고속터미널 근처 복자식당에서 박타동은 대파를 숭숭 썰어 넣은 얼
큰한 소내장탕 국물로 쓰린 속을 달랬다. 식당에서 나와 버스를 타고
평화동으로 넘어가는데 찝찔하게 코끝에 닿는 냄새가 느껴졌다. 그 냄
새의 진원지가 입에 남은 소내장탕의 뒷맛인지 다 씻기지 않은 점퍼의
토사물인지 분간하기 어려웠다. 꽃밭정이 네거리에서 버스를 내려 열
기로 달아오른 길을 그는 천천히 걸었다. 목덜미에 흘러내린 땀 때문
에 꿉꿉해진 옷깃과 몸에 엉겨붙는 속옷에 신경이 쓰였다. 점퍼를 벗
어 어깨에 걸친 그는 그늘이 드리워진 곳을 골라 바쁠 것 없이 걸었다.

'낙원'에 같이 놀러가자고 불을 질러볼 생각에 원룸 복도에 들어서
던 길로 201호 방문을 두드렸다. 안에서 아무런 소리도 나지 않아 한
번 더 문을 두드렸으나 여전히 기척이 들리지 않는다. 외출했나 싶어
곧 포기하고 203호실 자기 방으로 들어왔다. 형광등이 켜지자 옷을 홀
홀 벗어 던지며 변기 하나에 달랑 샤워기만 부착된 화장실로 들어갔다.
샤워기 꼭지에서 쏟아지는 찬물을 우선 몸에 조금씩 문지른 후 머리에
서부터 뒤집어썼다. 대충 땀이 씻겨나가자 치약을 듬뿍 발라 칫솔질을
하고 수건을 찾아 몸을 훔쳤다. 그는 점퍼의 호주머니를 뒤져 담배며
라이터 등속을 꺼낸 후 대야에 물을 받아 그것을 담갔다.

이불도 깔지 않고 베개만 벤 채 바닥에 누웠다. 휴대전화를 손으로

당겨 타이머를 '낙원'에 나갈 시간에 맞춰놓고 눈을 감는다. 바깥 기온은 높은 편이지만 찬물 샤워를 한 탓인지 실내엔 서늘한 기운이 감도는 것 같다. 며칠 전 서부시장에서 사다 깐 대나무 돗자리 때문인가 했는데 여름옷 차림으로 코스모스 핀 길을 걸을 때처럼 선득한 소름이 팔뚝을 스쳐간다. 께름칙한 기분을 덜어내기 위해 공연 순서에 맞춰 연습한 것을 녹음해둔 파일로 들어간다. 휴대전화로 합주한 내용을 녹음하면 중저음이 잘 들리지 않아 연주의 수준과 현장감을 가늠하기 어렵다. 베이스기타와 베이스드럼 소리가 제대로 들리지 않으니 소리는 항상 새된 소리처럼 허공을 떠다닌다. 그래도 어느 곳에 문제가 생기는지 연주의 대강을 파악하는 데는 도움이 되는 편이라 틈날 때면 녹음 파일을 열어 연습곡을 듣곤 한다. 이건 뭐 형편없군.

피아니스트 임현정이 바르셀로나 심포니와 협연한 라흐마니노프 피아노 협주곡 2번을 동영상에서 찾아 감상하라던 사람이 리콰자인가, 라피노인가. 무아지경을 넘어 오르가즘에 빠져들던 연주자의 이른 바 '삘'을 구성원 모두가 율도에서 구현해야 한다고 말한 사람. 아마도 리콰자였던 것 같다. 박타동은 녹음 파일에서 빠져나와 유튜브를 열고 임현정을 키워드로 그녀가 바르셀로나 심포니와 협연한 곡을 찾아낸다. 몇 가지 정보를 설명하는 자막에 이어 검은 드레스를 입은 임현정이 지휘자를 대동하고 씩씩하게 입장한다. 늠름하고 멋지다.

가만 있자, 양치를 하고 옷까지 물에 담갔는데 웬 젓갈 냄새. 어디선가 피어올라 코끝에서 스멀거리는 냄새에 그는 201호 사내가 젓갈이라도 사온 모양이라고 넘겨짚으며 까무룩 잠에 떨어졌다. 라면보다야 젓갈에 밥이 낫지. 암 낫구말구…… 어제 과음을 한 데다 새벽잠을 설치고 졸음 때문에 정신마저 혼미해져 그는 노크 소리에도 201호 사내가 잠잠했던 걸 잊은 채 점점 잠 깊은 곳으로 잠수해갔다. 라흐마니노프의 피아노 협주곡이 장중하면서도 폭풍처럼 휘몰아치던 1악장에서 서정성이 탁월한 2악장으로 넘어간 것도 그의 몽환상태를 부추겼을지 모른다. 그러다 피아노 협주곡의 연주가 어느 순간 뚝 끊어지는 것을 그는 어렴풋이 깨달았던 것 같다. 만일 지금 꿈을 꾸는 거라면 라흐마니노프 대신 휴대전화에서 들려오는 진동음 또한 꿈속의 일이어야 했다. 한 번, 두 번, 세 번…… 손을 뻗어 여섯 번째 만에 전화를 집었고, 여덟 번째 만에 전화를 받았다. 원룸 주인 여자였다. 201호가 며칠째 전화를 받지 않아 그러는데 같이 좀 들어가 보자는 게 요지였다. 잠이 확 달아나 그는 자리를 차고 일어났다. 물에 빠졌다 나온 사람처럼 몸이 식은땀으로 축축했다. 소름도 여전했고.

"죄송해요. 제가 사정이 있어서…… 파출소에 연락하세요. 빨리요."

그의 말은 거의 고함에 가까웠다. 알았다며 원룸 주인이 전화를 끊었을 때 그의 감각기관 중 가장 먼저 움직인 쪽은 후각이었다. 젓갈 냄새. 그는 부랴부랴 옷을 찾아 입고 드럼 스틱이며 우선 필요한 악보들을 륙색에 챙겨 넣었다. 륙색을 어깨에 메고 신분이 드러날 만한 물건이 혹시 떨어져 있지 않은지 방을 훑었다. 처음 전주에 내려올 때 메고 온 배낭을 찾아 방 안의 옷가지며 자잘한 물건을 아무렇게나 욱여넣었다. 다시 방을 한 바퀴 둘러본 그는 배낭과 륙색을 들고 조용히 빠져나와 원룸 맞은편 공원으로 들어갔다. 소나무가 있는 공원의 나지막한 언덕에 배낭과 륙색을 내려놓고 담배를 피웠다.

담배 두 대가 타 없어졌을 무렵 원룸 건물 앞에 도착한 순찰차에서 경찰이 나와 안으로 들어갔다. 그중 하나가 한참 만에 되나와 순찰차의 송신 마이크에 대고 뭐라고 보고하는 모습이 보였다. 박타동은 다시 담배에 불을 붙이며 배베이스에게 전화를 걸어 아무래도 방을 빼야 할 것 같다고 일렀다. 대충 진행된 상황을 설명한 후 결과를 봐서 다시 연락할 테니 여차하면 부동산 계약서를 쓴 네가 마무리를 지으라고 주문했다. 배베이스는 자신도 나가볼 테니 상황이 분명해지는 대로 다른 데 기웃거리지 말고 '낙원'에 나오라고 지시했다. 전화를 끊는데 박타동의 손가락에서 담뱃재가 꺾였다.

원룸 앞에 이번에는 빨간색과 녹색으로 치장된 소방 구급차가 나타났다. 안에서 나온 주황색 차림의 구급대원이 차의 뒤쪽 문을 열고 구급 침대를 꺼내 원룸 건물로 들어갔다. 박타동은 무의식적으로 담뱃갑에 손가락을 넣었으나 만져지는 게 없었다. 빈 담뱃갑을 내려다보는데 손이 오한 난 사람처럼 떨고 있었다. 그는 담뱃갑을 와락 구기며 자신이 피우다 만 꽁초를 주워 불을 붙였다. 꽁초 다섯 개를 필터 밑동까지 모조리 태우고 나자 구급대원들이 구급 침대를 끌고 밀며 밖으로 나왔다. 침대 위에 씌워진 하얀 천 안에 뭔가 불룩한 것이 놓여 있음을 단박에 알 수 있었다. 이윽고 구급 침대를 구급차에 밀어 넣은 후 침대가 움직이지 않게 단속하는 눈치더니 사이렌을 울리며 차는 현장에서 떠났다. 어느새 아파트 단지며 인근에서 몰려나온 사람들이 삼삼오오 둘러서서 불안한 손짓들을 해가며 이야기를 나누고 있었다.

경찰이 건물에서 나오고 그들을 따라 나오는 원룸 주인 여자의 안으로 말려든 모습이 보였다. 경찰은 차 옆에 서서 원룸 여기저기를 손가락으로 가리키며 주인 여자에게 뭔가 묻는 시늉이었다. 어쩐지 사태가 이렇게 될 것 같아 경찰과 마주치지 않으려고 꽁지 빠지게 도망친 것인데 며칠 전 손목을 붙잡혀 201호에 들어섰을 때보다 더한 통증이 가슴을 두드렸다. 그는 소나무 아래에 쭈그려 앉아 낯선 모텔에서처럼 소내장탕을 게웠다. 토악질을 할 때 눈꼬리에 매달린 물방울이 고개를 들자 시야를 가려 세상이 흐릿했다. 입으로 뱉어낸 것들을 솔가리로 덮은 뒤 배낭과 륙색을 들고 뒤를 흘끔거리며 그는 원룸 반대편으로 걸어갔다.

"개애새끼들!"

누구를 향한 것인지 알 수 없는 욕이 입에서 나왔다. 그것은 이길 수 없는 세상에 대한 저항 같은 것이었다.

율도

서울에 갔던 박타동이 무사히 돌아온 주말에 수요 밴드는 '낙원'에 사람들을 모아 앉히고 율도에서 공연하기로 한 순서대로 그간 연습한 곡을 연주했다. 연습 때마다 빠지지 않고 참석한 니키타의 어머니와 공연 관계로 니키타가 율도에 가 있는 동안 어머니를 모시기로 한 그의 누나가 휴가에 맞춰 남편과 같이 나타났다. 리콰자는 처남에게 참석할 것을 권했다가, 너나 가라 개새끼야, 그렇게 시작되는 욕을 바가지로 얻어 들은 후 겨우 고등학생 아들을 데려왔다. 라피노는 대학생 딸과 함께 왔고, 여간한 일로는 얼굴을 비치지 않던 배베이스의 아내도 모처럼 모습을 드러냈다. 연예인협회 도지부장이 공무원 시험을 준비한다는 아들과 함께 참석했으며, 김기타는 연주를 감상하다 수요 밴드의 요청에 리듬 기타를 치기도 했다.

그러나 김미선과 박타동만은 가족이나 친지 가운데 아무도 참석하지 않았다. 자신의 행적을 누구에게도 알리지 않겠다며 김미선은 말도 꺼내지 못하게 장막을 쳤고, 전날 귀대해버려 데려오지 못한 DMZ의 아들에게 박타동은 연습 동영상을 전송하는 것으로 아쉬움을 대신했다. 서울에 다녀온 박타동은 얼굴이 조금 어두워진 것 같았지만 드럼소리가 깊어졌다고 사람들은 다 같이 좋아했다. 그간 머물던 원룸을 찾아가 배베이스가 보증금과 짐을 빼온 후 그는 리콰자의 원룸에 얹혀 지내고 있었다. 율도 공연부터 다녀온 후 숙소를 구하든지 할 계획이었다.

수요 밴드가 무대 위에서 연습곡들을 연주할 때 니키타의 누나 이익영은 어머니가 탄 휠체어를 앞뒤로 밀고 끌면서 춤을 추었다. 수요밴드의 연주가 끝나고도 흥이 가시지 않자 리콰자의 아들이 통기타를 치며 예의 황소개구리 같은 목소리로 자작한 노래를 불렀다. 라피노를 대신해 그 딸은 나머지 수요 밴드 식구들과 잼 연주를 하며 신명을 냈는데 무대 위에서 흥에 겨워 지르던 니키타의 고함이 기타 소리를 능가했다며 김미선은 깔깔거렸다.

니키타의 매형이 좋은 음악 들은 값으로 밥을 산다고 하여 적은 수가 아닌데도 삼겹살을 먹던 식당으로 몰려갔다. 죽이 나오자 니키타의 어머니가 라피노를 찾는 바람에 딸을 제쳐놓고 그녀가 식사 수발을 들었다. 죽을 떠먹이고 받아먹는 두 사람의 모습이 어찌나 살갑고 다정한지 이익영이 둘의 관계를 조심스레 물었을 정도였다. 누님이 생각하는 그런 일은 없다며 배베이스가 손사래를 치자 이익영은 실망하는 기색을 드러냈지만 남들 눈에 띄지 않는 곳에서 라피노의 딸은 조용히 안도의 숨을 쉬었다.

"오늘 보니까 근사하더라, 늬들."

앞에 놓인 잔에 술이 채워지자 니키타의 누나 이익영이 배베이스와 니키타를 보며 호탕하게 말했다. 누구 대꾸하는 사람이 없자 그녀가 다시 나섰다.

"밥만 먹을 수 있으면 떵까떵까 그런 한량이 없는데……. 나중에 말야, 나 죽으면 와서 근사하게 한 곡 때려주라. 내가 좋아하는 곡으로 다."

"왜 이런 자리에서 죽는 얘길 하고 그러우?"

배베이스였다.

"또 아냐? 그 소리에 관뚜껑 열고 나올지. 죽은 사람 살려내는 게 음악 아냐? 우리 엄니를 봐라."

이익영은 라피노 옆에서 음식을 우물거리는 어머니 쪽을 턱으로 가리켰다. 아닌 게 아니라 수요 밴드가 레드 제플린을 연주할 때 니키타의 어머니는 귀신같이 알아듣고 박수를 치다가 몸을 흔드는 반응을 보이기도 했었다. '낙원'에 나오기 시작한 이래 자꾸 이런저런 일을 벌여 니키타를 귀찮게 하던 어머니는 조금씩 활기를 찾기 시작해 어떤 날은 직접 밥을 안쳤다고 했다. 작년 하반기부터 급격히 총기가 나빠져 니키타 남매는 내심 준비를 하는 중이었는데 그 속도가 현저히 둔화됐다고 누나는 니키타를 대견해했다. 병원 의사도 연구 가치 운운할 만큼 어머니는 눈에 띄게 호전되고 있었다. 섬에 들어가 공연하기로 한 일을 니키타는 어머니에게 함구했다.

"그래서 누님이 듣고 싶은 곡은 뭔데?"

"하도 많아서…… 걍 늬들 꺼 해. 아까 했던 〈철수야 놀자〉가 심각하지 않아서 난 좋더라. 철수란 이름 빼고 익영아 놀자로 해줘."

〈철수야 놀자〉는 리콰자가 최근에 완성해 일주일 정도 연습한 곡이었다. 가사 자체가 열심히 놀자는 내용이어서 템포도 빨랐고 어깨를 들썩이며 따라 부르기도 좋았다. 고기가 익기 시작하자 사람들의 손놀림이 바빠졌다. 대부분 초면인데도 식당에 모인 사람들은 허물없이 잔을 건네며 '낙원'에서 들은 연주 이야기로 꽃을 피웠다. 그러나 수요 밴드의 멤버와 김기타를 포함해 연예인협회 지부장에 이르기까지 음악 언저리에서 놀아본 사람들은 연주에 관한 평을 일절 하지 않았다. 수요 밴드 멤버가 승선할 율도행 여객선 티켓이 지부장의 손에서 배베이스에게 건네질 때부터 이미 공연은 시작된 거나 다름없었다. 연주에 관해 이러쿵저러쿵하기보다 이제는 그간 해온 것들을 실수 없이 꺼내놓는 일이 중요했다. 빅게임을 앞둔 선수처럼 수요 밴드 멤버들은 벌써 시끄러워지기 시작하는 사람들의 술렁거림과 휘파람 소리를 듣고 있었다.

"우리 거국적으로 건배나 한번 하십시다!"

술들이 거나해질 무렵 리콰자가 잔을 들고 일어섰다. 술을 마시는 사람은 소주를 채우고 음주가 어려운 사람은 음료수를 채웠다. 리콰자가 선창했다.

"율도 바다를 위하여!"

뜻이야 있고 없고 간에 사람들은 잔을 부딪치며 일제히 소리쳤다.

"위하여!"

지난번 정읍 워터파크에 갈 때처럼 배베이스의 스타렉스에 기본 장비를 싣고 그 차에 박타동이 동승했다. 일이 생긴 니키타가 여객선 터미널까지는 따로 움직이겠다 하여 리콰자는 라피노와 김미선만 태우고 스타렉스를 따라갔다. 김제를 거쳐 부안으로 향하는 국도변 들판 위로 햇빛은 난폭하게 쏟아졌고, 복사열 때문에 아스팔트 앞쪽에는 자주 아지랑이 같은 게 어른거렸다. 원래 이런 피서 철에는 부안으로 나가는 차량으로 도로가 가득 채워지는 게 정상이지만 몇 년 전 새만금 물막이 공사가 끝난 뒤로 도로를 점령한 행락 차량은 쓸어낸 듯 사라지고 말았다. 바다로부터 자갈이 밀려와 변산 해수욕장의 개장 자체가 불가능해졌기 때문이다.

발 디딜 틈 없이 피서객이 몰려들던 시절에는 공연도 많았다. 이름 높은 가수들도 대거 참석하는 콘서트가 매년 열렸고, 내려온 김에 가수들은 성업 중인 나이트클럽에 출연해 만선하듯 돈을 긁어갔다. 배베이스나 니키타 같은 축도 한철 장사가 쏠쏠했으며 그에 따른 이야깃거리도 많았다. 유명 가수의 반주를 해준 일이야 헤아릴 수도 없을 지경이고 인기 가수가 된 누구에게 한때 노래를 가르친 일에 이르기까지 니키타 같은 사람에게야 발에 차이는 게 그 시절 사연이었다. 하지만 바다는 썩었고 사람은 끊어졌으며, 가수가 내려와도 노래 부를 곳은 더 이상 존재하지 않았다. 유흥업소와 숙박 시설뿐 아니라 인근 어촌 마을까지 건물이란 건물은 영화에서나 보던 핵전쟁 뒤의 폐허처럼 반쯤 부서지고 무너진 채 바닷바람에 삭아갔다. 새만금 방조제 바깥이라 율도 해수욕장만은 그나마 토사와 갯벌의 침공을 면해 고운 모래를 간직하고 있었다. 그곳을 변산 해수욕장 대신 새로운 명물로 만들겠다고 지자체와 지역 연예인협회가 머리를 맞댄 것이 이번 프로젝트의 시작이었다.

어차피 배베이스는 장비 때문에 스타렉스를 배에 실어야 하므로 여객선터미널 선착장까지 차를 끌고 들어갔지만 리콰자는 인근 도로변에 차를 주차했다. 본래 한곳에 죽칠 성정들이 못 되는 치들이라 니키타를 기다리는 동안 일행은 가까운 술집을 찾아 술판부터 벌였다. 술이 몇 잔 돌도록 니키타로부터 연락이 없자 사람들 성화에 배베이스가 전화기를 귀에 대고 있더니 받지 않는다고 툴툴거렸다.

"이 시키 무슨 사고 친 건 아니겠지? 징역을 간다든지……."

"어허, 불길하게."

박타동이 눈을 부라리며 배베이스를 나무랐다.

"재밌자고 한 소린데…… 쏘리."

"근데 촌스럽게 징역이 뭐야, 징역이. 교도소지."

라퓌노였다. 리콰자가 나섰다.

"아냐. 징역이 전문용어야. 갔다 온 사람들은 징역이라고 하지 교도소라고 안 해. 그런 차원에서 본다면 배베이스는……. 크아, 이런 걸보고 연역추리라고 하는 거야. 근데 무엇으로 갔다 왔어?"

"뭐긴 뭐야, 책이겠지. 가만 있자, 책 읽어서 갔으면 사상범이네?"

이번에도 라퓌노였다. 배베이스가 괜히 리콰자를 가리키며 볼멘소리를 했다.

"리콰자 당신도 갔다 왔잖아. 니키타도 공무집행방해로 잠깐 있었고."

"공무집행방해라. 니키타가 대한민국의 공무를 방해했단 말이지?"

리콰자는 뭔가 감동 받은 표정이기까지 했다.

"옛날에 학생들 데모 많이 할 때 낙원상가로 기타줄 사러 갔는데…… 그땐 서울 어디 나이트에 있었거든. 근데 거 뭐냐 청카바에 헬멧 쓴 놈들, 해골단인가? 아, 맞다, 백골단. 그 백골단이 여학생 머리끄덩이 잡고서 끌고 가는 걸 니키타가 이단옆차기로 질러버렸어. 그 학교 총학생회에서 나중에는 감사패까지 줬다구. 그게 니키타가 유일하게 받은 상이야."

"역시 우리 이등 오빠."

먼 데 보는 시선으로 김미선이 중얼거렸다. 라피노가 다시 우스갯소리를 던졌다.

"가만있어봐. 그러니까 우리 팀엔 별이 셋이네?"

김미선이 고개를 저었다.

"넷이야. 그런 눈으로 보지 마. 간통이나 뭐 그런 거 아니니까. 진상부린 새낄 내 손으로 까버렸어. 책이나 음주 운전보단 낫잖아. 징역에선 폭력이 대장이구 나머진 다 도둑놈이라고 깔봐."

"빵잽이 맞네. 그런 세부적인 정보는 꽈자가 아니면 잘 모르거든. 역시 김미선은 우릴 배신하지 않지."

리꽈자가 별걸 다 칭찬하고 나섰다. 배베이스가 한술 더 떴다.

"앞으로 꽈자 아닌 놈은 연주에 끼워주지 말자. 인생을 모르잖아."

그때 배베이스 앞으로 니키타의 전화가 걸려왔다. 소리가 잘 들리지 않는지 그가 밖에 나가서 전화를 받고 왔다.

"이 시키 이제 출발한다고 먼저 가란다. 다음 배로 들어온다구. 시간됐는데 움직일까?"

박타동이 술잔을 탁 내려놓았다.

"가긴 어딜 가. 우린 팀인데! 밥 안 먹어도 배부르다고 말한 사람이 누구야?"

잠깐 침묵이 이어졌다. 배베이스가 연예인협회 도지부장이 건넨 티켓을 손에 들고 흔들더니 북북 찢었다. 잘게 찢긴 티켓이 휴지통으로 들어가기도 전에 그들은 찧고 까불며 다시 술잔을 돌리고 철부지들처럼 낄낄거렸다. 흥도 흥이지만 혈관을 조여오는 긴장을 덜기 위해서라도 과장된 웃음과 술이 필요했다. 그러나 초장에 몇 잔 비운 후 아까부터 리콰자는 술을 삼가는 대신 안주만 부지런히 주워 날랐다. 사람들이 이유를 묻자 목을 아껴야 한다고 근엄한 척 소리를 내리깔았다. 그 바람에 자기는 목과 몸을 다 아껴야 한다며 김미선까지 덩달아 술잔을 물렸다.

여객선이 출발하기 십오 분 전에야 니키타는 액세서리가 든 하드케이스와 기타를 들고 나타났다. 조심조심 기타를 메고 아파트를 나서는데 어머니가 따라가겠다고 떼를 쓰는 바람에 시간이 지체됐다며 그는 애교스럽게 헤헤거렸다. 배베이스가 주민등록증을 걸어 다시 티켓을 구매한 후 간신히 네 시 오 분 여객선에 승선했다. 처음부터 객실은 거들떠보지도 않고 갑판 난간에 기대서서 그들은 실눈을 뜬 채 프로펠러가 일으키는 포말을 바라보았다. 내항을 돌아 방파제 사이를 빠져나간 여객선이 본격적으로 속도를 냈다. 배가 육지에서 멀어짐에 따라 항구에 게딱지처럼 붙은 건물이 홈집처럼 작아지다가 어느 순간 산자락만 보이더니 두고 온 세계가 꼴까닥 잠겨버렸다.

바다를 가르고 섬에 도착한 일행은 배베이스의 스타렉스 뒷자리에 짐짝과 함께 실려 숙소로 향했다. 배정된 펜션에 삼박을 할 동안 먹고 마실 것들과 장비를 풀었다. 방 세 칸에 거실 하나가 딸린 큼지막한 펜션이었다. 짐을 풀고 땀이 식자 낚시광인 배베이스는 박타동과 낚시장구를 챙겨 부랴부랴 밖으로 나섰다. 그 모습을 본 김미선이 바닷가에 가자고 해서 남은 사람도 가벼운 차림으로 펜션을 빠져나왔다. 펜션 앞을 가로지르는 도로는 방파제를 겸한 축대 위에 조성되어 있었지만 물이 빠져 도로 밖은 시커먼 갯벌만 드러나 있었다.

일행은 도로를 걸어 야트막한 언덕으로 뚫린 소로로 접어들었다. 구부러진 길을 몇 번 돌아 야트막한 산에 올라가자 해송이 늘어선 언덕이 펼쳐지고, 그 바깥쪽에 해수욕장과 바다가 있었다. 비교적 아담한 편이지만 육지의 해수욕장이 만신창이가 된 탓인지 해수욕을 즐기는 사람은 예상보다 많아 보였다. 텐트를 치도록 허용한 해수욕장 왼편에 열을 지어 늘어선 각양각색의 텐트가 화보 속 풍경을 닮은 듯해 어쩐지 그들은 동남아 휴양지에 여행이라도 나온 기분이었다. 해송이 섬 안쪽으로 둥그렇게 물러나 원형 경기장을 둘러싸고 있는 듯한 자리에 가설무대를 설치하기 위해 인부들이 비계를 세우는 중이었다. 언덕이 시작되는 지점이라 백사장보다 지대도 높아 무대를 설치하기 알맞은 자리였다. 김미선은 바다가 나타나자 겉옷을 벗어 니키타에게 던져놓고 언제 갈아입었는지 수영복 차림으로 바다에 뛰어들었다. 니키타와 리콰자나 라피노는 해송 아래에 주저앉아 수영복 차림의 사람들과 여름 햇빛 아래 넘실거리는 바다를 한가롭게 바라보았다. 라피노가 중얼거렸다.

"졸라 행복하다. 늬들한테 감염됐어. 겁이 없어지니까 세상이 작아지면서 내가 커졌어. 암 같은 거 이제 올 테면 오라 그래."

그녀의 말이 끝나기를 기다려 리콰자도 입을 열었다.

"여긴 율도야. 씨파, 홍길동의 나라."

니키타도 말했다.

"대학 나왔다고 어려운 말만 허고 지랄여. 잡소리 치우고 걍 다 죽여버리게, 씨발것."

그날 밤 배베이스와 박타동이 건져 온 것들로 매운탕을 끓여 펜션 거실에서 술판을 벌였다. 배베이스는 십대 강령 때문에 과거의 잘나가던 시절 이야기는 못 하고 대신 낚시에 관해 주절주절 늘어놓았다. 그와 낚시를 하러 간 지 불과 몇 시간 만에 박타동은 붉게 그을린 얼굴로 돌아왔는데 그 때문인지 두텁던 그림자를 뭔가로 지워낸 듯 사람이 무표정해 보였다.

밤이 깊어 술자리가 무르익을 무렵 도지부장이 발렌타인 25년산을 들고 와 때아닌 호사를 누렸다. 그러나 막걸리 한 병을 비운 라피노는 일찌감치 방 하나를 차지하고 잠자리에 들었으며, 며칠 전부터 술을 자제해오던 리콰자도 발렌타인 두어 잔으로 고사를 지내더니 동틀 무렵이 되어서야 방으로 들어갔다. 리콰자가 사라지자 남은 사람들은 신이 나서 소싯적 이야기에 열을 올리다 앉은 자리에서 하나씩 고꾸라졌다. 그 와중에도 니키타와 김미선만은 소주 두 병을 더 깐 후에야 곯아떨어졌다.

이튿날 음향 장비가 설치되었으니 소리를 점검하라는 연락이 와 일행은 점심나절을 넘겨 라면에 밥을 말아 먹고 공연장으로 향했다. 아닌 게 아니라 가설무대는 설치가 끝난 상태였고, 무대 앞에는 음향 장비까지 바다를 향해 위풍당당하게 서 있었다. 일행이 도착했을 때 당일 공연이 예정돼 있는 가수들은 차례로 무대에 올라 노래를 부르며 음향을 체크하는 중이었다. 음반 한두 장씩을 내고 호남과 충청도 인근에서 활동하는 가수들과 대학가요제 출신으로 이름만 대면 알 만한 가수도 순서를 기다리고 있었다.

수요 밴드의 차례가 될 때까지 술이 깨지 않아 니키타는 무대 뒤 소나무 아래에 아무렇게나 쓰러져 잠을 잤다. 간신히 그를 깨워 무대에 세우긴 했지만 제대로 서지를 못해 니키타는 계속 몸을 건들거렸다. 그래도 배베이스가 액세서리를 대신 세팅해주고 기타를 어깨에 걸어주자 기본 가락이 있어 어영부영 소리를 냈다. 멤버들은 이 곡 저 곡 조금씩 돌려보며 음향 담당 엔지니어에게 그때그때 의견을 전했다. 특히 내장산 워터파크에서와 같은 우를 범하지 않기 위해 모니터 스피커에 신경을 썼다. 리콰자는 바닷물이 있는 곳까지 직접 내려가 밖으로 나가는 사운드와 모니터 스피커의 소리를 비교하기도 했다. 니키타 때문에 도저히 꼼꼼하게 소리를 점검할 수 없어 그쯤에서 리허설을 마친 사람들은 아직도 인사불성인 니키타를 먼저 숙소로 돌려보냈다. 십대 강령에 입각해 김미선과 라피노가 음향 담당자에게 시원한 수박을 건넨 후 배베이스와 리콰자가 그를 구워삶았다.

숙소에 돌아와 다시 곯아떨어진 니키타는 해가 떨어질 무렵에야 나타나 식사 준비에 여념 없는 사람들에게 뭐 얼큰한 거 없냐고 뻔뻔스럽게 물었다. 된장찌개를 끓여 사람들은 밥을 먹고 니키타만 김미선이 끓여준 라면으로 저녁을 대신했다. 그들이 설거지를 끝내고 막대 커피를 타 한가롭게 마시기 시작했을 때 쿵작거리는 소리가 언덕 너머에서 들려왔다. 첫날 공연이 시작될 시간이었다.

"커피 다 마셨으면 우리도 움직입시다."

배베이스의 말에 사람들이 각자 손 악기를 챙겼다. 솔로 가수들이 공연하게 돼 있는데 수요 밴드는 중간에 게스트로 두어 곡 연주할 예정이었다. 샤워를 한 후 뒤따라가겠다는 니키타를 남겨둔 채 바삐 걸어 해변에 도착했을 때 이미 전반부 공연은 시작되어 있었다. 조명이 다채롭게 무대를 핥는 와중에 광주에서 왔다는 여가수가 데모 테이프 반주에 맞춰 현란한 춤사위와 노래를 선보이고 있었다. 해수욕장에 온 피서객들은 백사장에 돗자리를 깔고 수박을 쪼개 먹거나 맥주를 마시며 편안하게 공연을 감상했다. 수요 밴드 일행은 무대 뒤편 의자에 앉아 니키타가 나타나기를 기다렸다.

"저거 봐라, 저거. 쓰레빠에 빨간 반바지."

배베이스가 가리키는 쪽에서 과연 설명한 차림 그대로 니키타가 걸어왔다.

"지가 무슨 앵거스 영도 아니고……."

니키타는 하룻밤 새에 볼이 꺼지고 눈도 북유럽 사람들처럼 말려 들어간 몰골이었다. 리콰자가 그에게 다가가 주의를 주었다.

"어이 니키타, 술은 연주에 지장 없게 마셔. 강령 잊었어?"

"오, 오늘은 안 마셔. 줘도 못 먹어."

그러는 사이 광주에서 온 가수의 노래가 끝나고 사회자가 수요 밴드를 소개했다. 일행은 무대 뒤편 계단을 통해 차례로 올라가 자리를 잡고 섰다. 그들이 하기로 한 곡은 니키타가 새롭게 편곡해 온 〈해변으로 가요〉와 피서지의 분위기를 고려해 선곡한 조용필의 〈여행을 떠나요〉였다. 맛보기 공연인 셈이어서 창작곡과 외국곡을 제외했는데 그런대로 괜찮은 선택이었다. 연주 자체가 특별하진 않았지만 귀에 익은 곡이라 그런지 사람들의 반응도 나쁘지 않았다. 연주가 끝났을 때 앙코르를 외치는 소리가 듬성듬성 들리기도 했다. 리콰자는 내일 저녁 다시 찾겠다며 이튿날의 공연을 설명하는 것으로 정중하게 앙코르 요청을 물리쳤다.

"연주자는 들어주는 사람이 있는 한 죽겠다는 각오로 소리를 내야 해. 사이렌의 노래 따윈 개나 물어가라 그래. 우린 사람의 마음을 움직이고, 결국엔 사람을 움직이게 해야 돼. 그런 연주, 쓸모 있는 소리를 만들자구. 우주를 움직이는 소리. 내일도 오늘처럼 하면 안 돼."

펜션으로 돌아와 리콰자는 일행을 모아놓고 한바탕 연설을 늘어놓았다. 사람들은 대꾸 없이 묵묵히 그의 이야기를 들었다. 술을 마시든 잠을 자든 알아서 시간을 쓰되 연주에 지장 없도록 하자는 말을 끝으로 모임 아닌 모임이 마무리되었다. 결코 금주를 하자는 뜻은 아니었지만 차마 술 이야기를 꺼내지 못하겠던지 배베이스와 박타동은 밤낚시를 가겠다며 낚시 도구를 챙겼다. 물론 배낭에 소주 두 병을 챙기는 것도 잊지 않았다.

라피노와 김미선까지 산책을 하겠다며 펜션을 나선 후 니키타는 풀이 죽어 조용히 방에 틀어박혔다. 혼자 거실에 남겨진 리콰자는 커피를 끓여 맛을 음미하며 모처럼 고요 속에 앉아 있었다. 그렇게 홀로 느긋하게 커피를 마신 후 문득 니키타가 궁금해져 그가 숨어든 방문을 슬그머니 열었다. 천장을 보고 누워 기타를 배에 얹은 채 니키타는 이런저런 소리를 내며 장난질에 한창이었다. 리콰자가 옆에 누웠다.

"콰자 성, 오늘은 술 안 먹을게."

"한번 더 해봐."

"오늘은 술 안 먹어."

"그거 말고 방금 쳤던 그거. 셔플 리듬 같던데."

"이거?"

장난처럼 가지고 놀던 소리를 니키타가 재현해 보였다. 그 소리에 맞춰 느닷없이 리콰자가,

"아아아아악, 아아아아악-."

네 박자씩에 해당하는 고함을 질렀다. 달이 차오른 언덕에서 우짖는 늑대 소리 같기도 하고 공포에 질린 비명 같기도 했으며, 〈이미그런트 송〉을 부르던 로버트 플랜의 목소리와도 닮은 소리였다.

"자, 그걸 기본 리프로 하고 거기서 코드 바꿔봐."

니키타가 이런저런 코드를 짚어나갔다. 리콰자가 즉석에서 가사와 멜로디를 갖다 붙였다.

"쓰나미가 오온다~. 쓰나미가 오온다~."

그 소리를 듣던 니키타가 벌떡 일어나 오선지와 볼펜을 들고 왔다. 니키타와 리콰자는 앉은자리에서 그렇게 곡 하나를 뚝딱 완성해버렸다. 곡이 마무리되자 두 사람은 뭔가를 쏟아낸 얼굴이 되어 물끄러미 서로를 쳐다보았다.

곡을 만든 후 리콰자는 좋은 컨디션을 유지해야 한다며 일찌감치 방에 들어가 누웠다. 박타동과 배베이스는 밤낚시에서 돌아오지 않았고, 라피노와 김미선도 산책을 나가 니키타만 기타를 똑딱이며 오선

지를 채우고 있었다. 통상 하드록 계열의 기타 리프는 5도 파워코드를 많이 사용하며, 파워풀한 비브라토를 즐겨 애용할 뿐 아니라 루트음*을 가져다 쓰는 예가 많다. 소리를 증폭시키거나 뒤틀리게 하는 이펙터 같은 액세서리가 워낙 탁월한 탓도 있지만 중저음이 록에 잘 어울리는 것도 이유가 된다. 그러나 기타 액세서리의 사용을 비교적 자제해온 니키타는 이번 곡의 경우 더욱이나 이펙터에 의존하기보다는 자체 앰프의 드라이브 게인을 충실히 따를 작정이었다. 루트음을 이용한 리프보다 코드 전체를 사용하는 코드 백킹 리프를 통해 더욱 시원한 소리와 풍성한 질감을 전달할 생각이었다. 그것이 밀려오는 바닷물의 이미지와 잘 맞아떨어질 뿐 아니라 다양한 소리를 구성하기에도 유리할 것 같았다. 그는 펜타토닉과 블루노트 스케일에 입각한 솔로 프레이즈**를 구성하기 위해 지속적인 반복과 변형을 시도하며 오선지를 메웠다.

벌써 한 갑도 넘게 줄담배를 피우며 기타와 씨름하고 있을 때 현관문 열리는 소리가 들렸다. 산책을 나간 라피노와 김미선이 돌아왔는지 목소리의 옥타브가 소프라노 톤에 가까웠다. 잠시 후 니키타가 사용하는 방과 벽 하나를 사이에 두고 화장실에서 물줄기 쏟아지는 소리가 들렸다. 니키타는 다시 담배를 꺼내 물며 솔로 부분을 완성하기 위해 이미 구성한 것들을 퉁겨보고 다음 소절로 스케일을 진행시켰다. 마음에 걸려드는 소리를 반복하고 그것을 응용하면서 그는 오선지에 콩나물을 그려나갔다. 그러는 사이 벽 너머 화장실에서 쏟아지던 물줄기

---

* 3화음 또는 7화음을 구성하는 음 가운데 기초가 되는 가장 낮은 음.
** 악절을 이루는 한 부분으로 음악의 주제가 비교적 완성된 두 소절에서 네 소절까지의 부분.

소리가 멎고 방문 여닫는 소리가 들렸다. 다시 니키타는 스케일을 진행하며 블루스의 분위기를 찾아 소리 하나하나를 섬세하게 낚아 재배열했다. 오선지에 한 마디를 더 그려 넣었을 때 방문이 빠끔히 열리며 김미선의 얼굴이 나타났다.

"으이구, 담배 연기. 우리 오빠 열공 중이네?"

김미선이 안으로 들어섰다. 비누 냄새가 코끝에 닿았다.

"말 시키지 마. 이거 끄, 끝내야 돼."

"뭔데?"

"콰자 성하고 곡 만들었어."

"우와, 멋지다. 어디 봐봐?"

"말 시키지 말랑게. 커피를 끓여오든지."

김미선은 꽁초가 수북한 종이컵을 들고 나가더니 화장지를 넣어 물에 적신 새것을 내왔다. 그리고 잠시 후 커피가 담긴 종이컵 두 개를 쟁반에 받쳐 들고 와 맞은편에 앉았다.

"어디 한번 쳐봐."

"아 참 작것이……."

말은 그렇게 하면서도 니키타는 완성된 기타 솔로 몇 마디를 능숙한 솜씨로 들려주었다.

"멋지다. 난 오빠 기타 소리가 젤 좋아."

"어, 어지러워. 니 방으로 가. 니가 있으면 흐, 흥분돼."

"내가 있으면 흐, 흥분돼?"

"그려. 흐, 흥분."

니키타는 기타를 벽에 세우고 그녀가 내민 커피를 후루룩 마셨다.

"나도 오빠랑 있으면 흐, 흥분되는데."

그녀가 장난스러운 눈매로 니키타를 보았다. 눈동자에서 반짝 빛이 나더니 그걸 숨길 생각인지 니키타는 다시 커피를 마셨다. 역시 한 모금을 마신 김미선이 잔을 바닥에 놓고 니키타의 무릎 앞으로 다가들더니 그의 이마를 힘껏 밀어버렸다. 갑작스러운 공격에 니키타가 벌러덩 넘어가자 그의 배를 깔고 앉은 김미선이 허리를 숙여 다짜고짜 그의 입술을 제 것으로 덮어 눌렀다.

"야, 이게…… 먼 짓거리……."

김미선은 그의 말을 꿀꺽 삼키면서 니키타가 힘을 쓰기도 전에 그의 반바지 속에 손을 넣었다.

"우와, 우리 오빠 노팬티네. 섹시하게."

벌써 팽팽하게 곤두서버린 물건을 그녀의 손아귀에 붙들린 니키타는 끙끙거리는 소리를 내면서,

"옆방서 사람들 자는디……."

미처 뒷말도 잇지 못한 채 풀죽은 반항을 했다.

"자니까 더 좋지."

김미선이 원피스를 홀러덩 걷어올릴 때 보니 그녀 또한 노브라였다. 풍성한 여자의 가슴이 눈 위에서 덜렁거리자 정신이 아뜩해지고 숨이 가빠 니키타는 아무 생각도 할 수 없었다. 그녀는 손을 뻗어 니키타의 빨간 반바지를 무릎까지 밀쳐 내리고 제 팬티를 역시 무릎까지 끌어내린 후 발 하나를 쑥 뽑았다. 이제 반항 같은 건 하는 척도 하고 싶지 않아 니키타는 김미선의 잘록한 허리를 두 손으로 감싸쥐고 그녀의 얼굴과 가슴과 그 아래에 드러난 풍성한 거웃을 바라보았다.

마침내 김미선이 똥 싸는 자세로 앉아 니키타의 물건을 제 물건에 정성스레 비벼대고는 천천히 집어넣었다. 그렇지 않아도 몽골리안 아니랄까봐 가뜩이나 옆으로 찢어져 뜨고 있어도 감은 듯하던 니키타의 눈구멍이 더욱 게슴츠레해졌다. 그는 콧바람을 쿵쿵 불다 말고 손을 뻗어 김미선의 젖가슴을 덥석 움켜쥐었다. 김미선이 쪼그려 앉은 자세로 슬금슬금 방아를 찧자 밑에 깔린 니키타도 엉덩이를 들어 천천히 마중 나갔다. 오래도록 여자를 만나본 일이 없는 니키타는 벌써부터 거의 실신하기 직전인데 어느덧 입술을 앙다문 김미선의 잇새에서도 어디 먼 데서 퉁겨주는 기타처럼 앵앵대는 소리가 새어나왔다. 두 사람의 몸이 땀으로 범벅되고 들큼한 냄새가 방에 고였다. 김미선이 허리를 숙이자 니키타는 고개를 들어 그녀의 젖꼭지를 혀끝으로 쓸고 입술로 깨물었다. 그러다 상체를 곤두세우며 김미선을 지그시 밀어 넘어뜨리고 그가 위로 올라갔다. 한쪽 무릎에 걸려 있던 김미선의 푸른 팬티가 그 바람에 그녀의 발에서 빠져나왔다. 자세가 바뀌고 두 사람의 요분질이 격렬해지자 치골끼리 부딪쳐 덜컥대는 소리가 나면서 구들에서도 철퍽대는 소리가 들렸다. 니키타는 두 손을 바닥에 짚은 채 상반신을 일으키며 힘을 썼고, 김미선은 그런 그의 등에 깊은 손톱자국을 새겼다. 이윽고 한층 팽만해진 니키타가 참지 못하고 뜨거운 것을 그녀의 몸 안에 한가득 쏟아 부었다. 한동안 무너져 내린 니키타의 체중을 감내하고 있던 김미선이,

"이 땀 좀 봐. 이렇게 약해서 우리 오빠를 어디에 쓸꼬?"

하고 호흡을 가라앉히며 말했다.

"먼 소리여? 좋아 죽더만."

"애개개, 신호만 보내놓구선. 담번엔 더 잘해봐."

"사, 삼십 분 뒤에 한판 더 혀. 아주 걍 죽일 거여."

"하루에 두 번씩 하면 두 달도 못가서 끝나버리게?"

니키타가 떨어져나가자 김미선은 원피스를 주워 뒤집어썼다. 옆으로 돌아앉아 이미 시들어버린 니키타의 물건에 그녀는 쪽 소리 나게 입을 맞추었다.

"일흔아홉 코 남았네? 몸 풀었으니까 좋은 솔로가 나올 거야. 오빠, 홧팅!"

그녀는 한쪽 눈을 찡긋거리더니 팬티를 주워 들고 밖으로 나갔다. 반바지를 끌어올린 니키타는 바닥을 더듬어 담배를 꺼냈다. 벽 너머에서 쏴아아 물소리가 들렸다.

D-day

된장찌개를 끓이고 돼지고기를 빨갛게 볶아 아점을 먹었다. 제육볶음이 이렇게 맛있는데 반주가 빠질 수 있냐며 소주도 과하지 않게 몇 잔씩 비웠다. 점심을 끝낸 후 커피타임이 돌아왔을 때 니키타와 리콰자가 전날 같이 만들고, 니키타가 밤새 기타 리프며 솔로를 만들어 붙인 악보가 사람들 손에 쥐어졌다. 곡의 분위기를 리콰자가 설명한 후 니키타가 기타 리프와 솔로를 직접 연주해 보이며 각자의 빈자리를 채우도록 주문했다. 시간이 많지 않기 때문에 복잡하게 할 것 없이 곡의 분위기만 살리는 쪽으로 가자고 했다.

배베이스와 박타동은 베이스음을 서로 조율하기 위하여 방 하나를 차지하고 들어앉았다. 라피노도 이런저런 소리를 찾기 위해 방 하나를 차고앉았다. 니키타는 주로 라피노의 방을 드나들며 멜로디 악기끼리 많은 이야기를 나누었다. 반면 리콰자는 통기타를 들고 바다가 보이는 펜션 앞 도로 끝에 김미선을 데려와 새로 만든 노래를 가르치며 따라 들어올 부분을 짚어주었다. 그렇게 각자 새로운 곡의 공란을 채우는 일로 일행은 오후를 보냈다. 특히 배베이스와 박타동은 악기를 만지면서 직접 소리를 맞추겠다고 무대가 있는 해변에 다녀오기도 했다.

낮에 먹다 남은 반찬으로 이른 저녁을 먹었다. 사람들은 말수가 줄어 밥을 먹는 동안 식기에 젓가락 달그락대는 소리만 크게 들렸다. 밥을 먹고 흡연하는 사람들은 밖에 나와 담배를 물었지만 한곳에 모이기보다 파수병처럼 드문드문 흩어져 연기를 피웠다. 저마다 혼자가 되어 술에 취한 것처럼 혼곤해지고 잡아맨 것처럼 팽팽해지는 압박감과 싸웠다. 말수가 줄어든 대신 한번 담배에 불을 붙이면 거푸 두 대씩을 피웠다.

커피를 마시고 한 사람씩 화장실에 들어가 샤워를 했다. 배베이스는 긴 머리를 정성스럽게 빗은 다음 헤어밴드를 착용하더니 청바지에 하얀 셔츠를 걸치고 나풀거리는 검은 와이셔츠를 흰 것 위에 덧입었다. 드럼을 치면 땀이 많이 흐르기 때문에 박타동은 얇은 면바지에 민소매 티셔츠를 입고 머리를 두툼한 천으로 동였다. 몸에 들러붙는 스키니진에 역시 몸매가 드러나는 셔츠를 걸친 리콰자는 목에 거는 펜던트를 팔목에 둘둘 감은 뒤 세월호 희생자를 추모하는 노란 리본을 달았다. 평소 의상에 관심을 보이지 않던 니키타는 검은 바지에 흰 와이셔츠를 입었는데 유행 지난 양복 차림처럼 촌스럽고 어색해 사람들의 실소를 자아냈다. 라피노는 평상복에 챙이 넓은 모자를 썼으며, 김미선도 평상복에 가까운 차림이었지만 배꼽 드러나게 셔츠를 말아 묶은 모양이 인상적이었다. 어디에 넣어 왔는지 부츠를 꺼내 신는 배베이스를 보며 니키타가 피식거렸다.

"하이튼 째는 이수 형이여."

부츠 끈을 묶다 말고 배베이스가 그런 니키타를 위아래로 훑었다.

"그런 넌 차림이 뭐냐? 스쿨 밴드 애들처럼."

그때 김미선이 검은 바탕에 금빛 반짝이가 박힌 조끼를 들고 와 니키타의 어깨에 걸어주었다.

"오빠, 이거 입어. 복장이 이게 뭐야, 대한민국 이등이."

니키타는 김미선이 내민 반짝이 조끼를 어색한 표정으로 몸에 둘렀다. 사람들이 인물 난다고 저마다 놀리는데 김미선은 니키타의 와이셔츠 소매를 둘둘 걷어주는 친절까지 베풀었다. 문단속을 마친 일행은 공연장을 향해 이차선 도로를 천천히 걸어갔다. 해가 서편으로 기울면서 밀려오기 시작하는 도로 밖 바닷물이 점차 홍시 빛으로 물드는 중이었다. 바다를 향해 몸을 내민 바위 언덕의 소나무도 명암 대비로 축약되면서 실루엣이 되어 물러나고 있었다. 일행이 소로로 접어들 무렵 니키타를 따르던 리콰자가 그의 옷을 잡아당겼다.

"어젯밤에 난 펜션이 무너지는 줄 알았어."

니키타가 돌아보며 씩 웃었다.

"자는디끼 허더니 다 들었능갑네."

"나만 들었겠어? 라피노도 들었지. 그러게 애정 행각은 나가서 해야지."

"성도 차암. 배고파 죽겠는디 언제 깨물어 먹어. 걍 삼키야지."

"부러워서 하는 소리지. 건 그렇고 한 번은 물어볼 생각이었는데……."

언덕에 올라서자 길게 늘어선 해송이 드러났다. 길이 넓어지자 니키타가 리콰자 옆에 나란히 섰다.

"뭔디?"

"전에 같이 기타 쳤던 사람 중에 지금은 유명해진 친구들 있잖아. 텔레비전에도 자주 나오고."

"근디?"

"그 친구들 보면 후회스럽지 않아? 나도 술 좀 자제하고 정진했으면 걔들 못지않았을 텐데 하고 말야."

니키타는 바로 대답을 못 하고 숨을 몰아쉰 뒤에야 입을 열었다.

"후회헐 때도 있었는디 그리도 난 수, 술이 좋아. 내가 그것들보다 사람들을 더 재밌게 히줬는지도 모르잖여."

"우문현답이네."

니키타의 말을 듣는데 옛 풍경 하나가 리콰자의 머리를 치고 지나 갔다. 어디 레스토랑에서 통기타를 치며 노래를 부르던 때였던 것 같다. 젊은 남녀가 들어와 음식을 주문하고 식사를 하더니 여자가 흐느 끼기 시작했다. 그런 여자를 내려다보던 남자가 조용히 사라진 뒤에도 혼자 남아 여자는 눈물을 흘렸다. 무대에서 노래를 부르며 그 모습을 처음부터 훔쳐본 리콰자는 그날 그 여자만을 위해 노래를 불렀다. 그 딴 놈 잊어라. 사랑 때문에 우는 당신이 아름답다. 그날 여자는 그렇게 눈물을 흘리다 통통 부은 눈으로 레스토랑을 빠져나갔다. 그녀가 돌아 간 지 얼마 후 종업원이 리콰자에게 건넨 쪽지에는 다음과 같은 글귀 가 적혀 있었다. 당신은 내게 최고의 가수입니다.

"성, 나도 물어볼 거 있어."

"말해봐."

"어저끄 말헌 그 사이렌의 노래는 긍게 누가 부른 노래여?"

리콰자가 빙긋 웃었다.

"아주 오랜 옛날에 그리스의 어떤 놈이 불렀대. 놈이 아니라 년인 가?"

"하이튼 콰자 성은…… 뭔 노무 옛날 그리스 노래까지 다 알고 지 랄여."

해수욕장에는 몇몇 아이들만 물놀이를 하고 있었다. 어른들은 저녁 준비를 하거나 식사를 마치고 휴식을 즐기는 듯했다. 일행은 무대에 올라 악기를 설치한 후 조율을 겸해 소리를 세팅했다. 대충 조율이 끝나자 오후 내내 연습한 곡을 돌리며 소리를 점검했다. 노래는 생략한 채 소리가 비거나 코드가 맞지 않는 곳들을 찾아 공백을 메우는 식이었다. 시간이 촉박한 상태에서 마디 수와 코드만 정하고 편곡을 했는데도 초짜 분위기가 나지 않아 다행이었다. 특히 라피노가 심혈을 기울여 찾아낸 바람 소리는 곡의 초반 분위기를 확실히 잡아줄 것 같아 다들 든든하게 여겼다. 새로운 곡의 소리를 조합하는 동안 목을 아끼느라 노래를 부르지 않던 리콰자도 김미선이 들어오는 대목에서는 눈짓을 주고받으며 입을 모았다.

해가 넘어가자 바다는 보랏빛으로 바뀌었고, 파도도 푸른 기운을 머금어 사방 모든 것이 신비롭게 보였다. 도시에서는 보기 어렵던 별이 하늘을 가득 메워 따로 조명을 준비한대도 그보다 더할 것 같지 않았다. 음향과 조명을 담당하는 스태프들이며 수요 밴드의 공연 중간에 노래를 부르기로 한 가수들이 나타났다. 무대를 밝히는 조명에 불이 들어오고 여름 관련 노래들이 스피커를 통해 흘러나가자 저녁을 마친 사람들이 하나씩 텐트를 빠져나왔다. 주최 측에서 해변에 깔아놓은 의자가 채워지자 뒤에 나타난 피서객들은 알아서 챙겨 온 일회용 돗자리와 깔판 등을 백사장에 펼쳤다.

무대 뒤편에 마련된 의자에 앉아 수요 밴드의 흡연자들은 담배를 피웠다. 그러자고 한 것은 아니지만 서로에게 가급적 말은 걸지 않았다. 어디서 났는지 니키타가 소주와 안줏거리를 들고 왔다. 병을 돌리며 한 모금씩 하자 금방 소주가 바닥났다. 니키타가 다시 소주를 찾아왔다. 박타동은 스틱으로 허벅지를 두드렸고, 배베이스도 기타를 끌어안은 채 손을 풀었다. 아아, 하는 소리를 간헐적으로 지르며 리콰자가 목에 걸린 가래를 뱉었다. 마침내 사회자가 무대에 올라 공연을 기다리는 사람들에게 자기소개와 함께 오늘의 공연을 설명하기 시작했다. 사람들은 남은 소주를 돌려마셨다. 라피노가 운동화를 벗었다.

전반부에 해당하는 1부 공연의 마지막은 수요 밴드의 자작곡 〈검은 바다〉로 장식했다. 공연을 보기 위해 몰려든 피서객들의 흥을 북돋기 위해 전반부 공연은 템포가 빠른 곡들을 배치했다. 외국곡보다는 국내곡 위주로, 공연 관람자의 연령대를 고려해 최근 곡보다는 익숙한 곡이나 고전의 반열에 오른 곡들을 중심으로 레퍼토리를 구성했다. 그런 노력이 전달되었는지 차츰 관객들이 반응을 보이기 시작해 국내 곡을 연주할 땐 곧잘 노래를 따라 불렀다. 그렇게 관객들과 거리를 좁힌 후 끝 곡으로 〈검은 바다〉를 소개하고 연주를 마무리했다. 흥이 오른 탓인지 낯설고 무거운 곡인데도 관객들은 박수를 치고 함성을 올렸다.

사회자가 무대에 올라 농담을 건네며 관객에게 퀴즈를 내고 경품을 전달했다. 그러는 사이 무대를 내려온 멤버들은 땀을 닦고 물부터 들이켰다. 드럼을 친 박타동과 무대 위를 정신없이 누비고 다닌 리콰자가 가장 많은 땀을 흘렸다. 니키타가 출연자들을 위해 준비한 아이스박스를 뒤져 다시 소주를 꺼내왔다. 그는 맥주잔에 소주를 따라 단번에 비웠다. 그런 니키타를 빤히 바라보면서도 리콰자는 제동을 걸지 않았다. 대신 김미선이 니키타 곁에서 말을 시키고 안주도 집어주면서 음주의 속도를 조절해주었다.

　해수욕장에 들어찬 피서객들의 반응에도 불구하고 수요 밴드 멤버들은 예전 어떤 광고의 카피처럼 채워지지 않는 2%의 갈증에 입이 말랐다. 컵에 물은 찰랑대지만 넘쳐흐르게 할 마지막 한 방울이 모아지지 않았다. 피스톤이 실린더를 부술 듯 왕복하고 굉음으로 고막은 찢어질 지경인데도 활주로만 선회하는 비행기처럼 소리는 계속 낮은 자리에서 웅웅거렸다. 연습한 것들을 실수 없이 구현했지만 계기판의 바늘이 멈추자 멤버들은 당황했다. 잘하겠다는 각오 따위 이젠 필요 없었다. 수만 마리의 말처럼 한꺼번에 밀려왔다 사라지는 바람의 잔등에 가뿐하게 올라타야 했다. 그것과 별개의 몸이 아니라 바람에 빙의하여 깃털보다 가볍게 내려앉는 일이 절실했다. 청각은 감각기관의 최전선을 담당한다. 청각을 통해 사람들은 가장 먼저 사태를 파악하고, 가장 먼저 무언가에 반응한다. 보이지도 않는 곳에서 들려오는 소리에 사람들이 몸을 맡기는 건 발신자의 모든 것이 소리에는 담겨 있기 때문이다. 소리의 발신자가 닫힌 문을 부수지 못하는데 몸이 젖을 사람은 없다.

　"궁상맞게 거기서 뭐 해?"

무대에서 내려와 화장실로 달려갔지만 오줌 몇 방울을 겨우 떨군 라피노는 소나무 아래 앉아 있는 리콰자와 배베이스를 발견했다. 무슨 모의라도 하는 것처럼 둘은 까치발을 하고 있었다.

"담배 피워."

조그만 파이프를 그들은 사이좋게 돌려가며 한 모금씩 빨았다.

"담배를 왜 거기서 피워? 어쭈, 파이프까지. 그거 정말 담배야?"

라피노의 질문에 리콰자가 이를 드러냈다.

"배베이스가 주워 온 걸 피워보는 거야."

"이런 의리 없는…… 이리 줘봐!"

두 사람 사이에 끼어드는 라피노의 손에 배베이스가 라이터와 파이프를 쥐어준다. 라피노는 파이프의 물부리에 묻은 침을 손으로 닦아내고 불을 붙였다. 담배를 끊은 지 여러 달째였기 때문에 살짝만 연기를 끌어들였다. 기침과 함께 연기가 입 밖으로 흩어지며 건초 태우는 잔향이 남았다.

"이게 뭐야? 엣, 퉤다 퉤!"

라피노가 기침을 하며 침 뱉는 시늉을 했다. 냉큼 파이프를 채간 리콰자가 연기를 받아들인 후 숨을 멈추고 버티더니 한참 만에야 연기를 뿜는다. 배베이스도 연기를 모아 가두었다가 천천히 내뱉는다.

"그렇게 하는 거야? 다시 줘봐."

파이프를 넘겨받은 라피노가 라이터를 켰다. 연기를 삼킨 후 가슴이 먹먹해질 때까지 기다려 숨을 뱉었다.

"완전 꾼이네, 꾼."

배베이스가 중얼거리며 파이프를 돌멩이에 툭툭 두드려 재를 털었다. 파이프와 라이터를 주머니에 챙긴 그가 은근해진 목소리로 말했다.

"어젯밤 꿈에 엄마를 봤어. 나보다 젊더라구. 오늘 와서 연주를 본다고 했어."

그의 말을 듣고 리쾨자가 기침을 하면서 물었다.

"청중 사이에서 찾아보지 그랬어?"

"아깐 없었어."

대답을 한 그가 배를 채운 짐승처럼 큰 몸을 흔들며 어슬렁어슬렁 무대 뒤편으로 걸어갔다. 리쾨자는 자리에 엉덩이를 깔고 앉아 자꾸 기침을 하며 가래를 끌어 올렸다. 막걸리가 없어 술은 입에 대지도 않았는데 허물없는 사람과 깔깔거리다 저도 모르게 취기에 젖은 기분으로 라피노는 살짝 기분이 좋아졌다. 가을 낙엽이 홀로 색깔을 바꾸듯 기분 좋은 취기가 올라오면 몸을 느슨하게 하던 일과 끝의 피로도 달콤한 만족감으로 둔갑하곤 한다. 금어金魚라고 했던가. 퇴원 직후 산사에서 맑은 공기를 마실 때 스님으로부터 들은 이야기가 있다. 용이 되기 직전의 물고기, 용도 아니고 물고기도 아니면서 물고기가 도달할 어느 마지막 지점을 일컫는다는 그것. 가녀린 비늘이 갑옷처럼 크고 두꺼워지는 과정. 피로도 아니고 쾌락도 아닌 어떤 마지막 순간이 그녀의 몸을 부드럽게 싸고돌았다.

뇌수가 뒤통수 쪽으로 내려앉는 것처럼 뒷골이 무지근해졌다. 지난날 남편이 던진 화분에 맞아 항상 왼쪽 무릎에 잔통이 붙어 다녔는데 거짓말처럼 그게 배면으로 물러나는 게 느껴진다. 어깨와 골반에 지금껏 의식하지 못한 통증이 고여 있었던지 잔통이 사라진 왼쪽 무릎처럼 그곳에도 고요가 사뿐 내려앉는다. 그렇게 의식되거나 의식되지 않던 몸 안의 통증이 사라지자 여름 지나 느닷없이 나타난 가을 하늘에 아, 하고 탄복할 때처럼 시린 청명함이 눈앞에 펼쳐졌다. 마치 몇 번 눈을 깜박이는 사이 100미터 달리기를 해치우는 중학생의 몸이 된 것 같았다.

한 움큼 밀려든 솔잎 향을 폐부 깊숙이 받아들이고서야 그녀는 자기가 소나무 아래 앉아 있다는 것을 깨닫는다. 혀와 입천장이 달라붙어 물이 필요하다고 몸은 말한다. 물뿐 아니라 달짝지근한 커피도 마시고 싶고, 입술에 우유 거품을 발라가며 아이스크림을 빨아 먹는 모습도 머리를 스친다. 그사이 무대에 오른 여가수의 고음이 절대음 못 미처에 아슬아슬하게 걸려 있는 것을 청각은 콕 집어 낚아올린다. 여자가 부르는 노래의 반주에서 평소라면 듣지 못했을 소리들이 체로 거르듯 몽글게 쏟아진다. 화면을 빠르게 돌려 식물의 꽃잎과 이파리가 금세 피었다 저무는 다큐멘터리를 본 적이 있다. 그 다큐멘터리 필름 속의 꽃들처럼 많은 생각들이 빠른 속도로 들어왔다가 빠져나가고, 뒤를 이어 또 다른 무수한 상상이 쏜살같이 머리를 훑고 달아난다.

단절되고 이어지면서 상상의 세계가 활짝 열리자 차례가 왔다는 듯 억눌린 쾌락이 발끝에서 찰랑거린다. 어린 시절 발가락을 꼼지락거리게 하던 병원에서의 피아노 소리처럼. 그간 속세에서 큰일을 겪었으니 그런 일일랑 뒤로 물리고 이 순간은 행복해져도 된다고, 머리가 아니라 마음이 하자는 대로 따라가보라고 바람이 속삭인다. 머리를 지끈거리게 하던 현실의 고민거리가 물러난 허공에서 기발한 상상들이 깃발인 양 펄럭일 때 감각기관은 모공을 열어 가공되지 않은 날것의 세상을 속속 빨아들인다. 가수의 노래와 그 사이로 들려오는 바닷물 소리, 솔향과 갯내의 배율, 피부를 스쳐가는 바람 속의 염도에 이르기까지 그 모든 것들을 감각은 촉수를 내밀어 만지작거리고 있다. 아아, 한때 자궁 질벽을 어떤 남자의 귀두는 얼마나 부드럽게 간질였을까. 니키타와 김미선이 만들어내던 지난밤의 환희가 다시금 귓속에 여음을 남긴다. 통증이 사라지자 고요와 자신감이 찾아왔듯 뒷전으로 나앉은 기억을 대신한 건 그렇듯 몽상과 감각이었다. 기억의 대척에는 망각이 아니라 무한이 서 있었다.

리콰자를 따라 무대 뒤편으로 걸어갈 때 보니 한번 사라진 무릎의 잔통 따위는 더 이상 느껴지지 않는다. 발레리나처럼 위로 솟구쳐보았으나 통증이 없다. 무대 뒤 탁자에 놓인 생수병을 들어 목을 축인다. 무심코 마시던 물인데 그 물에도 실은 명징하고 신선한 특유의 미네랄 맛이 배어 있음을 깨닫는다. 그때까지도 김미선과 마주 앉아 소주를 마시던 니키타에게 리콰자가 주의를 주자 이제 딱 원하는 상태가 됐다고 낄낄거린다. 여자 가수의 노래가 어느새 정점에 이르러 마지막 고비를 넘고 있다. 마지막 모금을 위해 라피노를 제외한 수요 밴드의 멤버가 담배에 불을 붙인다. 마침내 여자의 노래가 끝나고 박수와 함성에 이어 사회자의 목소리가 흘러나온다. 그 와중에도 무대에 오를 사람치고는 사회자의 발음이 너무 부정확하다고 라피노는 생각한다. 아니 그녀의 귀가 그렇게 말한다. 마침내 이런저런 말끝에 사회자가 수요 밴드를 거명하며 밴드에 관한 기초적인 설명을 덧붙이기 시작한다. 사람들은 담배를 껐고, 라피노는 운동화를 벗었다. 둥글게 서서 그들은 서로의 눈을 보았다. 붉게 물든 승냥이 같은 눈들. 무슨 소리를 하는지도 모르면서 라피노가 외쳤다.

"감각의 문이 열렸어."

객석 쪽에서 박수와 함성이 터졌다.

"가자. 사자처럼 싸우자!"

리콰자가 사람들에게 소리치고 무대 위로 뛰어갔다.

"씨부랄, 별도 우라지게 많네."

니키타가 계단으로 올라갔다. 박타동과 김미선과 배베이스가 뒤를 따랐다.

"뒤에는 바다, 하늘엔 쏟아지는 별, 그리고 음악이 있으니 멋진 밤이네요. 이 멋진 밤, 우리가 준비한 2부 첫 곡은 〈블랙 나이트Black night〉입니다. 놀 준비 됐죠?"

리콰자가 마이크에 외쳤다. 몇 군데에서 대답하는 소리가 들렸다. 리콰자가 이번엔 반말로 외쳤다.

"놀 준비 됐어?"

"예에-!"

대답이 커졌다.

"그럼 까짓것 신나게 한번 놀아봅시다. 블랙 나아아잇!!"

리콰자의 샤우팅에 이어 드럼이 하이햇을 네 번 쳤다. 〈블랙 나이트〉는 배베이스가 레퍼토리에 넣자고 주장한 곡인데 한 마디에 네 개씩인 셋잇단음표가 두 마디 연속으로 등장하기 때문에 여덟 박자만 진행되면 몸이 들썩이는 곡이었다. 다소 가볍긴 하지만 신명만큼은 흠잡을 데 없는 노래였다. 드디어 하이햇에서 부서지는 소리의 끝을 잡고 벽돌부수기 게임처럼 각각의 악기들이 셋잇단음표를 무너뜨리면서 밀고나온다. 이어 전주 다섯 마디째에 이르러 두 박자 반을 쉬고 리코자가 들어왔다가 다섯 마디가 지난 뒤 다시 들어왔다. 메트로놈 134에 이르는 속도인 데다 보컬이 들어오면 베이스의 둥둥거림이 위아래로 울렁이는 파도를 연상케 해 가뜩이나 휘몰아치는 인상이 강조되는 곡이었다.

2절에 해당하는 노래가 한 번 더 반복되면 여덟 마디 기본 멜로디를 따라 기타 솔로가 등장한다. 총 열두 마디에 해당하는 기타 솔로는 트레몰로 암*을 사용하기 때문에 펜다 기타가 긴요하게 활용된다. 그러나 시간에 쫓겨 김기타의 펜다를 챙기지 못한 니키타는 트레몰로 암 대신 파워 비브라토 주법을 이용했다. 지판 위에서 흔들어대는 손가락이 나부끼는 은사시나무 이파리처럼 조명을 따라 반짝일 만큼 그의 손놀림은 현란했고 솜씨는 능란했다. 물론 기타 자체가 깁슨이라 리치 블랙모어의 몽환적인 소리는 재현하기 어려웠으나 대신 끈적거리면서도 파워풀한 소리가 만들어졌다.

니키타의 솔로에 이어 기본 멜로디를 물고 라피노가 바통을 이어받았다. 어디서 그런 힘이 나오는지 건반을 타격하는 그녀의 손가락은 돌을 뚫는 정처럼 묵직하고 파괴적이다. 그 격렬한 움직임에 악기를 떠받친 철제 구조물이 부서질 듯 흔들거린다. 건반의 역동적인 연주는 기타 솔로와 같은 열두 마디였는데 따로 그녀를 소개할 것도 없이 해변의 청중들은 이미 라피노의 손놀림에 매료되어 있었다. 손뿐 아니라 거칠게 페달을 밟아대는 맨발에 주목하면서 야릇한 상상에 젖어드는 자들도 물론 있었을 것이다. 어쨌거나 건반을 두드릴 때마다 머리를

---

* Tremolo arm. 기타의 브릿지를 움직여 기타 현의 음높이를 조절할 수 있게 해주는 장치. 커다란 비브라토를 걸기 위해 많이 쓰임.

흔들어대는 바람에 챙이 넓은 모자는 등 뒤로 넘어가고, 땀 밴 그녀의 얼굴에는 친친 머리카락이 감겼다. 미친 여자 같았다.

다음 곡 〈브레이킹 더 로우Breaking the law〉를 앞 곡에 이어 연속으로 밀고 나갔다. 가사 자체가 매우 저항적이기 때문에 영어를 잘하는 사람 입장에서는 촌스럽게 들리더라도 리콰자는 딱딱하게 발음하는 것에 주의를 기울였다. 때마침 포그 머신이 내뿜는 안개가 무대 중앙으로 밀려와 분위기가 더욱 가열되었다. 노래 1절이 끝나고 'Breaking the law'를 반복하는 대목에서 리콰자는 무대를 박차고 뛰기 시작했다. 그가 뛰자 서서 관람하던 아이들 몇이 제자리 뛰기를 따라했다. 호흡이 가빠진 리콰자가 깊은 숨을 들이켜는데 포그 머신에서 나온 안개가 입으로 밀려들었다. 하마터면 사레가 들릴 뻔했지만 리콰자는 무대 밖으로 이물질을 뱉어버렸다. 따라 뛰던 아이들도 퉤퉤 침을 뱉었다. 곡의 절정에 이르렀을 때 리콰자가 사람들을 손가락으로 가리키며 외쳤다.

You don't know what it's like!

언제나 그렇듯 무대 왼편에서는 김미선이 헌신적으로 몸을 흔들며 때로는 노래를 거들면서 연주를 풍요롭게 보완했다. 배꼽 위에 묶은 셔츠의 매듭이 풀리자 그녀는 단추를 떼버리고 붉은 수영복을 슬쩍슬쩍 드러내며 사람들을 자극했다. 백치미에 가까운 무표정한 얼굴이 붉은 수영복과 대비돼 그녀를 매우 관능적으로 보이게 했다. 드럼을 치는 박타동의 뒤편에서 선풍기가 돌아가고 있었지만 이마를 동인 그의 머리 끈은 땀에 젖어 색이 바래고, 조명이 번쩍거리자 배베이스의 부츠에 장식된 스테인리스 별들이 갖가지 색으로 반짝거렸다.

〈브레이킹 더 로우〉가 끝나자 앞선 공연에서 소개하지 않은 자작곡 중 먼저 〈노래 불러〉를 연주했다. 〈노래 불러〉 또한 1부에서 소개한 〈검은 바다〉와 마찬가지로 초연이나 다름없었지만 사람들은 흔쾌히 수용해주고 흥겨운 반응으로 연주자들을 격려했다. 쾌락은 너그러웠다. 모래밭의 사람들은 낯선 자들과 한 덩이가 돼 먹을 것을 나누고 허물없이 타인에게 팔과 어깨를 내주었다. 노래가 끝나자 함성이 터지면서 사용 금지된 폭죽까지 밤하늘을 수놓았다. 장내의 열기가 한 겹 벗겨지기를 기다려 리쾌자는 즉석에서 〈철수야 놀자〉 후렴 부분을 청중에게 가르쳤다.

철수야아 뭐 하니-
나하고 노올자-

처음에는 두 마디씩 따라 부르게 한 후 네 마디 전체를 따라하게 했다. 몇 차례 그렇게 관객의 참여를 유도한 후 수요 밴드는 〈철수야 놀자〉를 연주했다. 비교적 빠른 템포인 데다 가사도 길지 않아 전주에 이어 노래는 금방 후렴을 향해 치달았다. 마침내 노래의 앞 소절이 끝나고 후렴이 시작될 때 리쾌자가 청중을 향해 마이크를 내밀었다. 그새 멜로디를 까먹었는지 객석의 반응이 시큰둥했다.

"철수야아 뭐 하니- 나하고 노올자-."

그렇게 선창한 리쾌자가 던지듯 마이크를 청중 쪽으로 내밀었다.

"철수야아 뭐 하니- 나하고 노올자-."

아까보다 조금 나았다.

"한 번 더. 철수야아 뭐 하니- 나하고 노올자 -."

리콰자가 다시 마이크를 내밀었다.

"철수야아 뭐 하니- 나하고 노올자 -."

"죠아! 이번에는 왼쪽만!"

"철수야아 뭐 하니- 나하고 노올자 -."

"이번엔 오른쪽!"

"철수야아 뭐 하니- 나하고 노올자 -."

"왼쪽!"

"철수야아 뭐 하니- 나하고 노올자 -."

"오른쪽!"

"철수야아 뭐 하니- 나하고 노올자 -."

"다 같이-!"

"철수야아 뭐 하니- 나하고 노올자 -."

언제부턴가 인근 주민들까지 몰려나와 철수야 뭐 하니 나하고 놀자를 외쳤다. 이웃 섬들을 지나 맑은 날이면 산둥 반도의 닭 울음소리가 당도한다는데 이번에는 그쪽에 닿으라고 바락바락 악을 쓰는 듯했다. 그렇게 철수야 뭐 하니 나하고 놀자를 열 번 넘게 반복한 뒤 간단하게 2절을 소화하고 밴드는 화려한 아웃트로를 선보였다.

잠시 호흡을 가다듬으며 청중의 박수와 함성이 잦아들기를 기다려 리콰자가 두 곡을 더 부르고 공연을 끝내겠다고 하자 아쉬워하는 소리들로 객석이 출렁였다. 관객들의 탄성을 뒤로하고 박타동의 드럼 솔로와 3/8박자 필인에 이어 나머지 악기들이 한꺼번에 울부짖었다. 니키타의 어머니가 그토록 좋아하는 〈록 앤 롤〉이었다. 곡 자체가 흥겹기도 하지만 〈철수야 놀자〉에서 이미 신명이 올라 더 이상 의자를 지키고 앉아 있는 관객은 없었다. 리콰자가 뛰면 관객들이 뛰었고, 리콰자가 울부짖으면 가사를 몰라도 사람들은 함성을 질렀다. 이번 노래는 가급적 김미선에게 맡기고 리콰자는 무대가 부서져라 뛰었다. 김미선의 똑 부러지는 목소리는 또 다른 공격성을 내장하고 있어 제풀에 뜨거워진 사람 중 일부는 아예 바다에 뛰어들기까지 했다. 박타동이 극구 추천한 〈홀리 다이버〉까지 연주를 끝냈지만 흩어질 기미를 보이지 않고 청중은 자리에 서서 앙코르를 연호했다. 그러나 연주자들은 정말 모든 게 끝난 것처럼 뒤도 돌아보지 않고 무대를 뛰어내려왔다.

무대 뒤에서 땀을 닦고 담배를 피우며 수요 밴드 멤버들은 앙코르를 연호하는 해변의 함성을 즐겼다. 타이밍이 중요했다. 앙코르를 원하는 사람들의 간절함이 한계에 오를 때를 기다려야 했다. 어느 순간이 지나면 급격히 흥이 사그라지며 관객은 걸음을 돌려버린다. 그때 흥을 다시 끌어올리는 건 쉬운 일이 아니다. 매사가 그렇지 않던가. 역시 타이밍이 중요하다. 이윽고 니코틴 게이지가 충만해지자 꽁초를 내던진 리콰자가 무대 위로 올라갔다. 함성과 박수가 커졌다. 리콰자를 따라가며 박타동이 니키타에게 소리쳤다.

"너 삘 오른다고 기타 부수면 안 돼."

"서, 성이나……."

멤버들이 올라오자 리콰자가 마이크를 잡았다.

"어제 우리는 곡을 하나 썼습니다. 아직 다 완성된 건 아니지만 여기서 초연을 할 생각입니다. 제목은 〈쓰나미가 온다〉입니다."

그러고는 한 호흡을 쉰 그가 소리쳤다.

"수요일에 하자의 쓰나미가 온다아!"

리콰자는 이마에 밴 땀을 팔뚝으로 훔쳤다. 불온하게 불어대는 휘
파람 소리와 악에 받친 함성이 가라앉기를 기다려 심혈을 기울여 찾
아낸 바람 소리를 라피노가 흘려보냈다. 가느다란 바람 소리는 바다에
서 밀려와 바위를 때리는 파도 소리에 금세 파묻혔다. 그러나 잠시 후
산자락을 스치는 겨울바람으로 돌변해 그 소리는 파도 소리를 잡아먹
고 모든 소리를 뭉개버리더니 다시 낮아져 철썩대는 소리에 몸을 맡
겼다. 그 끝을 잡고 박타동이 필인을 하자 지난밤 만들어 붙인 기타 리
프를 휘황찬란하게 끌고 니키타가 들어왔다. 개방음을 활용한 오픈 코
드에다 코드 백킹을 이용한 리프였다. 굉음에 가까운 소리.

아아아아악, 아아아아악-

쓰나미가 오온다~ 쓰나미가 오온다~

리콰자가 마이크를 입술에 찰싹 붙이며 악을 썼다. 그의 목소리는
과장돼 보였고, 입술에서 파열하는 바람 소리까지 스피커를 통해 전달
되었다. 아까 라피노와 소나무 아래 앉아 기침과 가래를 한꺼번에 뱉
어버려 청소를 끝낸 수도관처럼 그의 목은 깨끗했다. 인간의 목소리
가 낼 수 있는 한계치까지 소리를 끌어올릴 자신이 있었다. 비명 같은
리콰자의 목소리가 해변을 건너간 후 볼륨을 높인 악기들이 한꺼번에
울부짖기 시작했다. 손 맞출 시간이 부족해 멤버 간의 호흡은 아귀가

잘 맞지 않는 데다가 배베이스는 가끔 엉뚱한 코드를 짚기도 했지만 그래서 불협화음처럼 불안한 분위기가 감돌았다.

세상에서 가장 무거운 가방을 메고
새벽에 간 학교에서 돌아오네 밤 열두 시
0교시 정규 수업 야자에 영수 학원
집에 가면 자소서가 기다리고 있는데
아아아아악, 아아아아악-
쓰나미가 오온다~ 쓰나미가 오온다~

생전 처음 듣는 노래와 가사가 낯설게 느껴진 사람들은 자리에 앉지도 못한 채 어중간한 자세로 무대를 바라보았다. 그새 구름이 낀 것인지 총총하던 별과 손만 뻗으면 닿을 듯 큼직하게 걸려 있던 달이 보이지 않았다. 그래서일까. 바다에서 밀려오는 파도의 포말도 신비로워 보이기보다는 음흉한 웃음 같았다.

세상에서 가장 많은 업무 한 묶음 손에
새벽에 나간 회사 한밤중에 돌아오네
기획 회의 서류 작성 폭탄주도 말아야지
애를 낳아도 될까 이민이나 가야지
아아아아악, 아아아아악-
쓰나미가 오온다~ 쓰나미가 오온다~

리쾨자가 추위를 타는 사람처럼 목소리를 떨기 시작했다. 괴기스러운 비브라토였다. 후렴구가 끝나고 한 박자에 해당하는 쿵쿵 소리가 일제히 울려 퍼진다. 진군하는 계엄군의 군홧발에 아스팔트가 찍히는 소리 같다. 그 네 마디 쿵쿵 소리가 끝나자 니키타의 기타 솔로가 이어졌다. 담배 한 갑을 피우며 만든 솔로의 전반부가 찌그러지고 부러지는 소리를 연상케 한다면 김미선과 몸을 섞고 휘갈긴 대목은 분화구를 넘는 마그마처럼 뜨거운 질감을 느끼게 했다.

낮에 배베이스는 무대에 직접 나와 박타동과 소리를 조율했으나 다 무시하고 니키타의 기타에 맞춰 즉흥적으로 자기감정을 표현했다. 그러면서도 최대한 저음을 살리기 위해 애를 썼다. 그가 그렇게 나오자 박타동 또한 배베이스와 니키타의 그루브를 낚아 즉흥적으로 스틱을 휘둘렀다. 그렇지만 배베이스의 분위기를 고려해 탐탐과 플로우탐, 베이스드럼을 주로 활용했는데 셔플 리듬 특유의 튀는 느낌만은 사라지지 않게 신경 썼다. 특히 필인을 할 때는 모든 드러머들이 필생의 업으로 여기는 콤비네이션과 파라디들에 주의를 기울였다. 하나의 소절이 끝날 때 의례적으로 끼어드는 두구두구두구 소리가 아니라 콤비네이션이나 파라디들 같은 주법을 통해 비로소 필인의 품격은 갖춰지게 마련이다. 그간 공들여 갈고닦은 그것들을 박타동은 단 한 번의 실수도 없이 맘껏 구사했다. 무대 위의 모든 사람이 격식과 경계를 넘더라도 자신만은 흔들리지 않겠다고 주문까지 걸면서. 니키타의 솔로가 끝나기를 기다려 박타동은 격정적 필인으로 노래가 들어설 차례임을 상기시켰다.

오늘이 가면 두고 온 딸 내일은 너의 생일
전화벨이 울릴 거야 남조선은 가까워
막말도 욕설도 좋아 순댓국만 빼면
내 얼굴은 조선족 여기는 무서운 남의 나라
아아아아악, 아아아아악ー
쓰나미가 오온다~ 쓰나미가 오온다~

여름이라도 밤이 깊자 몸이 서늘해지고 공기 중의 습도가 높아져 옷까지 축축해진다. 바다 쪽에서 바람이 불어온다. 그 바람이 속옷에 흡수된 땀을 식혀 소름을 남긴다. 엊그제 자르고 파마를 했는데도 배 베이스의 머리카락이 정신없이 뒤로 날린다. 중국의 고전에는 바람을 만든 사내 이야기가 나오는데 이번 연주가 주무시는 용왕님 심기를 건드려 바람을 일으킨 것은 아닌가 싶어 배베이스는 연주를 하다 말고 음흉하게 웃는다.

신명에 못 이겨 바다에 뛰어들었던 아이들과 술에 취한 남정네들이 허겁지겁 뭍에 오르는 게 보였다. 바다에서 빠져나와 해변으로 올라서는 사람들 뒤로 검은 바다가 어마어마한 뭉텅이로 뒤엉키고 있었다. 그게 느껴지는지 해변의 사람들이 음악을 듣다 말고 자꾸 뒤를 돌아보았다.

신림동 한 평 반은 해가 뜨지 않는 곳
창문도 출구도 없는 우주의 머나먼 변방
어학연수에 학점 관리 빵빵 터지는 스펙

나를 사라 나를 가져라 준비됐다 먹어라
아아아아악, 아아아아악-
쓰나미가 오온다~ 쓰나미가 오온다~

리콰자도 꿈틀대는 검은 뭉텅이를 보았는지 거기까지 부르고 손으
로 바다를 가리켰다. 사람들이 돌아본다. 어느새 뭉텅이가 커진 것 같
았다.

아아아아악, 아아아아악-
쓰나미가 오온다~ 쓰나미가 오온다~

리콰자가 부르는 후렴 사이에서 비명 같은 김미선의 코러스가 들려
온다.

쓰나미가 온다! 쓰나미다-!

다시 리콰자가 후렴구를 되풀이한다.

아아아아악, 아아아아악-
쓰나미가 오온다~ 쓰나미가 오온다~

김미선이 다시 코러스를 넣는다.

쓰나미다, 쓰나미다-!

사람들이 허둥거리며 자리를 뜨기 시작했다. 리콰자가 후렴을 외친
다.

쓰나미가 오온다~ 쓰나미가 오온다~

바다를 흘끔흘끔 돌아보며 사람들은 해송이 늘어선 야트막한 언덕
으로 몰려가기 시작했다. 서두르다 모래밭에 넘어져 뒤따라오는 사람
에게 밟힌 사람이 비명을 지른다. 누군가를 부르는 소리, 아이의 울음
소리도 들린다. 넘어졌다 일어나고 다시 넘어졌다 일어나며 필사의 탈
출을 감행하는 폼페이 시민들처럼 사람들이 모래밭을 빠져나와 솔숲
뒤편으로 뛰어간다. 바다 위의 검은 덩어리는 어느덧 산맥처럼 커져
용틀임한다. 그러나 무대 위의 연주는 아직 끝난 게 아니다. 기타는 절
규하고 리콰자는 울부짖는 중이며 라피노는 구멍 낼 듯 건반을 두드
린다.

쓰나미가 오온다~ 쓰나미가 오온다~

이제 노래는 마지막이다. 악기의 볼륨이 서서히 잦아든다. 리콰자는
잠깐 호흡을 가다듬는다. 해변에 그들의 연주를 듣는 사람은 더 이상
없었다. 그때 라피노는 보았다. 저 멀리 산더미처럼 밀려오는 검은 바
다를. 세상을 향해 돌진하는 산맥 같은 쓰나미를.

쓰나미가 오온다~

리쾌자의 목소리가 수그러지기를 기다려 마침내 연주는 마무리되었다. 하이햇에서 부서지는 소리가 페이드아웃 화면처럼 어둠 안으로 스며든다. 해변에 널린 각종 과일이며 과자 봉지, 돗자리와 뒤엉킨 의자가 보인다. 쓰나미가 덮치고 간 현장 같았다. 수요 밴드 멤버들은 아무 말도 못하고 멍하니 서 있었다.

"씨발것, 우리가 사람들을 움직였네!"

니키타였다. 소름이 팔뚝에 새겨놓은 문양을 라피노가 본 것이 그때였다. 비늘 같은 그 모습을.

다시 태양이 머리꼭지 위에서 작열하기 시작했다. 간혹 바람이 불어와 옷자락을 잡아당기지만 시원하기보다는 짠 내가 달라붙어 끈적거리기만 했다. 뱃전에 부딪치는 파도는 더 이상 푸른빛이 아니라 누렇게 변색된 황토물 같았다. 크게 출렁거리다 배에 부딪쳐 잘게 부서지는 파도의 조각을 보고 있으면 눈이 아찔해지며 피로가 몰려왔다. 언제부턴가 뱃머리 저 끝으로 산자락이 나타나고 이어 사람들의 게딱지 같은 흔적들이 형체를 드러내더니 내항을 가두듯 늘어선 방파제도 보이기 시작했다.

어제 저녁 공연을 끝낸 뒤부터 어지럽다고 호소하던 라피노는 배에 탄 지 얼마 안 돼 멀미가 난다며 객실로 들어갔다. 걱정된 김미선이 그녀를 따라가자 갑판에는 남자만 넷이 남았다. 승선한 이래 그들은 난간에 붙어 서서 볼 것도 없는 바다에 시선을 풀어놓은 채 말이 없었다. 아침에 율도를 떠나기 위해 짐을 꾸리던 그들은 연주가 끝나면 받기로 한 공연료를 지자체 쪽에서 지급하지 않기로 했다는 소식을 들었다. 공연을 통해 율도 해수욕장의 가치를 제고시켜 달라는 것이 주문 사항이었는데 수요 밴드의 공연은 관람객을 두려움에 떨게 해 오히려 부정적인 인상만 남겼다는 것이었다. 멤버들 입장에서도 할 이야기가 없지는 않았지만 일을 주선해준 연예인협회 도지부장의 창백한 얼굴에 침을 뱉을 수 없었다. 공연료가 지급되면 그 돈을 '낙원'에 보태자고 제안한 사람은 리쾅자였다. 배베이스 몰래 나머지 사람들은 리쾅자의 의견에 찬성했지만 다 소용없게 된 일이었다. 뭍으로 돌아가면 '낙원'을 어떻게 할 것인지 그 생각으로 배베이스는 배를 타면서부터 머리가 지끈거렸다.

"우리가 언제 그깟 놈들 돈 받고 살았간디?"

승선한 이후 사람들의 눈총을 받아가며 줄담배를 피우던 니키타가 어느 순간 불쑥 내질렀다. 리쾅자가 그 말을 받았다.

"원래 국민 세금으로 밥 먹는 놈들 중에 대가리들은 지들 노는 데 흥이나 북돋는 걸 음악이라고 생각해. 하여튼 위나 아래나 씨파, 대한민국 무식한 건 인정해줘야 돼."

"그래도 신나는 삼박 사일이었어. 우린 연주를 한 거야."

배베이스가 그렇게 말하는데 배가 방파제를 돌아 내항으로 접어들었다. 스타렉스를 몰고 하선해야 하는 배베이스가 화물칸으로 내려간 후 라피노를 살피겠다며 니키타도 객실로 내려갔다.

"이제 우린 어디로 가지?"

선착장을 게슴츠레 바라보던 박타동의 물음에 리콰자가 대답했다.

"우선은 집에 가서 쉬고 연주를 해야지."

"우리에게 집이 어디 있고, 연주할 데가 어디 있다구."

박타동은 쓸쓸하게 말해놓고 고개를 돌린다. 배가 옆으로 회전하더니 뱃머리를 선착장에 접안한다. 휴가 끝의 사람들이 무표정한 얼굴로 계단을 향해 몰려든다. 리콰자와 박타동도 게으름을 부리다 그런 사람들의 꽁무니에 붙어 선다. 객실에서 한꺼번에 몰려나온 승객들까지 합세해 아래로 내려가는 줄이 좀처럼 줄어들지 않았다. 그렇다고 조바심 낼 일이 있는 것도 아니어서 두 사람은 대열의 꽁무니를 따라 천천히 계단을 내려왔다. 마침내 승객이 거의 빠져나가고 화물칸의 차들이 한 대씩 철제 접안 시설로 내려가기 시작했다. 두 사람은 차를 피해 육지로 향하는 선착장의 다리를 끝물의 몇 사람과 일렬로 걸었다. 그들이 선착장 다리에서 육지에 발을 내디뎠을 때 점퍼 차림의 중년 사내 둘이 앞을 향해 똑바로 다가왔다. 그중 머리가 살짝 넘어간 사내가 박타동에게 물었다.

"성함이 박타동 씨죠?"

잠시 머뭇거리던 박타동은 금세 사내들의 정체를 알아차렸다. 아무래도 승선 티켓을 끊을 때 제시한 주민등록증에서 문제가 생긴 것 같았다. 어물쩍 넘어갈 일이 아님을 알면서도 그는 우물거리는 어조로 대답했다.

"제 이름은 황달인데요."

그러자 이번에는 다른 사내가 말했다.

"아니 그러니까 본명이 박타동이잖아요."

"글쎄 제 이름은 황달입니다. 사람들도 그렇게 알고 있구."

"아니 가명 말고 본명 말입니다, 본명."

"글쎄 옛날은 옛날이고 지금은 황달이라니깐요."

사내들 쪽에서 약간 답답하다는 반응이 나왔다.

"지금은 지금이고 전 원래 이름을 말하는 겁니다. 박타동이 맞잖습니까? 지금 우리가 장난하자는 것도 아니고……."

"제가 무슨 장난을 합니까? 전 황달이란 이름을 죽을 때까지 쓸 거고 사람들도 그렇게 생각하고 있는데요. 그게 제 이름입니다. 박타동은 없어요."

박타동의 목소리가 다소 높아졌다. 그때 뒤에서 니키타의 목소리가 들려왔다.

"타, 타동이 형…… 아니 황달이 성, 거그서 뭐 혀?"

리콰자와 박타동을 찾아 두리번거리던 니키타는 낯선 사내 두 사람과 이야기를 나누는 그들을 발견하고 막 다가오는 길이었다. 뒤에는 라피노와 그녀를 부축한 김미선이 따라오고 있었다.

"박타동 씨, 그러지 말고 같이 좀 갑시다."

머리가 넘어가는 사내가 다가와 박타동의 팔을 끼려고 했다. 리콰자가 사내의 팔을 막고 나섰다.

"근데 이 양반들이…… 느닷없이 들이닥쳐서는 어딜 가자는 겁니까?"

"이 사람들 보소. 이 민주화된 세상에…… 공무집행방해가 얼마나 무서운 건지 알기나 해요?"

"민주화는 개뿔, 그거 까먹은 지가 언제라고…… 어쨌거나 사람을 잡아가려면 근거 서류를 대고 미란다 원칙도 말하고 그러는 거 아뇨?"

"하, 이 사람들이."

형사 하나가 주머니에서 서류를 꺼내 팔랑팔랑 흔들었다. 리콰자가 말한 미란다 원칙까지 읊을 생각인지 그가 막 입술을 달싹거리는데,

"뭣여? 긍게!"

공무집행방해의 화려한 경력자인 니키타가 사내의 앞을 가로막았다. 그러자 경찰복을 차려입은 젊은이들이 터미널 쪽에서 우르르 몰려와 그들을 에워쌌다.

"아저씨들 지금 우리하고 해보자는 거야? 내 몸에 손만 대봐."

김미선이 박타동을 가로막으며 허리에 양손을 얹었다. 어느 틈엔가 배베이스까지 나타나 리콰자 옆에 나란히 섰다.

"체포해!"

명령이 떨어지자 경찰들이 우르르 몰려들었다. 라피노가 김미선의 옆에 붙어서며 그들을 막았다. 원진을 이룬 경찰들 밖에서 느닷없는 구경거리를 지켜보느라고 사람들이 가던 길을 멈추었다. 갑자기 니키타가 주먹 쥔 손을 뻗어 올리며 구호를 외쳤다.

"수배자를 잡아가는 경찰은 각성하라!"

이편이나 저편이나 그 구호에 잠깐 멍한 얼굴들이 되었다. 배베이스가 니키타의 귀에 대고 말했다.

"야, 시키야. 구호 잘 안 할래?"

니키타가 다시 구호를 외쳤다.

"음악을 히피보면 대한민국 망헌다!"

그러자 형사가 가스총을 꺼내 니키타를 겨냥하고 최루액을 발사했

다. 니키타가 눈을 싸쥐고 쓰러지자 제복을 입은 경찰들이 우르르 달려들어 박타동의 옆구리를 끼었다. 니키타를 향해 발사했지만 덩달아 최루액을 맞은 배베이스와 리콰자도 눈이 따끔거리고 콧물까지 쏟아져 정신이 없었다. 그런데도 리콰자는 박타동을 그들 무리에서 끌어내려는 경찰을 뒤에서 끌어안고 버텼다. 배베이스 또한 리콰자와 함께 젊은 경찰에 힘으로 맞섰다. 김미선까지 나서서 박타동을 끌어당기며 데려가지 못하게 용을 썼다. 그러나 수적으로도 열세고 최루액과도 싸우느라고 그들은 곧 박타동을 빼앗기고 말았다.

"언니! 언니 왜 그래?"

김미선이 외치는 소리가 들려 돌아보니 라피노가 쓰러져 있었다. 배베이스와 리콰자가 박타동을 버려두고 라피노에게 달려갔다. 니키타도 눈두덩이 벌겋게 달아올라 그들에게 기어왔다. 눈을 감은 라피노가 땡볕 아래에서 숨을 몰아쉬고 있었다. 그 와중에 몸을 들리다시피 끌려가는 박타동에게 배베이스가 외쳤다.

"좀만 기다려! 탈출시켜줄게!"

박타동 쪽에서 외치는 소리가 들려왔다.

"야, 라피노! 죽지 마!"

그 말을 끝으로 차에 태워진 박타동의 모습이 사라졌다. 김미선이 생수병에서 물을 흘려 라피노의 입술을 적셔주었다.

"언니, 정신 좀 차려봐."

"야, 너 왜 그래?"

리콰자가 라피노의 팔을 흔들었다. 라피노의 눈꺼풀이 흔들린다 했는데 가느다랗게 열렸다. 그러곤 힘에 부치는지 다시 감더니 간신히 입을 열었다.

"아아, 재수 없어. 재밌었는데…… 유언할게. 내 피아노하고 건반은 '낙원'에 갔다 놔. 통장에 돈 쬐끔 있으니까 그걸로 우선 '낙원' 월세라도 내. 그리고 아파트, 그건 그냥 늬들 써. 엣취!"

라피노는 재채기까지 하고선 눈을 감아버렸다. 리콰자가 끌고 온 차 뒷자리에 그녀를 눕히고 김미선이 무릎으로 베개를 해주었다. 차도 없이 한산한 국도를 리콰자의 차와 에어컨이 고장 나 바람도 나오지 않는 니키타의 승용차, 배베이스의 스타렉스가 정신없이 질주했다.

블루스 타임

열흘 남짓이었나. 전에 살던 원룸을 나와 박타동이 얹혀 지낸 기간이. 아마도 그 정도였던 것 같다. 그런데도 밖이 싫어지는 초겨울 날씨처럼 눈을 떴을 때 리콰자는 원룸 안이 썰렁한 것을 깨달았다. 언젠가 한번은 잠결에 박타동이 리콰자를 뒤에서 껴안은 적이 있다. 아무리 등 뒤쪽일망정 남자가 그렇게 몸을 죄어오면 어색하고 불편해지는 법이다. 더구나 드럼을 치는 사람이라 박타동의 힘은 으깰 듯 무시무시하기까지 했다. 그러나 그렇게 으스러지도록 몸을 조이는 그의 힘 앞에서 리콰자는 묘한 슬픔을 느꼈다. 그건 대체 누구를 향한 그리움이었나.

전화기는 잠만 깨워놓고 진동을 멈췄다. 이상하게 벨이 울리거나 진동음이 들릴 때 중요한 전화라는 느낌을 주는 소리와 떨림이 있다. 그렇지 않은 전화와 그게 어떻게 다른지 알 수 없지만 어떤 때 그 신호는 신경줄을 바투 묶어세우곤 한다. 방금 전의 전화가 그랬다. 그런데도 리콰자는 발신자를 확인하려 하지 않는다. 정액을 쏟은 후 방전된 욕망 대신 밀려오는 슬픔에 빠져 있는 짐승처럼 그는 무력감에 젖어 허탈하게 누워 있었다. 그렇지만 예감이 보내는 손짓을 언제까지고 무시할 수는 없다. 누운 채로 전화기를 끌어당기는데 손끝에 진동이 느껴졌다.

"야 이 새끼야, 전화 좀 재깍재깍 못 받나?"

처남이었다.

"짭새야, 나이를 먹었으면 욕 좀 작작 해라."

"지랄한다, 개새끼. 모비 딕이 뭐냐?"

"모비 딕? 그거 소설에 나오는 고래 이름 아냐?"

"그럼 박타동인지 뭔지 그 새끼가 고래를 잡아오라고 그 난리란 말야?"

"박타동이 모비 딕을?"

리콰자는 그제야 감을 잡았다. 다른 사람도 아닌 박타동이 〈모비 딕 Moby Dick〉을 언급했다면 그건 레드 제플린의 드러머 존 본햄의 솔로 곡이 분명했다. 그러니까 유치장에 갇힌 박타동은 지금 〈모비 딕〉을 들려달라고 소란을 피우는 중이라는 얘기였다.

"뭐야? 그거 노래야?"

"드럼 솔로. 사십 분짜리."

"개애새끼들 지랄한다. 늬들 대체 왜 그러냐? 유치장이 무슨 공연장인 줄 알아? 방성구 물려서 구석에 콱 처박아버려야지. 끊어, 새끼야."

처남은 상대의 반응을 기다리지 않고 뚝 전화를 끊는다. 박타동이
〈모비 딕〉을 들려달라고 소란 피우는 일이 슬픈 일인지 기분 째지는
일인지 감정은 갈피를 못 잡고 서성거린다. 그러나 처음 눈을 떴을 때
보다 몸은 확실히 가벼웠다. 그는 배베이스와 니키타를 불러 유치장으
로 면회를 가자고 제안할 작정이었다. 호랑이도 제 말 하면 온다더니
전화기를 만지작거리는데 배베이스의 전화가 걸려왔다. 그는 효자동
서부시장 입구에 있다며 거기서 보자고 했다. 용건은 만나서 말할 테
니 일단 와달라는 것이었다.

서부시장 입구의 제과점 앞에서 키가 껑충한 배베이스는 담배를 피
우고 있었다. 등은 굽고 어쩐지 며칠 새에 주름도 깊어진 것 같았다.
서류 봉투를 둘둘 말아 옆구리에 끼고 한 손에 커피를 들고 있다가 리
콰자를 발견한 그가 냉커피를 건넸다. 커피를 한 모금 마신 리콰자는
배베이스 옆에 우두커니 서서 담배에 불을 붙였다. 그들은 할 일 없는
사람처럼 한동안 그렇게 서 있었다. 배베이스가 꽁초를 밟아 끄고 횡
단보도 앞으로 걸어가며 따라오라는 듯 뒤를 돌아본다. 리콰자가 신호
를 기다리는 그의 옆에 나란히 섰다.

"혼자 가기가 왠지 무서워서."

그가 횡단보도 건너편의 은행을 가리킨다.

"저걸 털자고?"

신호가 떨어지자 길을 건너며 배베이스가 말했다.

"대출 좀 받으려구. 월세로 까먹은 전세금부터 맞춰놓고 '낙원' 영
업을 미선이한테 맡길까 해. 지난번에 미선이가 알바 비슷하게 도와준
적이 있거든. 니키타 그 시키가 눈 부릅뜨고 못 하게 해서 삼 일 만에

쫑났지만. 근데 장사 수완이 나완 다르더라구."

"그럼 당신은 뭐 할 건데?"

"연주해야지. 거길 라이브 하우스로 만들 거야. 우린 하우스 밴드가 되고. 시내에 라이브 카페가 하나도 없잖아. 나이트에도 판돌이들뿐이구."

"좋은 생각인데 니키타가 허락할까? 둘이 살림을 합쳤다던데."

리콰자가 며칠 전에 들은 소식을 차분하게 전했다. 라피노를 염두에 두고 있던 어머니가 걱정스러웠지만 서울의 누이와 매형까지 내려와 설득을 했다며 니키타는 전화에 대고 헤헤거렸다.

"결혼했대?"

"결혼은 씨파⋯⋯ 같이 살면 결혼이고 따로 살면 이혼이지."

그들은 횡단보도를 건넜다. 뭔가 초조한 듯 배베이스는 은행 입구에서 다시 담배를 물었다. 은행 앞에서 나란히 한 대씩 피우고 정말 그곳을 털러 온 강도처럼 두 사람은 문을 열고 나란히 들어갔다. 은행 로비의 길쭉한 의자에 나이 지긋한 할머니들이 손에 번호표와 통장을 들고 무표정하게 앉아 있었다. 텔레뱅킹이나 폰뱅킹이 일반화되면서 젊은 축들이 사라져버려 이제 그곳은 할머니들 차지나 다름없었다. 그 할머니들 사이에 번호표를 든 배베이스와 리콰자가 이물질처럼 끼어 앉았다. 꼬깃꼬깃한 돈을 꺼내 예금을 하거나 현금을 인출하는 일이 할머니들의 주요 업무였다.

차례가 되어 배베이스가 바 안의 행원에게 번호표를 내밀며 용건을 말하자 여자가 옆을 가리키며 대출 업무는 저쪽이라고 안내했다. 배베이스나 리콰자나 은행과는 담을 쌓고 사는 자들이라 입출금과 대출 업무가 따로 구분돼 있는 사실을 깜빡했던 것이다. 창구를 옮긴 배베이스가 대출을 받으러 왔다고 하자 대출 업무 담당 직원은 조회를 먼저 하겠다며 주민등록증을 달라고 했다. 배베이스가 주민등록증을 건네자 직원은 한참 자판기를 또닥거리더니 또 다시 한참 후에 A4용지 몇 장을 바 위에 올려놓았다. 개인여신심사표, 고객거래개략정보, 고객종합상세정보, NICE CB보고서, KCB CB보고서 등 도무지 무슨 말인지 하나도 알아먹을 수 없는 제목이 눈에 띄었다.

"대출이 어렵겠습니다. 고객님은 CB등급이 9등급이에요."

담당자는 배베이스를 빨리 밀쳐버리고 싶은 눈치였다.

"그게 몇 등급까지 있죠?"

그럴 줄 알았다는 듯 배베이스는 주민등록증을 챙기며 담담하게 물었다.

"9등급요."

연기를 들이마시고 숨을 견딜 때처럼 배베이스는 움직임 없이 한참 서 있었다. 어떤 태도를 취할지 궁리하는 게 분명했다.

"난 이 은행에 해를 끼친 적도 없는데 왜 등급이 그거밖에 안 되죠? 지금은 안 하지만 옛날에는 이 은행에 저축도 꼬박꼬박 하고 그랬는데."

그러면서 그는 옆구리에 끼고 있던 서류 봉투에서 노란 밴드로 감은 통장 두 뭉치를 꺼내 바 위에 펼쳤다. 모두 같은 은행에서 만든 것인데도 흑백에서 컬러에 이르기까지 통장마다 디자인은 천차만별이었다. 그것들을 보고 있자니 통장의 역사를 한눈에 볼 수 있는 특별전을 구경하는 것 같았다. 아마도 배베이스는 지금까지 사용한 통장을 모조리 가지고 있었던 모양인데 그 꼼꼼함에 말문이 막혔다. 어느 시절에 사용한 것인지 그가 골라든 통장에는 입출금 내역이 수기로 적혀 있고, 그 옆에는 행원의 도장이 무슨 꽃술처럼 빼곡하게 찍혀 있었다.

"이걸 좀 보세요. 난 이렇게 오래도록 이 은행만 이용했어요. 이거 보이죠? 공무원 초봉이 오십만 원일 때 백만 원씩 저축한 흔적입니다. 나는 아무 소리 없이 당신들한테 돈을 빌려줬어요. 그런데 내가 좀 필요해서 빌려달라니까 왜 못 빌려준다는 거죠? 이거 이상하잖아."

배베이스의 목소리가 절로 커졌다. 로비에 앉아 있는 할머니들과 창구 업무를 보는 직원들, 그 뒤에 따로 책상을 차지하고 앉은 계장이니 뭐니 하는 사람들이 소리 나는 쪽을 바라보았다. 정복 차림의 경비가 배베이스와 리콰자를 향해 걸어왔다.

"글쎄 규칙이 그런 걸 전들 어쩝니까?"

직원이 안경을 추어올리며 반발했다. 리콰자가 끼어들었다.

"우리 몰래 규칙 정해놓고 규칙규칙 하시는데 그게 말입니까, 막걸립니까? 이 사람이 당신들 은행 등급 따져가며 예금했겠어요? 재떨이 하나 담보로 잡은 거 없잖아요. 근데 당신들은 왜 그러죠? 은행에서 안 빌려주면 이 사람 어디로 가겠어요. 일본 놈들이 만든 사채나 쓰라고 종용하는 꼴 아뇨, 대한민국 은행에서 지금! 지들 숨넘어갈 때 금붙이 모아주고 공적 자금이니 뭐니 다 해줬더니 이게 대체 뭐 하자는 수작이야. 당신들이야말로 9등급 아냐? 지점장 좀 봅시다. 아니 은행장 어딨어? 씨파, 높은 놈들하고 골프 치시나?"

처음에는 그저 배베이스를 조금 거들 생각이었는데 말하는 도중 속이 뜨거워져 리콰자는 노래 부를 때처럼 샤우팅을 하고 말았다.

"고객님, 왜 욕을 하고 그러세요."

"당신한테 한 거 아냐. 세상한테 한 거지. 이 거지같은 세상!"

리콰자가 핏대를 세우자 슬슬 걱정되는지 배베이스가 통장을 주섬주섬 챙기더니 손목을 잡아끌었다. 정복 차림의 경비가 여차하면 완력이라도 쓰겠다는 듯 그들 옆에 붙어 섰다. 그쯤에선 리콰자도 더 나갈지 물러설지 고민하지 않을 수 없었다. 얻을 것이 없는 공허한 짓거리였다. 그렇지 않아도 박타동은 유치장에 갇혀 있고, 배베이스도 대마초로 곤욕을 치른 지 얼마 안 되는데 다시 문제를 일으킬 수는 없었다. 분노도 아니고 슬픔도 아닌 것으로 가슴이 먹먹해진다. 퇴각 직전의 마지막 자존심으로 한참을 씩씩거리던 리콰자는 잡아끄는 배베이스의 힘에 못 이기는 척 몸을 맡겼다. 뙤약볕 아래에서 그들이 할 일은 담배를 피우는 것밖에 없었다.

"니키타 그 시키 안 부르기 잘했네. 쌈 날 뻔했잖아."

횡단보도로 향하며 배베이스가 혼잣말을 했다.

"우리 순진한 배베이스야, 은행에서 넙죽 돈 빌려줄 줄 알았어?"

"아냐. 이렇게 될 줄 알았어."

"그럼 처음부터 왜 대출은 해달라고 그랬어?"

횡단보도를 건너서야 배베이스가 대답했다.

"그냥 그러고 싶었어. 좆같잖아!"

오후에 두 사람은 니키타를 만나 경찰서 근처 통닭집에 들러 닭 두 마리를 튀겼다. 리콰자의 주문대로 니키타는 통기타를 메고 경찰서 앞에 나타났다. 그들이 먹을거리가 든 봉투를 들고 경찰서 형사계로 올라가자 지난번에 배베이스에게 알은체를 하던 형사가 그들을 조사실로 데려갔다. 경찰청 수사과장으로부터 연락을 받았다며 형사는 은근히 자신의 친절을 그에게 전해줬으면 하는 눈치였다. 술 같은 걸 넣었을까봐 음료수 병의 마개가 풀리지 않았는지 꼼꼼히 점검한 형사는 통닭이 든 용기를 열어 내용물까지 확인했다. 이어 기타를 보자고 해서 꺼내주자 대충 훑어본 그가 A_m와 D_m를 잡고 줄을 퉁기더니 어색한 미소를 띠면서 넘겨주었다.

"죄송하지만 휴대전화 좀……."

밖으로 나간 형사가 이번에는 바구니를 들고 왔다. 세 사람이 전화기를 집어넣자 형사가 머뭇거렸다.

"한 대는 가지고 있어도 된다고 하셨습니다."

그 말에 리콰자가 자기 전화를 집어냈다. 두 사람 전화만 챙긴 형사가 밖으로 나간 후 세 사람은 의자를 하나씩 차지하고 박타동을 기다렸다. 통닭 냄새가 진했다.

"역시 대한민국은 빼, 빽이 있으야 혀."

리콰자가 니키타를 보았다.

"그러니까 그거 가지려고 눈깔 뒤집고 지랄들이지."

"근디 성은 눈깔도 안 뒤집드만 어떻게 이런 빽이 생겼어?"

"딱 이거 하나야. 어쨌든 난 인문계 고등학교에 대학도 나왔잖아."

그때 정복을 입은 의무경찰을 따라 박타동이 나타났다. 수염을 깎지 못해 얼굴은 꺼칠하고, 제대로 감지 못했는지 머리카락은 기름기로 번질거렸다. 배베이스와 니키타, 리콰자를 박타동은 차례대로 돌아가며 한 번씩 안았다. 앳된 얼굴의 의무경찰은 밖으로 나가지 않고 문 안

쪽에 차렷 자세로 섰다. 종이컵에 콜라를 따르고 통닭을 먹기 좋게 탁자에 펼쳤다. 배베이스가 의무경찰에게 같이 먹자고 권했지만 군기가 바짝 든 그는 됐다며 천장을 보았다. 닭다리를 우물거리던 박타동이 물었다.

"라피노는?"

"대학병원에 있어. 아직 검사 결과가 안 나왔어."

일행을 대표해 리콰자가 대답했다.

"잘못되는 거 아니지?"

"기다려보자구."

웬만큼 배가 채워지자 리콰자가 전화기를 꺼내 유튜브를 열었다.

"내가 검색해봤는데 십오 분짜리도 있더라구. 사십 분은 너무 길잖아?"

"십오 분으로 가지 뭐."

박타동이 선선히 그러자고 동의하자 리콰자는 존 본햄의 십오 분짜리 〈모비 딕〉을 클릭했다. 오 초 광고에 이어 사자 갈기처럼 금발이 넘실거리는 로버트 플랜이 곡의 제목과 존 본햄을 소개했다. 청중의 박수에 이어 드럼 솔로를 안내하는 인트로 리프가 지미 페이지의 주도로 진행되다가 이윽고 기타와 베이스가 퇴장한 자리에서 존 본햄의 연주가 시작되었다. 그의 왼발을 따라 하이햇 찰싹거리는 소리와 간헐적으로 스네어드럼을 두드리는 소리가 들렸다.

"햐, 저 촌스런 빨간 난닝구."

화면 속의 존 본햄을 보며 니키타가 중얼거렸다. 배베이스가 핀잔을 주었다.

"늬가 더 촌스러워, 시키야."

"난 저 작자의 저 깊고 육중한 소리가 좋아. 마치 우리의 북을 두드리는 소리 같잖아."

박타동의 그 말을 리콰자가 받았다.

"백배 공감."

통닭을 우물거리고 음료수를 마시며 탁자에 세워놓은 전화기를 사내 넷이 죽 둘러서서 보고 있었다. 의무경찰은 시선을 허공에 두고 있었지만 소꿉놀이도 아니고 진지한 논의는 더군다나 아닌 경찰서 조사실에서의 이 해괴한 장면을 틈틈이 흘끔거렸다. 눈이 따라가지 못할 현란한 스트로크와 귀가 잡아내지 못하는 소리의 향연 앞에서 사내들은 마냥 행복한 눈치였다. 기껏 유튜브의 동영상이나 보면서 신음과 탄성을 질러대는 사내들은 어쩐지 이 세상이 아닌 먼 행성의 사람들 같았다.

존 본햄의 드럼 연주가 끝나자 니키타가 이번에는 기타를 손에 들었다. 평소답지 않게 그는 음 하나하나를 소중하게 뜯었다. 율도에서의 공연 이후 박타동도 그렇고 배베이스나 리콰자도 그의 기타 소리를 듣는 건 이번이 처음이었다. 그렇지만 몇 가닥 퉁겨지는 소리만으로도 그가 달라졌음을 알 수 있었다. 겉멋과 잡스러움을 걷어낸 니키타의 소리는 담박하지만 깊은 울림을 자아냈다. 니키타 본인은 느끼는지 못 느끼는지 알 수 없지만 전에 비해 소리는 간략하면서도 명백했고, 부드러움과 강함의 넘나듦 또한 꿰맨 자리 없이 자연스러웠다. 사랑이 끝나면 세상 만물의 빛깔도 달라지는데 지금 니키타가 그 상태인 듯했다. 전주에 이어 리콰자가 니키타의 반주에 맞춰 〈사랑의 시〉

를 불렀다. 현악기가 바닥에 깔리면 더욱 그럴싸하겠지만 실을 뽑아 먹이를 간수하는 거미의 발놀림처럼 니키타의 손가락은 부드럽고 일사불란하게 소리를 직조했다. 그렇게 1절이 끝나고 2절이 시작될 즈음 연주와 노래를 가만히 감상하던 박타동이 드럼을 대신해 테이블을 두드리며 대열에 합류했다. 배베이스가 입술을 말아 동도동동 루트음을 넣었다. 잘 정제된 사랑 노래인데도 이들의 손과 입을 거치자 곡은 따뜻한 연대의 노래로 재탄생했다.

그대 나를 사랑하기에
온 세상의 꽃들이
아름다운 색으로 변해버려요*

그 노랫말을 입에 올릴 때 어쩐지 리콰자의 목소리가 살짝 뭉개지는 것 같았다. 이윽고 기타와 테이블과 인간의 목을 이용한 연주가 차분하게 마무리되었다. 부동자세로 서 있던 의무경찰이 그들을 향해 조용히 거수경례를 보냈다. 니키타가 기타를 가방에 넣자 리콰자가 박타동에게 일렀다.

"교도소로 넘어가면 경제방에 배정될 거야. 사기나 횡령, 변호사법 위반…… 뭐 그런 사람들이니까 주먹 걱정은 안 해도 돼. 신고식 한답시고 첫날은 겁 좀 주겠지. 그자들이 만일 폭력을 쓰거나 너무 짓궂게 굴면 냅다 철문을 차버려. 알았지? 고소인들과 말만 잘되면 집행유예

* 이주호 작사 작곡, 해바라기 노래 〈사랑의 시〉 부분.

로 나올 수도 있으니까 절대 쫄지 마. 그냥 수요 밴드 자격증 따러 갔다고 생각해."

"이건 뭐 딸 시집보내는 애비도 아니구."

박타동이 농을 하며 픽 웃었다. 잠시 말없이 앉아 있던 그들은 어느순간 갑자기 자리에서 일어났다. 의무경찰이 박타동을 계호하기 위해 문을 열고 먼저 나가기를 서서 기다렸다. 박타동이 밖으로 나서려는데 니키타가 갑자기 그를 껴안고 훌쩍거렸다.

"내장산 나이트에 있을 때 다 양보헐 건디, 씨발것."

배베이스가 니키타를 뜯어말렸다.

"야, 시키야. 지금 어디 죽으러 가냐?"

그때 문을 나서던 박타동이 뒤로 돌아서며 활짝 웃었다.

"교도소장 꼬셔서 한판 놀게!"

그가 문밖으로 사라졌고, 의경이 따라 나갔다.

"씨파, 친구 군대 보내는 거 같네."

그제야 박타동과의 이별이 실감 나 남은 사람들은 망연자실 서 있다가 밖으로 나왔다. 이미 박타동의 모습은 보이지 않았다.

강남 역 뒤편 세무사 사무실을 나와 배베이스와 니키타와 리콰자는 테헤란로까지 걸어 지하철을 탔다. 그들은 율도의 마지막 공연 때 입었던 복장 그대로였다. 리콰자의 꽉 끼는 옷, 니키타의 반짝이 조끼, 배베이스의 별무늬가 찍힌 부츠. 거기다 니키타와 리콰자는 기타가 든 가방을 메고 있었으며, 배베이스는 큼직한 꽃바구니까지 들고 있었다. 교대역에서 3호선으로 갈아탄 그들은 종로3가역에서 다시 1호선으로 갈아탔다. 사람들은 예사롭지 않은 복장에 기타를 둘러메고 꽃바구니까지 든 그들을 한 번씩은 호기심 어린 눈길로 쳐다보았다. 빈자리가 없어 그들은 내내 서 있어야 했다. 특히 꽃바구니를 든 배베이스는 꽃이 상하지 않게 사람들과 거리를 두느라고 옛날 팩시밀리 사건 때보다 오히려 자세가 나오지 않았다. 청량리역에 이르러서야 자리가 비어 배베이스와 리콰자가 나란히 앉고 한 사람 건너 니키타가 앉았다.

"여보세요?"

청량리역을 출발한 지 얼마 안 돼 니키타가 호주머니를 뒤져 전화를 꺼냈다.

"뭐? 호두과자? 그게 뭔 소리여 시방?"

사람들 모두에게 들릴 만큼 우렁우렁한 소리였다. 그것도 전라도 억양. 니키타를 흘끔거리던 승객들이 복장 자체가 동류로 보이는 배베이스와 리콰자에게 자연스레 시선을 옮겼다. 배베이스와 리콰자는 니키타와 일행이 아닌 것처럼 반대편으로 고개를 돌렸다.

"아, 알었어. 이따 휴게소 가서 사먼 되지 머."

그때까지도 배베이스와 리콰자는 여전히 무표정을 가장한 채 고개를 틀고 있었다.

"성, 미선이가 호두과자 사오랴."

전화를 끊은 니키타가 중간에 앉아 있는 사람을 지나 리콰자와 배베이스를 바라보았다. 하지만 의정부에 도착할 때까지 두 사람은 끝내 그를 모르는 척했다.

"너하고는 창피해서 어딜 못 다니겠다. 왕년에 신접살림 안 차려본 사람 있냐?"

의정부역에서 경전철로 갈아타자마자 배베이스가 타박을 했다.

"챙피허긴 뭐가 챙피혀?"

"창피하지 시키야. 전라도 사투리나 안 써야지. 서울에서 살았다는 놈이."

"사투리가 어찌서?"

그렇게 한마디를 지르더니 좌우를 둘러보며,

"이것이 경전철인개빈디 전주에는 이런 좋은 것이 왜 없는가 몰라, 씨부럴."

니키타는 혼자 시부렁거렸다. 경전철 안의 사람들이 또 그들을 쳐다보자 배베이스와 리콰자는 다시 시선을 멀리 던졌다. 그런 채로 몇 정거장 지나 어룡역에서 내린 그들은 지도를 검색하며 낯선 길을 조심스레 더듬었다. 싱겁게도 '삼원포장'이라는 간판이 붙은 공장은 얼마 가지도 않아 금방 나타나버렸다. 공장 입구의 경비실에 대고 사장님에게 꽃 배달을 왔다고 하자 미리 기별이 있었던지 경비는 순순히 통과시키면서 길안내를 자처했다. 문이 열린 공장 안의 뿌연 먼지 속에서 요란한 기계음을 내며 롤러가 돌아가고, 동남아 출신으로 보이는 사내들이 웃통을 벗은 채로 기계 앞에서 바삐 손을 놀렸다. 롤러에 감긴 원단이 공정을 거쳐 다른 롤러에 감길 때 보니 처음에는 없던 반짝이가 그새 붙어 있었다.

"내가 입은 반짝이가 여그서 만들어징마이."

그들은 공장과 조금 떨어진 슬래브 건물 2층으로 안내되었다. 그들이 들어서자 누군가와 통화를 하던 하얀 와이셔츠 차림의 사장이 손짓으로 소파를 가리켰다. 세 사람이 소파에 앉아 기다리자 잠시 후 젊은 여자가 커피를 내왔다. 그들이 커피를 마시는 사이에도 사장의 통화는 계속됐는데 가방끈 긴 사람의 말투는 아니었다. 고생 끝에 어찌어찌 공장을 마련해 거드름 좀 피우면서 일을 좇아 뛰어다니는 이력이 말투에 고스란히 담겨 있었다. 강남의 세무사는 말이 번드르르하고 예를 갖춘 모습이었지만 세 사람은 어쩐지 지금의 사장이 편하게 느껴졌다.

"누가 나한테 꽃을 보낸단 말입니까?"

사장이 통화를 끝내고 다가오며 묻는다.

"꽃 배달도 하고 노래도 불러드리라고 했습니다. 노래까지 한 후 이름을 밝히라고 하더군요."

리콰자가 그렇게 둘러대며 기타를 꺼냈다. 그를 따라 니키타가 케이스를 열어 기타를 빼들자 배베이스도 호주머니에서 하모니카를 끄집어냈다. 사장이 무슨 말을 건네기도 전에 니키타와 리콰자는 신나게 기타를 두드렸고, 배베이스가 하모니카로 흥을 돋웠다. 마침내 배베이스의 하모니카 소리가 물러난 자리에서 리콰자가 노래를 부르기 시작했다.

사노라면 언젠가는
밝은 날도 오겠지
흐린 날도 날이 새면
해가 뜨지 않더냐
새파랗게 젊다는 게
한밑천인데

째째하게 굴지 말고
가슴을 쫙 펴라
내일은 해가 뜬다
내일은 해가 뜬다

비가 새는 작은 방에
새우잠을 잔데도
고운 님 함께라면
즐거웁지 않더냐
오손도손 속삭이는
밤이 있는 한
째째하게 굴지 말고
가슴을 쫙 펴라
내일은 해가 뜬다
내일은 해가 뜬다

사노라면 언젠가는
밝은 날도 오겠지
흐린 날도 날이 새면
해가 뜨지 않더냐
새파랗게 젊다는 게
한밑천인데
한숨일랑 쉬지 말고

가슴을 쫙 펴라

내일은 해가 뜬다

내일은 해가 뜬다

내일은 해가 뜬다

내일은 해가 뜬다*

　노래를 부른 후 리콰자는 박타동과 수요 밴드의 같은 멤버임을 알리고 그를 대신해 꽃 배달을 왔다고 설명했다. 리콰자의 말을 듣고 난 사장은 생각이 많아진 듯 묵묵히 앉아 있더니 입을 열었다.

　"박타동이 그 새끼, 내 잘 알지. 물론 그 새끼도 억울한 점이 있겠지만 그래도 내가 당한 일만은 용서가 안 돼. 당신들이 이런다고 합의서 써줄 거 같아? 어휴, 개새끼. 그만들 가보슈."

　솟구치려는 니키타의 팔을 배베이스가 잡아 눌렀다.

　"꽃도 전달했고 노래도 불렀으니 가야죠. 분명한 건 박타동 씨가 개인의 영달을 위해 어디에 돈을 숨겨두거나 한 것은 아니라는 사실입니다. 그건 직접 겪은 우리가 잘 알지요. 그 사람 그럴 위인이 못 돼요."

　"그 새끼 억울한 사연까지 내 알 바는 아니고……."

　"그야 그렇죠. 그렇지만 그도 실은 피해를 본 사람이라는 겁니다. 어쨌든 저흰 진심으로 사장님의 행복을 축원하는 쪽입니다. 그게 박타동 씨를 돕는 일이니까요. 나중에 연말 모임이라도 하게 되면 장비 신

---

* 원래 이 곡은 김문응 작사, 길옥윤 작곡, 쟈니 리 노래 〈내일은 해가 뜬다〉라는 제목으로 1966년 세상에 나왔으나 가사가 '현실 부정적'이라는 이유로 금지곡이 되어 우리 곁에서 멀어졌다. 그러다 1980년대 초부터 운동권 학생들에게 불리었고 이후 많은 가수들이 불러 큰 사랑을 받았다.

고 한 번 더 오겠습니다."

리콰자의 말을 끝으로 그들은 자리에서 일어났다. 기타를 챙긴 그들은 사장의 시선을 뒤통수로 느끼며 밖으로 나왔다. 리콰자가 공장 앞 빈터를 가로지르며 뒤를 돌아보았을 때 슬래브 건물 유리창에 어른거리던 희끗한 그림자가 금세 모습을 감추었다. 배베이스가 김빠진 소리로 물었다.

"어떨 거 같아?"

"씨발놈 확 박아버리고 싶드만. 어디서 반말을 찍찍 갈기고 지랄여."

"그러게 말야. 하여튼 기다려보자구."

그들은 왔던 길을 되짚어 어룡역을 향해 걸었다.

전주 고속터미널에 도착했을 때 전주천을 내려다보던 산자락 너머로 해가 넘어갔다. 피곤한 데다 허탈했고, 드르렁거리던 잠에서 미처 빠져나오지 못해 푸석해진 얼굴로 그들은 담배를 피웠다. 리콰자는 일정이 언제 끝날지 몰라 편의점 일을 하루 비워두었으나 아직 가게가 살아 있는 배베이스는 어쨌거나 출근을 해야 했다. 그런데도 그는 자꾸 미적거렸고, 호두과자를 든 니키타도 먼저 떠날 마음은 없는 듯했다.

"라피노 입원실에 가서 족발에 소주나 할까?"

담배를 다 피운 리콰자의 말에,

"그 좋은 생각을 왜 이제야 말하는 거야."

배베이스가 맞장구를 치더니 니키타에게 농을 던졌다.

"우리 김미선 여사도 오라고 해."

그 무렵 라피노는 서신동에 있는 개인 병원으로 옮겨 요양을 하고 있었다. 돌이킬 수 없는 일이라도 생길까봐 모두 걱정을 했지만 검사 결과 그녀는 깨끗했다. 병원 측에서는 더위를 먹은 것 같다며 조용한 병원에서 쉬다가 퇴원해도 된다는 소견을 덧붙였다. 그 말을 듣는 순간 몸은 날아갈 것 같았지만 의사의 권고를 따라 그녀는 자기 사는 동네 개인 병원에 입원해 쉬고 있었다. 택시를 타고 이동하면서 배베이스는 병원 근처 족발집을 검색해 족발과 소주를 주문했다. 택시를 내려서는 라피노 몫으로 막걸리도 샀다. 그들이 병실에 도착했을 때 벌써 김미선은 와서 수다를 떠는 중이었다. 간병을 하기 위해선지 라피노의 딸도 병상을 지키고 있었다.

"자, 호두과자."

니키타가 내미는 것을 김미선이 냉큼 받아들며,

"고마워. 이등 오빠."

하고 좋아했다. 그 모습에 리콰자가 과장되게 키득거렸다.

"새가 똥 싸는 걸 봤나, 저 작자 왜 저래?"

"니키타가 이등인데 여기 배베이스는 몇 등인지 알아?"

사람들이 쳐다보았다.

"신용등급이 구등까지 있다는데…… 과연 몇 등이었을까?"

"꼬, 꼴등?"

"빙고!"

그러자 김미선이 배베이스를 두둔하고 나섰다.

"꼴등이면 어때? 나도 중학교 때 수학 꼴등이었는데."

김미선의 그 말에 처음 말을 꺼낸 리콰자는 금세 고분고분해져 과거사를 이실직고했다.

"수학은 나도 꼴등."

"그문 꽈자 성은 대학을 어떻게 갔어?"

"시험 삼 개월 남기고 암기 과목 들들 외웠지. 수학 시험은 오 분만에 끝냈어. 그래서 외국 노래 부를 땐 지금도 한글로 토 달아놓고 연습하잖아. 대학 그거 별거 아냐."

"꼴값들 그만 떨어. 우리 딸 빼곤 다 꼴등 인생인데."

"우리 씩씩한 청년이 당근 일등이지."

그때 배달원이 족발과 술을 들고 나타났다. 리꽈자가 배베이스를 보았다.

"어이, 구등! 계산 좀 해봐."

"서울하고 의정부 갔다 오느라고 다 썼는데. 누구 없어?"

라피노가 카드를 꺼내며 외쳤다.

"이것들이 증말."

바닥에 신문지를 깔고 배달된 음식과 술병을 늘어놓자 입원실이 술판으로 변했다. 라피노가 꽃 배달 건을 궁금하게 여겨 배베이스는 강남이며 의정부에 다녀온 이야기를 담담하게 술회했다. 세무사나 의정부 쪽에서나 긍정적인 답변이 나온 건 아니었지만 일단은 기다려보자며 그는 자기 의견을 붙여 이야기를 마무리했다. 이야기를 듣고 난 라피노가 내처 '낙원'에 관한 일을 물었다.

"지난번에 말했잖아. 전세금부터 채워 넣고 라이브 카페로 간다고. 우린 하우스 밴드가 되고, 김미선 여사가 사장으로 등극하는 거지."

"그건 다 아는 얘기니까 구체적인 계획을 말해보란 말야. 돈은 어떻게 마련하며 리모델링은 어떻게 할 건지 등등."

266

배베이스가 족발을 문 채 웅얼거렸다.

"우리 그냥 계획 세우지 말고 살면 안 될까? 계획 그거 골치 아파."

리콰자가 머리를 끄덕였다.

"계획 없이 살자에 한 표!"

"나는 콰자 성한티 한 표!"

"이등 오빠한테 한 표!"

대화며 키득거리고 노는 그들의 모습이 마치 어린애 같았다. 그들은 화기애애하게 잔을 돌리며 족발을 뜯었다. 술잔을 비운 니키타가 라피노를 흉내내 말했다.

"건반은 '낙원'에 갔다 봐. 그, 글고 내 아파트는 늬들 써. 누나, 겁나 폼 났어."

"이번엔 정말 죽는 줄 알았다니까. 너, 나 죽길 바랐지?"

"누나 없으문 멜로디 클나는디?"

"근데 황달 오빠가 우리 이렇게 노는 거 알면 기분 엄청 나쁘겠다. 그치?"

"열받아 죽지. 라피노 퇴원하면 면회 한번 가자구. 악기 가져가서 교도소 앞에서 놀지 뭐."

농지거리가 꼬리를 물었다. 라피노가 딸에게 휴대전화를 달라고 했다.

"우리 율도 공연이 유튜브에 올라왔어."

"정말이야?"

사람들 눈이 빛났다.

"조회수가 몇인 줄 알아?"

"몇인데?"

"열한 명."

라피노가 유튜브를 열고 율도 공연이라는 검색어를 쳤다. 사람들이 라피노의 등 뒤로 몰려들었다. 라피노가 공연을 클릭하자 먼 배경으로 수요 밴드의 연주 소리가 들려왔다. 리콰자의 노래와 김미선의 코러스가 서로 주고받는 후렴 부분 같았다. 그러나 카메라가 주목한 건 연주가 아니었다. 해변에서 나와 해송이 늘어선 언덕으로 질주하는 사람들을 다큐멘터리 필름처럼 좇고 있었다. 찍는 사람도 뛰면서 촬영했는지 영상이 흔들렸다. 비명과 쓰나미가 온다고 외치는 소리도 들렸다. 수요 밴드 멤버들은 정면을 보고 있어 뒤쪽 상황은 잘 알지 못하였는데 언덕에 올라서는 사람들은 그냥 달려가는 게 아니라 전장의 병사들처럼 그야말로 임전무퇴의 자세였다. 아무리 그럴듯하게 재현해도 트럭에서 뛰어내리는 광주민주화운동 당시의 실제 계엄군 필름만큼 긴장감을 주는 영상은 없다. 율도의 풍경 또한 연출로는 복원 불가능해 보일 만큼 사람들의 모습은 하나하나 역동적이었고, 그런 만큼 절박해 보였다. 그러다 어느 순간 카메라는 한 바퀴를 돌아 사람들이 빠져나온 해변과 바다를 차분하게 부감했다. 무슨 일 있느냐며 바다는 달빛에 젖어 호젓하게 누워 있었다. 신비롭고 아름다운 모습으로.

그들은 일 분 남짓한 동영상을 여러 번 돌려보았다. 당시에는 연주를 하느라고 실감하지 못하였지만 여러 번 되돌려보면서 그들은 자신들이 무슨 짓을 했는지 깨닫고 몸을 뒤척였다. 감동이니 뭐니 하는 것을 넘어 그것은 지금까지와는 완전히 다른 풍경 속에 들어선 듯한 충격이었다. 자기들의 연주지만 자기들의 연주가 아니었다. 아니 그 자리에 자아 따위는 이미 존재하지 않았다. 그냥 거대한 쓰나미였다. 바다 깊은 곳에서 일어나는 소용돌이가 아니라 연주에 용해돼 쇳물처럼 꿈틀거리던 내면의 어떤 지점, 차곡차곡 쟁여져 단층에 균열을 내고 솟구치게 돼 있는 마그마 같은 어떤 것이었다. 깊은 침잠 속에서도 변치 않고 응시하는 한 언젠가는 반드시 나타나게 되어 있던. 동영상이 멈추고도 사람들은 자세를 풀지 못했다.

"그날…… 엄마 봤어?"

라피노가 배베이스를 향해 그렇게 물었을 때에야 그들은 환각에서 깨어났다.

"그날은 못 봤는데 꿈에서 만났어. 우리 연주 봤대."

"그랬구나. 나도 그날 내 몸에 돋는 비늘을 봤어."

"이게 먼 귀신 씨나락 까먹는 소리여?"

라피노와 배베이스의 대화에 니키타가 끼어들었다. 그런 니키타를 무시하며 리콰자도 한마디 했다.

"우린 또 그럴 수 있어."

율도 공연이 끝난 후 금 나와라 뚝딱도 아니잖아, 그런 허탈감에 빠져 그들은 한동안 입맛을 찾지 못했다. 그러다 앓던 이불 속 같은 데서 조금씩 빠져나오기 시작했는데 어느덧 자신들이 도달한 순간 속으로 다시 빨려들고 싶은 조바심에 몸이 달았다. 그들이 연주하는 소리가 저 먼 어디선가 들려왔다.

병원에서 나온 일행은 헤어질 시간이라는 것을 알면서도 거리에서 뭉그적거렸다. 하나같이 올빼미족이라 숙소에 들어간대야 이 방 저 방

쏘다니며 시간만 허비할 게 뻔했다. 아직 그들의 시계는 취침나팔을 불기 전이었고, 무엇보다 그들은 밤의 예찬자들이었다. 놀라운 집중력을 선사할 뿐 아니라 감각기관이 예민해지고 주변의 잡다한 소음으로부터 벗어나 낭비 없이 창의적 활동을 수행할 수 있는 각성의 시간대.

어제와 다를 게 없는 해가 내일 또 떠오른다는 것을 그들은 안다. 그러니 쉴 곳으로 돌아가야 했다. 그렇다 하더라도 오늘 없는 내일이 돌출되는 건 아니잖은가. 니키타의 기타 소리가 달라지고, 배베이스의 어머니가 율도를 찾아 그들의 연주를 지켜보고, 라피노의 몸에 비늘이 돋던 어제가 그들에게는 존재했던 것이다. 지금도 그날의 느낌이 몸에 소름을 일으키는데 어찌 오늘이 어제와 같단 말인가. 설령 오늘과 다를 게 없는 태양이 내일 다시 떠오를지라도 지금은 지금이었다. 공연료가 지급되지 않을 거란 말을 듣고도 그들이 어렵지 않게 아쉬움을 털어버렸던 것 역시 도지부장의 체면보다 실은 이러한 포만감 때문이 아니었던가.

"집에 가기도 그렇고…… 씨발것, 낙원 가서 잼이나 한판 허까?"

니키타가 어둠에 대고 내질렀다. 리콰자가 그의 볼을 양쪽에서 잡고 흔들었다.

"으이구, 이 철딱서니 없는 이쁜 동생아. 빨리 라피노한테 전화해봐."

물론 라피노 같은 푼수가 그런 솔깃한 제안을 마다할 리 없었다. 전화한 지 오 분도 안 돼 팔에 링거 바늘을 꽂은 그녀가 딸의 부축을 받아 그들 속에 합류했다. 일행은 택시 두 대에 나눠 타고 부랴부랴 '낙원'으로 향했다. 아파트 단지 끝자락에 터를 마련했을 뿐 아니라 앞이 삼천에 가로막혀 저녁이면 '낙원'의 거리는 정적에 둘러싸이곤 한다.

한옥마을도 멀어 어느 모로나 장사하기 좋은 자리는 아니었다. 그런데도 배베이스가 선뜻 손 털고 떠나지 못하는 것은 시내에서라면 구경하기 어려운 널찍한 홀이 '낙원'에는 버젓이 자리 잡고 있었기 때문이다. 레스토랑이 영업 중일 때부터 그의 머리는 그곳을 연주 공간으로 활용할 수 있을지 그것부터 따지고 있었던 것이다.

지난번 율도 공연 이후 서빙을 하던 종업원마저 그만둬 간판 불도 꺼진 채 '낙원'은 어둠에 잠겨 있었다. 일행은 거무스름하게 뚫린 현관문을 지나 엘리베이터를 타고 4층에서 내렸다. '낙원' 입구의 화분을 들춰 키를 찾아낸 배베이스가 무인경비시스템을 해제했다. 안으로 들어서며 스위치를 올리자 할로겐 등이 밝혀지면서 실내가 오렌지색으로 피었다. 무대 위에 놓인 악기와 음향 장비가 피어나고 무대의 등 뒤에 걸린 커다란 파라다이스 브로마이드도 불빛에 살아났다.

"이러니 장사가 안 되지."

전날 술손님이 남기고 간 탁자 위의 술병과 안주 부스러기를 보며 김미선이 혀를 찼다.

"그러니까 늬가 접수해. 여긴 '낙원'이야. 낙원을 잃으면 인간은 원래 개고생하게 돼 있어."

배베이스는 늘 앉는 자리에 소주 두 병을 내놓았다. 그가 마개를 풀며 말했다.

"황달이가 없으니까 내가 드럼을 맡을게."

베이스기타 외에도 배베이스는 관악기까지 대충 다룰 줄 알았다.

"그럼 내가 베이스를 맡지."

리콰자였다.

"오늘은 브, 블루스로다 가게."

니키타의 말에 리콰자가 맞장구를 쳤다.

"블루스 좋지. 블루스야말로 위로의 음악이거든."

슬프거나 우울할 때 사람들은 즐거운 노래로 마음을 달래기보다 슬 픈 노래를 먼저 찾는다. 즐거운 노래는 고립감을 심화시켜 슬픔을 더 깊은 데로 끌고 간다. 눈물을 쏟은 후 코를 팽 풀면 사람은 비로소 다 시 일어날 힘을 얻게 되는데 대중음악에서 그 역할을 담당해온 건 단 연 블루스였다. 그러니 주변 소음이 사라지고 감성이 풍부해지는 시 간대에 누군가의 슬픔을 환기시키는 블루스가 들려온다면 마땅히 귀 를 기울여야 한다. 그러면 위안을 얻고, 용서할 자를 용서할 힘이 생기 고, 용서하지 않을 자를 용서하지 않을 용기도 솟아나니까. 수요 밴드 의 구성원들에게 지금 필요한 것은 바로 그 블루스였다. 위로와 격려 의 블루스 타임.

"가봅시다."

소주 한 병을 돌려가며 마신 일행은 자리에서 일어나 무대로 올라 갔다. 링거액을 보면대에 매달고 라피노와 딸은 나란히 건반 앞에 앉 았다. 박타동의 스틱을 찾아 쥔 배베이스가 드럼 의자에 앉았고, 리콰 자가 베이스기타를 멨다. 박자에 몸을 맡겨 탬버린을 흔들며 필요하다 싶을 때 멜로디에 허밍을 얹으라는 니키타의 주문에 김미선도 신이 났다.

시스템에 전원이 들어왔다고 파란 불빛이 신호를 보낸다. 각자 자 기 앰프에 전원을 넣는다. 무대 위의 전자 장비들에서 채송화 꽃무더 기처럼 불빛이 벙그러진다. 사람들은 서로 얼굴을 확인하며 조용히 미소 짓는다. 배베이스가 스틱으로 하이햇을 두드린다. 마침내 연주가 시작되었다. 율도에 가기 위해 소리를 모았듯 또 다른 율도로 항해하기 위해 닻을 올리는 연주. 현실이면서 환청이고, 삶의 먼지이면서 동시에 쾌락인. 또한 위로인 동시에 무기이기도 한.

1

세계가 뜨겁다. 표면상 안정적으로 보였던 유럽과 북미도 안전지대가 아님을 오늘의 세계는 잘 보여주고 있다. 세계는 한 정점을 향해 달려가는 듯하다.

내적 압력이 심했던지 우리 사회는 이미 정점에 이른 기분이다. 아니면 숨가쁘게 향해가고 있거나.

그러나 우리네 삶에는 사실 너무 많은 정점이 이미 스며 있었다. 곳곳에서 균열이 일어났다.

작가라면 이러한 균열을 들여다보지 않을 수 없다. 궁극적으로 소설은 세태소설일 수밖에 없지만, 그래서 이 소설은 더욱 세태소설이 되어야 한다고 생각했다. 주변부로 밀려난 사람들이 균열 속에서 어떻게 대응하는지 보여주고 싶었다.

근대국가 수립 이후 대의제가 도입되면서 제도에 대한 믿음이 너무 절대화돼 있는 게 아닌가 생각해본다. 제도를 바꿔 삶을 바꾸겠다는 생각은 맞긴 하지만 그게 다가 아니라는 게 이 소설 속 등장인물들의 생각이다. 정례화된 투표 행위나 몇몇 제도 개선을 통해 삶이 풍부해진다면 히말라야 산자락의 네팔 사람들이나 미얀마의 어느 산골 소수민족보다 우리의 행복지수는 훨씬 높아야 한다. 과연 그런가.

제도를 개선하는 것도 필요하지만 행복의 설계도를 다시 들여다보자고 등장인물들은 말한다. 인간의 삶이 무엇인지, 어떻게 스스로 존엄해지고 행복해질지 고민하자고 속삭인다. 눈에 힘 좀 풀고 시선의 각도를 틀어보자고 제안한다.

2

이 글에 등장하는 뮤지션들은 주석을 달아 설명할 생각이었지만 독서의 흐름을 해칠 뿐 아니라 이미 알 만한 가수나 밴드도 있어 생략했다. 대신 레드 제플린Led Zeppelin과 딥 퍼플Deep Purple은 밴드 이름뿐 아니라 구성원들이 자주 등장하므로 뼈대만 언급하기로 한다.

1968년 야드버즈Yardbirds에서 기타를 치던 지미 페이지Jimmy Page는 제프 벡Jeff Beck 등이 빠져나가자 보컬리스트 로버트 플랜Robert Plant과 드러머 존 본햄John Bonham, 베이시스트이자 키보디스트인 존 폴 존스John Paul Jones를 영입한다. 이름을 레드 제플린으로 바꾼 이들은 1969년 1월 데뷔앨범《Led Zeppelin》을 발표하는데 짧고 날렵한 하드 록 넘버와 프로그레시브 록의 면모가 돋보인다. 그렇게 그들은 전설이 되었다. "비틀즈The Beatles가 록을 시작했다면 록을 완성시킨 건 레드 제플린이었다."

1980년 존 본햄이 과음으로 사망하자 그가 없는 밴드는 의미가 없다며 남은 사람들은 레드 제플린을 해산한다. 그로부터 27년 만인 2007년 런던의 레드 제플린 'Celebration Day' 콘서트 무대에 이들은 함께 나타났다. 이때 존 본햄의 빈자리를 메운 것은 그의 아들 제이슨 본햄Jason Bonham이었다.

1968년 키보디스트 존 로드Jon Lord와 기타리스트 리치 블랙모어Ritchie Blackmore, 베이시스트 닉 심퍼Nick Simper, 보컬리스트 로드 에반스Rod Evans, 드러머 이안 페이스Ian Paice가 결합해 만든 밴드가 딥 퍼플이다. 키보디스트인 존 로드가 조종간을 잡은 이 시기를 사람들은 딥 퍼플 1기라고 부른다.

1969년 강렬한 보컬이 필요하다고 생각한 리치 블랙모어가 이안 길런Ian Gillan을 끌어들이고, 몇몇 멤버가 교체되면서 황금의 2기 딥 퍼플은 완성된다. 연주가 출중해 이후 헤비메탈 밴드들은 이 시기 딥 퍼플의 음악을 카피하며 실력을 키웠다. 2기의 주요 앨범《Deep Purple In Rock》과《Machine Head》가 없었다면 지금의 헤비메탈도 없었을 거라는 말까지 나온다.

1975년 리치 블랙모어는 레인보우Rainbow를 만들어 활동하기도 했다.

오늘도 어디선가는 이들의 소리가 들려온다.

3

    2016년엔 음악 하는 사람들과 신나게 놀았다. 그들의 음악에 대한 열정과 치열함의 일단을 여기 담으려고 노력했다. 하지만 그게 어찌 그쪽 사람들만의 고투란 말인가. 그들을 보며 문학을 생각하지 않을 수 없었다.

    그러니 그들에게 고마움을 전한다.
    소설에 인용된 뮤지션들과 질서가 부여된 모든 소리에도 고마움을 전한다.
    책을 꾸며준 다산의 식구들도 고맙다.

    문학은 나를 들끓게 하고, 음악은 나를 차분하게 한다.

2017년 봄을 맞으며
이광재

수요일에 하자

초판 1쇄 인쇄 2017년 2월 23일
초판 1쇄 발행 2017년 3월 2일

지은이 이광재
펴낸이 김선식

경영총괄 김은영
책임편집 정민교 **디자인** 문성미 **책임마케터** 양정길, 최혜진
콘텐츠개발2팀장 김현정 **콘텐츠개발2팀** 김정현, 문성미, 이승환, 정민교
전략기획팀 김상윤
마케팅본부 이주화, 정명찬, 최혜령, 양정길, 박진아, 최혜진, 김선욱, 이승민, 김은지, 이수인
경영관리팀 허대우, 권송이, 윤이경, 임해랑, 김재경

펴낸곳 다산북스 **출판등록** 2005년 12월 23일 제313-2005-00277호
주소 경기도 파주시 회동길 357 2, 3층
대표전화 02-704-1724 **팩스** 02-703-2219 **이메일** dasanbooks@dasanbooks.com
홈페이지 www.dasanbooks.com **블로그** blog.naver.com/dasan_books
종이 한솔피앤에스 **인쇄·제본** (주)갑우문화사

ISBN 979-11-306-1152-5 (03810)